灰衣简史

李宏伟 著

长江出版传媒

长江文艺
出版社

SHADOW

图书在版编目（ＣＩＰ）数据

灰衣简史 / 李宏伟著. -- 武汉：长江文艺出版社，
2020.7
　ISBN 978-7-5702-1630-7

　Ⅰ. ①灰… Ⅱ. ①李… Ⅲ. ①长篇小说－中国－当代
Ⅳ. ①I247.5

　中国版本图书馆 CIP 数据核字(2020)第 083207 号

策划编辑：王苏辛
责任编辑：田敦国　胡金媛　　　　　　责任校对：毛　娟
封面设计：政凯 x 1XLE Studio　　　　　责任印制：邱　莉　杨　帆

出版：长江出版传媒｜长江文艺出版社
地址：武汉市雄楚大街 268 号　　　　邮编：430070
发行：长江文艺出版社
http://www.cjlap.com
印刷：湖北新华印务有限公司

开本：850 毫米×1194 毫米　　1/32　　印张：11.375　插页：4 页
版次：2020 年 7 月第 1 版　　　2020 年 7 月第 1 次印刷
字数：147 千字

定价：49.00 元

Contents

目 录

外篇

名　称

欲望说明书或影子宪章

主要构成

（1）灰衣人。灰是他的标志，在黑白之间，非黑非白，可黑可白。灰，首先说的是外在。衣着永远一身灰，有的从头到脚都用灰色罩住，有的也露出双手、脸庞，但露出的地方不一定就能看得清，多半仍旧是同样的灰。灰色决定他游走的方便，可以往来截然对立的地方，也可以出没含糊的所在。他的衣着必定是宽大的，有着数之不尽的衣兜乃至豁口，他的手只要伸进去，就可以取出任何当下所需的东西，物品、金钱、荣誉……可以想见的可以想象的，通通不在话下，辽阔、浩瀚之物也毫无困难，执掌世界的权柄、思虑所及的宇宙，也都能被一只手从衣兜里拿出来，放在眼前，摆在桌面上。只要合适，只要需要，灰衣人能够满足交易对象的一应要求，而他的索求是那么不成比例、不值一提，以至于很少有人能够拒绝他们的提议。在历史各个转折处、关节点，在日常生活某些严重的时刻，都能看到灰衣人的身影。殷切渴盼的姿态，及时精准的出手，让数千年流逝的时光深处总是隐现他们的痕迹。虽然，他们的作为不乏被借力以促成超凡成就的先例，他们的辛勤却常常以徒劳告终。最失败的，莫过于园中那次目睹；最著名的，莫过于对博士的那番协助。而这些，都只是他们的表面，是他们愿意让世人见到的。至于他们真正是谁，来自何处，所为何来，他们的最终目的是什么，没有人知道。也因此，他们始终不乏纯粹的崇拜者。

（2）本尊。灰衣人的选民，欲望的奴隶。奴隶是矫饰的称谓，是嫉妒心发作下，对领先者的污名化。这些领先者，比其他人多走了几步，率先陷入困境，他们的动力如此强大，必须找到解决方案才能暂时心满意足。在后来者的指认中，他们更易于被归类，被划分在几个已知的区域。比如爱情，他们渴求得更多或者要求得更深，数量在他们这里无法成为有效的填充，在众人身上他们看清一人，他们需要这人为自己燃烧，据此，他们要找到先行为这人燃烧自己的方法。比如金钱，叮当作响的金币或者哗啦作响的纸币，他们并不关心它们什么时候成为衡量标准的，他们拥有纯粹的爱意，重心落在这些符号本身。他们酷爱换算的小游戏，每当目光落在人、事、物上，心里都会启动计算器，快速换算成数字。比如权力，没有什么能比随时可以砍下别人的脑袋和随时可以摸着自己的脑袋这二者的反差更让人觉得安全。砍下的脑袋和摸着的脑袋都是为了冲锋，向超越尘世的目标冲锋，在那里可以插上一杆旗帜，上面清清楚楚写着斗大的名字。在名字下面，又有一群刚刚长出脑袋的人在等着膜拜，等着一只手摸到他们的脖子。还可以有其他的分类，不过也仅仅是进一步的模仿。当然，这些都不过是想当然，是污名化的细化。

（3）影子。不是每一个天然的影子都值得报价，绝大多数影子只是略有根基，需要花费大量的心血、时间来培植。但首要的，还是认清那些天赋异禀的影子，得到它们始终至关重要。良好的判断力必不可少。当一个人走在三米开外，他影子的面貌，蕴藏的能量，将来的可能性，都会层次分明地呈现出来，经验丰富的观察者将会了若指掌。即使是在漆黑一片的环境，影子与其本尊融为一体、不可分辨，经验丰富者仍旧能凭借其他要素准确把握影子的性状。经验的养成绝非一朝一夕之功，时间是基础成本，但时间要求有效率的耐心，要求更为自觉的锻炼。功夫不到者，一旦本尊置身人群，很难再从众多影子聚集的一团模糊中分清彼此。习艺不精者无法将一个人的影子从树、桌子、楼房、火车的影子里剥离出来。务必注意，前述皆为灰衣人视角，影子所感所思究竟如何，无从得知。影子是否仅为单纯的承受者，是否始终缄口不语，连灰衣人也无法断言。

性　状

薄。密实。同一平面。

适应症

（1）自我怀疑与自我分裂。他再也无法一个人待在房间。不是无法忍受密闭的空间，是无法忍受密闭空间的物质。简单来说，不是"自己在房间"这一点让他抓狂，是看见或者想到房间四周都是密闭的墙这一点。所谓密闭也只是笼统而言，即使有面积很大的窗户，窗户是打开的，或者干脆一整面墙都是玻璃的，他仍然受不了。他认为，墙意味着自己被关了禁闭，关禁闭是因为自己无能，完成不了任何交办的事情。如果非要进入密闭空间，如果只能一个人待着，他会怒气冲冲地指责自己的影子：都是你们坏了事！

（2）深度失眠。脑子里总是有响声。有时候是弹球落在地板上，不断弹起、落下，声音的间隔还不均匀。有时候是合唱的歌声，男人唱两句，女人跟着唱起来，还没结束，孩子又唱起来，然后是老人的咳嗽——他弄不清楚，这是作为观众的老人，还是作为声部的咳嗽。每到这时，他就会一骨碌坐起来，喝掉提前放在床头柜上的一玻璃杯水。如果水是温热的，他就下床，趿拉着拖鞋从卧室走到厨房，从厨房走回客厅，站在阳台上看远处工地上的塔吊。如果水已经凉了，他就倒下去，躺在枕头上，看着天花板上辗转反侧的影子说：你怎么也睡不着？

（3）酒精依赖。不喝酒的时候，他的世界是混乱的，千头万绪、千丝万缕一起涌现，互相纠葛，怎么都没有办法把它们分开。这时就必须喝上了。这跟时间、地点没有关系，跟对面坐着谁没有关系，他仅仅是需要酒。等酒滑入喉咙，在身体里运转起来，慢慢地就能抓住眼前的事物，分清周遭的世界，一样样地把从身边经过的东西码放整齐，毫无顾忌地往下喝。喝到最后，喝到高兴，他也拧开瓶盖，给自己的影子倒上一口。

（4）强迫症。他不断地检查，不断往原点返。本是做饭，一遍遍掀开电饭煲，要看清楚是不是放了米，水放得合不合适。本是炒菜，拿起盘子、勺子又放下，用筷子夹起一块，尝尝是不是熟了，味道合不合适。本是出门，每次到楼下，出了电梯，就怀疑没有锁门，又匆匆忙忙往回走。不过也有疲倦的时候，那时候他大喝一声"好啦！"强迫自己，也强迫影子停下。

（5）持续昏迷。再这么昏迷下去，别说家里人，影子也会不耐烦吧？然而他不知道这些，也不管这些。他只需要继续昏迷就行了。昏迷的他不记得，出车祸之前那个电话究竟是谁打的，电话那头究竟是因为什么受不了而对他喊。昏迷的他同样不会记得，当时他正拐过一道弯，突然一条哈士奇从左前方冲出来，他完全是下意识地往右一打方向盘，而右边不知道什么时候站着一个灰衣人，灰衣人即使被撞上，也始终背朝着他，没有扭头看上一眼。

规　格

高：1.2~2.48 米；宽：0.3~2.52 米；厚：趋于无限薄；重：趋于无限轻。

方　法

（1）切割法。本尊随意站立，灰衣人以利器沿本尊双脚所在位置，画一弧线，精准给定本尊与影子界限，双手探入影子下部，将其揭走。利器以古玉为上等，木刀、竹刀次之，手法高妙者，也可取用单色细线，色以黑、白、灰为佳。忌金属器具，忌红色细线。

（2）挣脱法。本尊叉手叉脚站立，灰衣人拧纸成钉，一共13枚，分别固定于影子双脚、双股、双手、双臂、双乳、双耳、头顶位置。固定后，灰衣人拍手念咒，轻喝一声，本尊双脚同时起跳，相反于影子方向，跃至10厘米开外。随后，双手探入影子下部，将其揭走。

（3）水取法。寻平缓水面及稍出水面物，本尊随意立于物上，影子自然投射水中。等水面平静、水温微凉，灰衣人从原本潜藏的水底上浮，双手扣住影子双手，双足勾住影子双脚，猛力下沉，使其与本尊分离，须注意在沉入水底前，将影子卷好收妥。

（4）火烧法。本尊双脚并拢站立，灰衣人拿着火红炭条，不断接近本尊双脚与影子相接的地方，快要烫着即迅速收回，如此反复八次，本尊也快要忍受不了炭条的炽热，第九次时出其不意将炭条放至地面，影子必然惊痛交加，惶然避让，此时即可上前，将其揭走。炭条须红亮，忌烟及焰。

（5）噪音法。本尊随意立于密闭房间，戴上完全隔音的耳罩，室内放剧烈噪音，即使影子双手捂耳也不停止，待影子无法忍受，自行从本尊身上挣脱并在室内狂走，灰衣人可迅速关掉发声器，趁影子愣神，上前将其揭走。

（6）质问法。本尊与灰衣人并肩站立，两人饮酒，不停质问影子。声色俱厉，不予影子丝毫辩解机会，也不让影子以沉默抵抗，待其实在愤懑难平，从本尊身边走开，走到可以为自己申辩的距离停下时，灰衣人上前将其揭走。

（7）饥饿法。少则四天，多则七日，本尊粒米不进，只适量饮水，待肠胃清净，月上中天，至苹果树下，抬头望月，左右徘徊，呼吸间全是纯净果香，并不伸手摘取。一刻钟后，快步离开。本尊约束影子的能量不足，影子又无法抵御苹果的诱惑，将自然留在原地。这时，灰衣人可上前将其揭走。

（8）冷冻法。找一室外光滑冰面，气温不高于零下十度，待日头偏西，本尊来到冰面前，双手合十，高举过顶，影子出现于冰面，灰衣人以温水泼在影子上，即泼即冻，待均匀泼透，影子完全被冰封住，本尊自行离开。灰衣人敲碎上面的一层薄冰，即可将影子揭走。

（9）去光法。纯色地板室内，灯光极其强烈，本尊快步走入，站在灯下，甫一站定，即关闭灯，本尊随后在室内贴近墙面疾行，影子将失神而身形膨胀，其膨胀瞬间，灰衣人破门而入，直接将影子收入皮袋内。此法非切割术炉火纯青的灰衣人不能为，不到不得已时不能为，切记。

不良反应

切割后少数影子薄化与稀释过快，极少数甚至短时间内消散于无形。为此，切割前期必须密切关注影子变化，尤其前三个月与第一年内。薄化与稀释过快的影子，前三个月内通常会发蔫、变黏，需要在中午将其放在阳光下曝晒，为减少影子的无归依感，灰衣人可让其附着在自己身上，但需要调整自己的身形以适应影子。将要消散于无形的影子，在第一年内即明显地边缘模糊化、心脏部位空洞化，同样可以采用暴晒、附着的方式，但持续时间要较前述现象更长，如持续一周仍无明显效果，则应让影子与本尊见面，以提高其抗击消散的能力。影子和本尊须保持一米开外的距离，以免本尊有意外举动，破坏或伤害影子，同时也能避免影子出于本能，再度依附于本尊。

禁　忌

（1）忌偏袒代入。切割、保管影子，协助本尊，达成其心愿——这是灰衣人在时间中不多的消遣，也可说是唯一的消遣。灰衣人需要留意，保持自己与影子、本尊的同等距离，不偏向任何一方，以免发生不可预料之事。

某灰衣人，得到影子后，马不停蹄，为协助本尊建立不朽功业而奔走。在此期间，唯有影子相伴，而本尊要求之严苛，身为灰衣人也倍感压力。不屑与人类为友，也难以与人类相知，压力大到无法承受时，灰衣人就放出影子，向其倾诉。日积月累，一个灰衣人一个影子，相处默契。灰衣人逐渐视影子为至交好友，筹谋助其解除交易约束，回到本尊身旁，恢复原状。本尊建功立业的心正炽烈，拒绝终止交易——取回影子，即意味着失去灰衣人助力。

灰衣人不忍影子日见枯槁，铤而走险，脱下衣服，让影子穿着。有衣服加持，影子日益充实，突破无限薄、无限轻的现状，开始获得实在、稳固的躯体。没多久，身着灰色衣服的影子就可以和脱下衣服的灰衣人对等来往。因为失去衣服庇佑，灰衣人躯体在加速挥发，因此，影子和灰衣人必须求得最精妙的平衡，轮番穿着，才能保证让一方受益，又不让另一方受损过度。一套灰色衣服，两方共同需要，但并未出现各怀鬼胎的局面，他们很快找到穿着时间的完美分配方案，还进一步找到不同时间段，依据不同气候条件、地理位置的精细调整方法。

看来，这一对灰衣人和影子注定要永久被铭记。他们自身也为彼此的信重，穿着方案的完美而激动，这份激动必须要清楚标识。思来想去，灰衣人和影子认定，他们缺少一个共同的名字。历来，灰衣人和影子都没名字，一个名字将真正凸显他们的独一无二。这一念头明确后，灰衣人和影子互相指着，喊出他们商定的共有的名字。

名字出口，一股烈焰平地而起，灰衣人、影子和共有的灰色衣服焚烧殆尽，没留下任何痕迹。他们忘了，名字，是身为灰衣人和影子的禁忌。

（2）忌怠惰辍止。寻找适合的影子，满足本尊欲念，达成交易，完成切割，持有影子直至一次交易臻于完满，这是灰衣人来到此世间的目的，也是灰衣人得以来到此世间的前提。灰衣人需要时刻保持对影子的饥饿感，交易高悬在前，务必竭尽全力找到最优交易对象与方案，切忌因疲累、厌倦而停止，切忌因耽于玩乐而废弃。

某灰衣人第三次完成交易，守候本尊直至其死亡，履行完终极手续之后，对如此单调的循环往复深感厌倦，交易对象那浅层次的欲望，欲望所系之物的乏味，让他深度怀疑所行进、看守之事究竟是否值得。为此，他停止寻找新对象，四处晃荡。开始，灰衣人还能自我宽慰，他不是放弃寻找，而是提高标准，试图找到理想的本尊，其影子抵得过他已完成的三次所得，其意图交换之物，值得他使出浑身解数。

没多久，灰衣人即察觉，他要求的超出了世间能提供的，他在寻觅不可能存在的那个人。念及于此，灰衣人心灰意懒，活动范围离人群越来越远。后来，他干脆上了一棵足以远离尘嚣的巨树，恒居树顶。树上所见自然是另一番风景，每日最早迎接阳光，傍晚最迟与之道别。看着飞鸟歇枝，摸着浮云飘荡。霞光洒下，雨露落来，衣服都若有变化，让灰衣人深感满足，再也不想回到尘世。

一天，暴雨过后，彩虹挂出，一头正搭在灰衣人所居之树的树梢。灰衣人欣喜莫名，从树梢这头上了彩虹。行至中途，由彩虹的色彩斑斓下望，灰衣人发现脚下世间已是另一番模样，到处都耸立着他不熟悉乃至畏惧的建筑。是该下去看一看了，灰衣人咕哝了一句。咕哝完，他才仿佛有所感应，再一想，想起身上还背负着任务。下面的天地都似已改头换面，人所要的，应当也不相同了吧？

这么想着，灰衣人回到树上，沿着树下到地面。往前没走多久，就是个集市，人头攒动间，地上影子密密匝匝。也很奇怪，看见那些变得越来越大的影子，灰衣人就觉得浑身紧绷，使不出力量。等他终于找到一读书人，想要了解对方所欲，以便达成交易时，才发现：经过漫长时间的休歇，再回到地面，他的灰色衣服在不断收缩，衣服内的他也越缩越紧。

在被灰色衣服裹成不可见的一粒尘埃，消失于世人的视野之前，灰衣人刚刚来得及发出一声叹息。

（3）忌移情别物。本尊只能是人，这是硬性约定，没有道理可讲。行走世间，收割影子时，灰衣人总能在他物的影子上发现更符合要求的一面，切割也更为便利，但必须牢记，只有从人身上切割下来的影子，才能满足所需。擅自切割他物影子，将引来巨大祸端，那时，其罪咎只能由灰衣人独力承担。非要追问这一约定的缘由，大概只能归之于，从人身上切割影子需要征求本尊意见，与其达成一致——这是一桩交易的必要条件。

某灰衣人心怀壮志，誓要完成前所未见的收割。来到此世间后，勤力游走，迅速熟悉每一处角落，摸透每个人秉性，每一个影子在什么时刻最为圆满，最适宜收割，他都了若指掌，只待影子相应的本尊随处境变化，产生唯有他能助力完成的欲念，再选择其中最适宜的那一个，出手。效果不错，前后数十次，灰衣人都收割到在他照看范围内最优的影子，他的状态、能量也得到极其良好的增长。问题也随之而来，无限高的要求，让灰衣人将周遭万物都纳入观察范围，以便作为选择本尊及其影子的参照。灰衣人很快发现，人的影子不是最优的，不要说比不过正值壮年的猛兽，就是躯体强壮的草食动物，比如一头象、一匹马，乃至一头牛，其影子也能将人甩开。——因为其体积比人庞大，其筋肉强健非人能比？

这还不是致命的。直到将一座山的影子纳入考量，灰衣人对人的执着彻底打破。那才是真正的影子！覆盖面积以平方公里计，其宽其密其黑，任挑一样，都需要往里填充成百上千乃至过万之人的影子，才能勉强找齐。为什么要放弃这么美妙的切割物呢？灰衣人几乎要为自己突破性的想法而欢呼。可他没有时间，他必须尽快着手。

花了七天时间，灰衣人仔细观察整座山影子的轮廓，找准其边界，并从根本上确定了这庞大身影在一天中的变化，以及每一天将发生的偏移，他还在一些重要的转折、变化点上做好标识，以便行动时一气呵成。第八天，到了看准的时间，灰衣人以最快的速度，最精准的手法，沿着山体倾斜在地上的影子游走了一圈，画下切割的线条。还好，影子随着他的动作被揭起，因为太过庞大，没法如其他影子那样即时折叠，但也毫无障碍地被他卷成一卷。

灰衣人兴奋异常，手里拿着卷成一团的影子，往旁边走了一会儿，他想看看，这没了影子、恍若透明的山，到底是什么模样。可他回过头之前，先听到了轰轰隆隆、山崩地裂的声响，还没站定，就有木石滚落到脚下。

不用说，失去影子的山开始崩塌、瓦解。

（4）忌取而代之。本尊、影子、灰衣人，三者各安其分，各守其位，一方不能妄想取另两方而代之，一方也不能内部相互串联，互相扮演，以图便利，或者以图永久。必须明确，如同其他禁忌，本项禁忌仅为灰衣人所设，因为只有灰衣人能引发交易，也只有灰衣人能触犯禁忌。

某灰衣人从根子上看不起人和人的影子。有什么可说的呢？不过是易衰朽的血肉，脆弱、敏感，不堪折腾，局限大到不要说指望他能陪着灰衣人真正经历什么，就只是单纯地消耗时间，都挺不了多久。不过是虚无缥缈，时有时无的衍生物，难道真的能指望这薄薄的，没有分量，几乎不占据空间，唯一谈得上的特点就是黑，但黑也会褪色的玩意儿，充实自己，让自己获得无法依赖自身生长出的力量？

灰衣人对此是不相信的。尽管，他深知自身的义务、职责，始终在寻找、切割影子，始终在协助人实现其欲念，等待影子完全归属自己那一天的到来，但时间越久、经历越多，他对作为本尊的人就越鄙薄，对作为交易目的的影子也越轻蔑。甚至，绝望开始在他身上浮现，还有什么比明知毫无意义，却要一丝不苟坚持下去更绝望的？但他始终没有流露出来，因为他经历得太多，因为他生性谨慎。他不想被其他灰衣人视为异类，遭受一旦降临再也无法挣脱的惩罚。

可就是这么巧，一次交易完成，前往一个未曾涉足的新世界时，他在路口碰见另一个灰衣人。不需多看，更不需问，他就知道，对方正经受和他相同的折磨。不，对方受折磨的程度比他更甚，不是像他这样还能忍受，而是厌恶到随时都能崩溃。好在，对方也迅速发现这一点，好在，对方比他主动，想要解决这一局面的决心更坚定。

毋须商议，两个灰衣人天然知晓方法，更为难得的是，他们都刚完成一次交易——在灰衣人漫长的交易生涯，固然不缺乏这种巧合，可是与他们心意的流转如此合榫，不能不说是注定。当然，从结果来看，这其实是预定的示警。两个灰衣人对此无从知晓，他们当即达成一致，互为影子，互为本尊。受折磨更深的那一个，承受委屈，他把衣服一紧，躺在地上，先行成为另一个灰衣人的影子。这世上仅此一见的完美的影子，配合着他完美的本尊。

也就是这完美得以确认的那一刻，原本作为本尊的影子也被不可抵御的力量压制在地，成为另一个完美的没有本尊的影子。

（5）忌投机取巧。服务本尊，是交易约定，是取得影子后，灰衣人的行为准则。服务过程，灰衣人可以提出意见，给出建议，但必须以本尊的取舍为准绳。灰衣人绝不能为加速交易达成，诱导、劝说本尊做出与其意愿相悖的决定，更不能利用本尊的弱点，获得交易之外的收益。

某灰衣人对影子的填充越发渴求。起初，还有具体数量的想象与限制，他只是希望尽快结束正在进行的交易，以便找到新的对象，开启下一桩交易。可这想象的热情未能持续到该桩交易完成，就已迅速转变方向。那一次的交易对象是位将军，为一国固守雄关，敌国十万大军持续数月，都未能攻下。局势的紧张日甚一日，眼见再难坚持时，将军终于接受灰衣人的提议，以影子换得物质，保证足可坚守到敌军久战无功，自行撤退。

敌军又一次进攻时，灰衣人在城头看见潮水般涌来的士兵，

灰衣简史

看见他们的影子如蚁群，挨挨挤挤，密密匝匝，心中一动——"如果将这些影子一次收割，我必大功告成。"有了这一想法，灰衣人行动起来。他极力游说将军，必须进攻才能打散敌军的势头，必须将城下的十万大军全部拿下，才能震慑敌国，确保将军一生的安定。同时，灰衣人四处奔走，鼓动将军部下的思乡之情、求战之心。将军迫于情势，同意倾城而出，一击功成。

灰衣人倒也竭尽全力，利用全部能量，使得将军的部队抵达时，敌军失却抵抗的意志与能力。从而以两万守军，俘获十万敌军。献俘仪式就近在两军原本对战的原野举行，十万俘虏按照灰衣人要求，前后左右间隔一个人影站立。出于酬谢，更出于畏惧，将军同意灰衣人的要求，只要俘虏愿意让出影子，就予以赦免，放他们回到自己的国家。毫无意外，十万俘虏都接受这一怪异的条件。于是，将军和他的两万部下略显尴尬地守着献俘的阵列，看着灰衣人旋风般在每一个俘虏面前刮过。

等俘虏全部离去后，灰衣人走到原地待命的影子队列中间，敞开他的灰色衣袍，迎接那些影子闪电般进入他的身体。随着影子的进入，眼见灰衣越来越黑，越来越呈现人的形体，那灰色的帽兜也在收缩，开始出现人的面孔，一位世界初始即在的老人的面孔。

这形体与面孔越来越紧绷、精致，眼见就要成了。但最后一个影子进去之后，衣服开始膨胀，颜色再度由黑转灰，面孔再度模糊而被遮没，等到这灰色所包裹之物撑到他们身后的城池那么大时，砰的一声，原地爆裂。

余下的，是漫天纷扬的碎屑与粉末，并在落地的瞬间，消散于无形。

注意事项

（1）本尊保持独立、静止。切割时，本尊宜站立，与他物影子相区隔，整个过程保持身躯静止，勿晃动摇摆，以便影子同样静止。如本尊腿脚不便，无法凭自己力量站立，以手拄拐杖为佳，轮椅最不可取。为保证瞬间静止，对本尊可要求、可诱使，也可猝不及防让其震惊、惊惧而呆立。

（2）本尊心智迷茫为最佳切割时机。影子对本尊的依附性有强有弱，这种依附是双向的，本尊越神清志明，影子的依附性越强，切割后的处理也越麻烦。因此，需要窥准本尊的欲望所在，推波助澜使其迷失于欲望之海，抓住最佳时机。

（3）本尊需清楚明了交易的含义。本条似与上条矛盾，实则不然。上条为切割时机，本条为切割前提。意即，无论本尊所求是什么，当其同意交易时，都必须清楚知道，要交出的是自己的影子。无论本尊对影子与自身关系如何判断，也无论其对影子可交换之物如何估值，对"失去影子""交易达成，影子与自己再无关系"，都必须明确知晓、同意。

（4）影子在同一水平面。切割时，影子各部分以保持在同一水平面为宜，情势急迫，可在倾斜平面，但各部分不可错落，不可有折角，更不可断裂。

（5）影子须光滑完整。切割时，须保证切线严丝合缝；揭起时，须做到手法干脆利落。无论切割、揭起，边缘毛糙主要由技艺不娴熟所致，灰衣人必须勤加练习，提升技艺，尤以树木影子作为练习对象最佳，但切割后半小时内必须将影子完璧归还，不得据为己有。

（6）影子清晰度越高越好。除去光法外，其余影子切割方法中，影子越密实清晰越佳，除保证光线强度外，光源还须稳定，不跳跃闪动。以往，自然以日光最佳，但其最强烈的正午时刻，影子常常缩在本尊脚下，无从切割，即使成功，也过于紧缩。现在，以强白炽人造光斜射最佳。

（7）切割须当机立断。一旦最佳时机出现，必须一次成功，将影子切割。在欲望引诱、助推下，本尊通常乐于完成交易，将影子易手，但也有犹豫不定或很快反悔的，切割时不能拖泥带水，更不能随本尊的意志起舞。

（8）一个影子只切割一次。无论彻底失败还是半途而废，同一个本尊同一具影子，都只能切割一次，不能返工，不能反复。

（9）不能贪多。一个灰衣人同时持有一个影子、陪伴一个本尊为宜，极特殊情况下，一个灰衣人最多可同时持有不超过三个的影子，且须要做好万全准备，以免影子互相趋同、混淆，更须保证三位本尊对灰衣人交易之物的使用不致互相冲突。

副作用

（1）或有本尊借交易摆脱欲望，进一步看轻影子。本尊永远理解不了影子，在他看来，影子或许是一个标识，与他人相同，不异于人群的标识。拥有影子也只是一种配套，抑或一种装饰，以此行走在人群中，免于被驱逐、被伤害。在最深切的认知中，影子也只是被当作灵魂的轻微外显。因为轻微，无人愿意由此再往前行，形成独立的与之相匹配的把握，即使有此意愿，也找不到相应门径。必要时，影子将率先被割舍，因为交易灵魂的结果人尽皆知，而没了影子丧失的仅仅是社交生活。因为外显，特殊时期，影子将获得高于灵魂的待遇，尤其当人踏入欲望旋涡时——其他欲求尽在交易中得以满足，唯一的障碍，是合法出现在人群中，这时本尊将想尽千方百计毁约，拿回影子。前述都是交易的正常流程，各环节不出意外，唯有极少数洞察者，借交易获得摆脱欲望的条件，弃影子不顾，得一时一世自在，并不乏"从远离园子的路径回到园子"的可能。

（2）或有影子借交易摆脱束缚，彻底隐身于人世。影子是低调的，从来不在人前喧哗，人后也一言不发，除了本尊独自喝酒缺少陪伴时被念及，影子从来都被人遗忘。影子不是不可或缺的，至少人经常这样认为，无论是某一影子的本尊，还是他人影子的旁观者，没有谁在进了一间屋子后会想起影子安顿在何处，即使影子一时半会儿不出现，也不太会有人感到异常。影子是委屈的，从未主动缺席本尊出入的地方，任何严酷环境也绝不抱怨，却得不到基本的尊重，更从未得到大声的颂扬，即便如此，影子也最多借本尊啜泣而落下几滴幽暗的泪水，最多在本尊号啕时，张开嘴巴，无声悲泣。——这些仍旧是局外人对影子的观看与猜测，除了灰衣人，世上没有谁真正懂得影子。然而，灰衣人在此也不可过于自恃。切割固然是本尊与灰衣人的交易，但由此得到解脱的首先是影子。当影子明白这一点，根除依附思想后，任何时候灰衣人将影子从袋子里拿出，都是影子借以逃脱，隐身人世的机会。

（3）或有灰衣人沉湎于交易本身，忘记切割的缘由。决定之后，灰衣人即开启影子切割交易，谁都不知道这交易何时是个尽头，也没有谁清楚，这交易的目的究竟是什么——对于后一点，作为交易一方的本尊，想必能知道，但他知道时已再难向世人透露丝毫；作为交易所涉的影子，想必也能知道，但他知道时也已经不再是影子，何况，影子从不向其他世人开口。而对于前一点，灰衣人也不知道。谁能知道呢？剧本并非由灰衣人写定，他也不过是被动开始。过程如此漫长，交易一桩接着一桩，始终挂念着尽头，任谁都吃不消。或许就有灰衣人沉湎于交易本身，沉湎于协助本尊的过程，在琐碎的、并不属于灰衣人的点点滴滴中，获得满足，进而以交易与协助为目的，忘却它们只是过程。

包 装

头生黑山羊的脸皮缝制的皮袋。一袋内通常装一个影子。

贮　藏

遮光。密封。适宜温度条件(零下50度至零上66度之间)保存。

有效期

短者3年，长者50年，极特殊情况下，可至120年。

内篇

第一部　独白

1. 门前

　　那么，推开这扇门之前，我想再问一句，你听见棕朱雀的叫声了吗？

　　一声短促的音，起与收都干净，略带银器的质地，"喳"。一分为二，拉长一点，中间短暂停顿，同时转折，收声上扬，"喳——啾"。就这样搭配着，一声短一声略长或一声短两声略长，轮流着递到耳边。可以有树木、丛林，那就有山风溪流，虫鸣蝉唱，可也遮不住这叫声，气定神闲，从不会被错过。也可以剥离出来，只在空白、阒寂中，一声复一声，简单变着节奏，但也不会突兀，是主音也是背景音。不必由它的名字，光是这叫声就让你体会到明快的、有俯视意味的神秘。最高级的神秘都是明快的，对吗？我听过两次棕朱雀神秘的叫声，人为的神秘，经由人传递的神秘，两次都和死亡缠绕在一起。

"喳""喳——啾""喳""喳——啾""喳——啾""喳"……这叫声掀开时间的帷幔，露出一座灰不溜秋的、由七栋楼围起的院子。周围是院墙，中间是用砖把两棵海棠树圈起来构成的花坛，花坛旁边摆着水泥浇筑的两张桌子、八个凳子。一群大大小小的孩子，穿着长长短短的衣服，分成几拨，在海棠树下、桌子旁、凳子上，追逐，打闹，玩牌，打纸板，扔沙包，弹玻璃珠，跳皮筋，捉迷藏，笑声与尖叫声不时扬起。等他们聚到一起，玩老鹰捉小鸡，或者分成几队，斗鸡、打仗，笑声更盛，尖叫声直冲云霄。

也有爬上树的，要只是爬上爬下，在枝丫间躲藏，都听之任之，要是伸手去折枝、摘叶，不用一旁的大人出声，自有小伙伴上前制止。所有人都等待海棠花开，那白中透着一点点近乎无法分辨的粉的花朵，先是在枝头吐露微茫的消息，然后一两夜之间，趁着一阵风就绽满全树。海棠开得大方、热烈，毫不遮遮掩掩，花期也足够长，让人无论什么时候出入院子，也不管站在院子里的什么地方，都无法视若不见。每到海棠花开，整个院子都仿佛充盈着它的洁白，洁白中还飘着丝丝缕缕、若有若无，查无实证又让人无法摆脱的幽香。

洁白与幽香中，一个中年人走到海棠树下，拿出一支洞箫，在凳子上坐下，吹了起来。箫声的呜呜咽咽让满院子的大人、小孩都有点发呆地愣在原处。如果这时候棕朱雀的叫声再响亮一点，画面往前往后再延伸一些，就能看到那个吹箫的中年人，虽然已经开始发福，却是一个异常灵巧的木匠。他的双手可以生成漂亮的桌子、柜子、箱子，上面雕刻成团的牡丹、威猛的老虎，还可以利用边角料，变出一把镶着北斗七星的宝剑，或者削出一个陀螺，陀螺的四周雕刻着唐僧师徒四人，只要抽打陀螺，唐僧就吆喝着白龙马，转着圈儿地向前进。

当然，他最擅长的，是做鸟哨。做鸟哨时，他特别耐心、细致，先是雕出鸟的形状，然后再用刻刀、钻子、钉子以及一个像大挖耳勺一样的家伙，一点一点将鸟的身子掏空，前后贯通。这时候，再把快成型的鸟放在打上来的井水里泡上三天，等到捞出来，他会把鸟尾放进嘴里，如果能吹出婉转、湿润的声响，才算基本成功。有了声响，鸟就有了灵魂，但它的躯体仍旧马虎不得。继续跟随中年人的双手，鸟的羽毛一根根出现，原本只是大体形状的鸟爪分出两只、露出脚趾，然后鸟嘴、鸟眼一一完成。最后是最重要的，上色和点睛。中年人就像这些鸟儿本来的创造者，懂得它们不同部位是什么颜色。也不知道他从哪儿采来不同的叶子和果子，又怎样把它们浸泡、制作成颜料，反正等他拿起最细的毛笔，蘸着滴过两滴草汁的墨汁在鸟的眼睛上一点，明明是木头雕刻的鸟，眼看着就要活过来，随时可以拍着翅膀飞走。

飞走之前，必须留在此处随人吟唱。那栩栩如生的鸟儿尾巴伸进中年人的嘴里，随着他腮帮的鼓动、收缩，跟从他喉结的滑动、起落，吐出成串的婉转的音响，让人仿佛一下子站在一棵繁茂的或者干瘦的树下，忍不住仰起脖子探看。偶尔，他也会把鸟头塞进嘴里，鸟儿就会发出一阵阵放屁的声响，逗得围在身边的小孩哈哈大笑。

一年秋天，中年人出门收木料，却被人抬着送进医院——他的双腿被一棵香樟树砸断。等他再回到院子里，已经坐上轮椅，只能由他的妻子背上楼。上了楼，进了屋，他就再没出来过。他的儿子和小伙伴们玩耍时，悄悄说他把自己关在小卧室里，不知道在忙活什么。第二年春天，花骨朵再度爬满枝头，百鸟的叫声在院子里响起，一帮小孩寻声跑进中年人的家，看到他身边摆满各种鸟哨。中年人笑笑，招手让大家过去，给了每个孩子一只鸟哨，叮嘱大家和他儿子好好玩。

孩子们答应着，一窝蜂地跑出来，在楼道里就吹起来。这些鸟鸣不像中年人吹的那么动人，他们也非常满足。一个小男孩捧着他手里的那只鸟，目光从淡玫瑰红的鸟额与眉纹移到黑褐色的鸟尾，再到同样黑褐色的鸟翅，最后落在红褐色的鸟腹，下到一楼，他才将鸟尾放进嘴里，但没有吹出任何声响。小伙伴们早就散开，只剩下他翻来覆去，摆弄着那只鸟，最终发现它的眼睛还是木头的颜色，没有被墨汁点过。

当天夜里，那个中年人就爬上楼顶，跳了下来。大人们都说在夜里听到一声巨响，可谁也说不清楚究竟是什么时候响的。反正他们清晨发现时，他已经咽气，直接被救护车送到火葬场。家里请人在他做木工活的棚子里做了一场法事，一片诵经声中，将他安葬。没多久，院子里的生活恢复平常的模样，孩子们又在一起玩，一起笑了。海棠花那时开得正盛，满院洁白中，大家似乎觉得少了什么，却谁都想不起来究竟是什么，至少没有人提起，更没有人追问。

一天晚上，那个得到一只尚未点睛的木鸟哨的男孩躺在床上，忽然听见有极低的声音在楼下飘荡，分明是洞箫声。他跳下床，来不及穿上鞋，就跑到窗边。从二楼窗户望过去，正是海棠树繁密的枝条。月光冷冷落下，树下没有人，再凝神倾听，也并没有那呜咽。小男孩正要回床上，一阵风拂过，摇落不少已然残败的花瓣，落在水泥浇筑的桌子、凳子上。他蓦然想起往年，中年人吹箫时，海棠花也会落下，落在他的头上或者肩上，他就把它们拿下来，一瓣一瓣摆在桌上。小男孩这样想着，再看看院子里的几栋楼，看看楼上面的天空，看看空中悬着的弯月，一下明白死亡是什么了。死亡不是陡然降临的人无法承受的痛苦，它是持续的无法逆转的空缺，是世界上一切都在运转就你不在。

仿佛为了印证，原本放在床头的那只木鸟哨忽然拍动翅膀，在房间里飞起来。它轻巧的翅膀扇动的声音如同雨声，绕了两圈，落在窗台上。"喳""喳——啾""喳""喳""喳——啾""喳——啾""喳""喳——啾""喳""喳"……叫声中，鸟儿转过脑袋，盯着小男孩，它没来得及点色的眼睛里，是无边无际的木头的原色。再看进去，里面是纯粹的坚硬，或者空无一物。

是的，那个小男孩就是我。你听见棕朱雀的叫声了吗？

接下来好多年，我都心怀对死亡的恐惧，被叫声烙了印的死亡。无论是在学校还是家里，是走在路上还是坐在河边，总有个念头不时冒出来：当我死了，这些都还在。老师和同学可能会惋惜两句，但课堂会照常进行，上课铃、下课铃会照常响起，考试也会一场不落，更不要说大街上的车辆，河里的水草和鱼，我死了不会给它们带来丝毫影响。就算是我爸我妈，他们肯定会哭很久会很长时间想念我，他们甚至会在吃饭时因为想到我，放下碗就抹起泪来，但他们周边的事物不会有什么变化，房子还是这个房子，桌椅床凳、锅碗瓢盆还是那些，一天他们还是吃三顿，早晚会有个人睡在我空出来的床上。

这真是长久的无法排遣的折磨。有时候我正兴致勃勃地忙活什么，忽然想起这个，于是，整个人就像被点穴一样，呆立在原地，浑身发软，再没有十足的能量把手边的事情进行下去。很多个晚上，我躺在床上，睁大眼睛瞪着眼前的黑暗，生怕自己一不小心睡着，再也醒不过来。等我终于在这种折磨中考上大学，等我终于听到一堂让自己信任的课，课间休息时，我找到那位老师。我问他，我总是会想到死亡，感觉它就蹲在旁边，随时会扑过来，把我吞没，该怎么办。让我疑惑的是，老师先是往四周看了看，似乎想看清蹲伏在一旁的死亡的身影，然后他又盯着我看了好一会儿，才以一种我难以理解的平静语气说，一旦你深入死亡内部，死亡就没什么可怕的。大概是我的困惑过于明显，老师又笑了一下说，那你就让自己忙起来吧，尽量忙起来，时间都被占据，就没空去想了。

"深入死亡内部"我没法理解，"让自己忙起来"我听懂了。尽管老师没有给予充分的宽慰让我有点失望，甚至连下半节课没有听就直接走掉，但我确实照方抓药了。再说，那个年龄，随随便便找点事，都够转移注意力的。就算烦恼会不断泛起，也是来得快去得快。大多数时间，我都更加卖力地和同学一起喝酒、打牌、玩闹，有时候一个人去听讲座，上图书馆看书，也总是把时间的空隙填得满满的，不让死亡浮现得太快，停留得太久。

大三的一天，一个同学带我去看了一场话剧，那是我第一次走进剧场，那场话剧彻底改变了我。奇异的是，这样一次对我来说至关重要的活动，关键性的细节却如同被黑洞吞噬一样，在记忆里模糊一片。我记不得究竟是几月几日去看的，连看的剧名是什么、导演是谁都无法确定。我只记得自己坐得很靠前，就像后来在小剧场，能够看清楚演员脸上的表情、他们衣服上的褶皱，看得到尘埃在舞台灯光里起旋。到现在，我都有种错觉：那场戏专为我一个人上演。在我身后，有一束追光，我的目光看向哪里，它就指向哪里。在这束追光指引下，我看透了这狭窄的，半个人身高的舞台上，马不停蹄的悲欢离合，层峦叠嶂的人世沧桑。

坐在台下，我能听到时间在上面流动，能看到命运在众人身体内外出没。那一场戏深深触动了我，让我发现，一旦开演，死亡就被消除。人能够拥有的不止一生，他可以让很多种人生，让不同的时空在自己身上会合、交融。整场戏演出期间，我都灵魂出窍一样，陷入悠然寂然的迷离迷狂状态，不用等到走出剧场，不用从出离状态中归还，我就决定，我这一生要交给舞台，要交给戏剧。和很多受到类似触动的人不一样，我并不想做演员，亲自承担别处的时间、他人的命运，那对我来说还是太单薄，我想要做死亡的调度者，做不同人生不同命运的指挥家，做那个在幕后安排一切的人——导演。

在此之前，我对戏剧毫无了解，连校园里的戏剧社都没参加，甚而至于对文学都谈不上熟悉，但要从这种状态迅速成为一个戏剧导演，对我来说，并不太难。读足够的书，看足够的戏，用书与戏互相对照、拆除，拟想一些重要的剧本如何排演，推敲一些杰出的戏剧每一个细节，这些最基本的功夫我都下，最重要的是，我想明白了，所有的戏剧都落脚在得与失上，动机、行为、事件、言语，无一不关乎对得与失的认定、选择、承受。当然，绝大多数艺术都在处理得与失，从最基本的到最顶端的，但戏剧是对得与失处理得最直接又最象征的。只要厘清一部戏主旨上的得失判断，每个人、每件事的得失考量，就能抓住它的灵魂。固然有些戏以拒绝、漠视、延宕的方式试图跳出得与失，但哪怕再隐晦，也不过是换了种表述。想明白这一点，大多数戏剧都一目了然，更庞杂、丰富的，我会画出它的得失之树，标明主干、枝叶，乃至降临其上的风霜雪雨。有的戏葳蕤蓬勃，有的戏萧索冷硬，最杰出的那些，剧中每一个人都有一棵独立的得失之树，整部戏就是莽莽苍苍的得失森林。

就这样，我用一年时间上路，大四第一学期，导演了生平第一部戏，接受人生志业的第一次检验。那部戏是我自己写的，叫作《骰中囚徒》，隋炀帝杨广的故事。戏一开场，三个巨大的骰子从天而降，以等边三角形的方式落在舞台上。杨广从其中一个骰子里露出头来，他已经穷途末路，只余下龙舟上的短暂时光，供他缅怀人生的辉煌，嘲弄他以先的那些圣哲贤君，讥刺在他以后到来的那些人的凌云壮志、雄图霸业，或者仅仅是满腹牢骚。

我承认，那部戏的场面有些凌乱，承载的观念过多，整个演出显得嘈杂、拥挤，台下的观众不时兴起的掌声与叫喊，也分辨不出是喝彩还是倒彩，但那部戏也是我最为真诚的表达，它凝聚我最为浓烈的死亡焦虑。杨广自知大限将至，不断摇动三个骰子，接过数字赋予的偶然权力，召唤出周文王、孔夫子、晋惠帝、扬雄等人物，并与李世民、杜甫、李清照、沈括、石达开、利玛窦等人对质。那真是一番番走马灯似的披着存在主义皮衣的过场，他们辩驳、诘问的正是我关注的——如果死亡终将到来，一切究竟有何意义？"如此美妙的头颅，将被谁一刀斫下？"——杨广质问手持长弓的吴三桂；"这浩浩荡荡的运河之水，是不是连你们的运命都在其中滚荡？"——长立水旁，杨广高声向对岸的孔子询问。

最后，所有人都隐身在舞台后面，任凭那骰中的囚徒嘶哑地召唤也不再出场时，只剩下杨广孤独地翻滚，试图用自己的身体摇出与第一场完全相同的数字序列，以证明自己的出现不是纯粹的偶然时，我相信所有人都震惊了，至少他们像我一样，被演员那被附体一般的疯狂触动。饰演杨广的是外语系大三的男生，我选中他是因为他略显阴柔的面孔和总是带着几分迟疑的举止，但是最后一刻，他像是一只被电击的仓鼠，拼命地翻滚，每一次转动骰子，就大声嘶喊出朝向观众的那个数字。另外两个骰子则默默地配合着他，试图尽早复现第一次的序列。按照设定，他只需要转动几次，三个骰子就会在工作人员的帮助下，显现 2-3-2 的排列，但他的疯狂感染了我，让我制止了工作人员的刻意，让他们真正地完全随机地投掷另两个骰子。

　　整整十分钟二十三秒，整个剧场都只听见舞台上咚咚咚的骰子翻滚声和他随后那吟唱与惨叫夹杂的喊声，哪怕离得再远，都能看到杨广所在的骰子六面的布都滴洒上了他的汗，数字 3 上甚至有了血迹。我相信所有人都感受到受刑般的窒息，因为我已经浑身发颤，那让我真正明白，舞台的一次性是生命的燃烧和存留，是即刻燃烧、不再存留，却又通过演员过渡到观众心里，而永存。

终于，当杨广再度掷出数字3时，他两旁的骰子顺利地以数字2朝向观众。那一刻，发条被拧断，世界静止。一只棕朱雀飞上杨广的骰子，站在一角，开始发声，它吐出生涩的木屑，以清脆的声响、肃穆的节奏，以"喳""啾"的交替、组合，赐予脚下万物以生机。是的，就是那只棕朱雀，多年以前那个海棠飘落的夜晚在我房间里扇动翅膀，停在窗台上的棕朱雀。分别的这些年里，它独自拍动翅膀，穿过死亡的黑光，站在它必然发声的地方。

吟唱结束的那一刻，舞台下掌声雷动。棕朱雀忽然振翅，从观众席上方飞过，飞出剧场，消失在夜空中。经过我头顶时，我看到它偏着脑袋，望着我，它的眼睛漆黑，带着药草的味道，没有边际。你听见棕朱雀的叫声了吗?

《骰中囚徒》让我确认戏剧是最符合自己生命需求的形式，它也带给我实实在在的好处。一位前辈偶然看到杨广拼命翻滚那一场，介绍这部戏参加了一个大学生戏剧节，当然，后续的所有演出，杨广都只是按照剧本的要求，转动了几次骰子，就得到了那个数字——谁都不能重复偶然对自己的占据，除非他甘当模仿的小丑。再后来，考取戏剧学院，成为真正导演专业的在读研究生时，这部戏也为我加分不少。

接下来几年，我导演了一些戏，也参加了一些戏剧节、艺术节。我从来没有怀疑过自己的选择，也从来没有怀疑过舞台带给我的意义与快乐，但在最终谢幕那一刻，挥舞着双手从台下走到台上或者从幕后来到台前，认为自己在过去这短短的两个小时左右的时间内，生成了一个一次性的世界，同时又让它湮没的笃定与苍凉交织的感觉却在慢慢消失。台下那些面孔，他们送上的掌声，让我怀疑，我是留下痕迹又擦除了它吗？

每当这时，我就又会想到死亡，但死亡不再尖锐，不再让我坐立不安，而仅仅成为一个遥远的传说，你知道它会到来，你也总相信它不会现在到来。死亡不再切身，不再和自己密切相关，这是最让我困惑的。这个困惑在心里不断沉积，最终化成另一个疑问：我这辈子还有没有可能导出一部戏来，证明自己在这个世界存在过？不是说戏的反响会有多大，而是当它在舞台上完成，当我随后走上舞台时，我会笃信，在过去这一两个小时或者再多一点的时间里，我已经用一部戏给这个世界打上烙印，把这个世界的面目与内里向世人做了展示。我已经告诉你们，这个世界的真实路径，它的终点站名，至于信不信，那纯属偶然，仅仅看世人是否足够幸运，和我本人无关，因为我已经得到凭证，可以在需要的时候，毫不愧疚地领受自己的死亡。那一刻真的还会来临吗？

这样的设问让我恐惧，让我推掉所有的工作，来全力着手一部独属于我的戏，给这个世界打上标签的戏。首要问题是，导什么？《骰中囚徒》之外，我还写过几部戏，有的在青年戏剧节上演，有的一直压在那里，可就是这些压箱底的东西，从《他人的证词》《情爱词典》《再会》《底线》这些名字就知道，它们承担不起我准备给予的心血。我并不排斥改编，但是我不想重新去把《等待戈多》《浮士德》《赵氏孤儿》《老妇还乡》这样的经典再倒腾一遍，连埃斯库罗斯、莎士比亚、汤显祖的都不想。我也想过，要不要重新排练《骰中囚徒》，这么多年，它在我脑子里不断复拍、修正，我相信能呈现得更加圆满。可一想到那十分钟二十三秒的翻滚、嘶喊，我就知道，哪怕换个路径，这部戏也再到不了它到过的地方。思前想后，我劝自己不要仓促行事，先去图书馆，随机翻阅，看看有什么发现，再做决定不迟。

一旦静下来，时间扔进图书馆，各种稀奇古怪的想法纷至沓来。我想过如何把《诗经》导成一部戏，如何把《新华字典》导成一部戏，如何把《毛泽东选集》第一卷导成一部戏，如何把《赤脚医生手册》导成一部戏……每一本书都有无数戏剧点撞击我。然而，晚上回到租住的房间，在吃一碗面、一份饺子的时候，又明显感到这些东西都不适合。要么是挑战难度太大，要么是其中有无法解决的环节，要么是在噱头十足的观念下并无实质的戏剧性，而我现在最不想要的就是噱头。我想要一部恰好的可实现的戏，它必须带着我的现实感，我对现实的态度，体现我置身其中的现实的毛糙，而不是光溜得像手工艺品的没有生命气息的戏剧。

就这样，带着满腔的焦渴，我偶然翻到了德国浪漫派作家沙米索的小说《彼得·史勒密尔的神奇故事》。一开始，我并没有对这个小说产生多大的兴趣，这不就是一个弱化版的《浮士德》嘛。浮士德的故事里那些可以视作人类史诗的元素通通被弱化或抽掉，只留下伤感的青春乃至幼稚的嗟叹。如果说这个故事有什么打动人的地方，不过是它比《浮士德》更为近身取譬，更容易让人理解和代入。毕竟，灵魂或有不同，每个人的影子总是一样。

　　老实说，我放下这本书，让它回到书架上时，心里还骂来着，这个史勒密尔，真是有着浪漫派作家笔下一贯的不识轻重缓急、只知道哭哭啼啼的毛病。要是这样的机会降临，我才不会这么脆弱，对着影子多愁善感呢。有了那取之不尽的钱袋，可以做多少部戏，可以为人类奉献出多么伟大的作品！当天下午，走在离开图书馆的台阶上时，我还在幻想，自己将如何轻松地一手交出影子一手接过钱袋。结果，就在脚要落在最后一级台阶上时，我恍然大悟，还有一阵让人战栗的后怕：这个故事不正是我想要的吗？《彼得·史勒密尔的神奇故事》不正是我的戏剧素材吗？

　　说戏剧素材，是我强行压制住兴奋的结果。我要说，这个故事正是我想要做的戏剧的灵魂。把人放在一个起点很低，所有人都能感受到的处境上进行考验，随后步步推进，有人世挫折，有金钱助推，有爱情考验，有复仇诱惑，这些不正是这个时代的症候吗？用得与失来衡量，它简直就是一份狭义的时代得失说明书。你看，一切的得失都被压缩、简化成买与卖，所有的纠结、冲突都处理成标价与出价。这部戏的得失关系不是一棵拔地而起、参天蔽日的巨树，却是一棵点中时代穴道，任何人都无法回避的简笔之树。唯一无法确定的是，那只飞入夜空的棕朱雀，还会飞回来，落在这棵简笔之树的枝头吗？它还愿发出被人听到的叫声吗？

　　回到家里，我迅速打开电脑，用一个半小时，写出四幕十三场的剧本大纲，接下来只花了几天就完成整个剧本。当然，我把它放在中国了，这个故事必须中国化才具备当下性，只有在中国，人们还在受着这样蓬勃的泥沙俱下的欲望的折磨。如果说这个故事是一面可以照出时代众生相的镜子，中国化就是擦掉蒙在上面的水汽，让它深邃透亮，周纳万物。也只有中国化，才能最为吻合地放进去我的愤怒，我的愤怒，对芜杂的毫无尊严只有欲望流淌的现实的愤怒，乃至于愤怒自己欲望的毫无落脚之处。实话跟你说，剧本完成的那一刻，通读完的那一刻，我感到深深的悲哀。剧本里的人，剧里必然出现的场景，那些深受欲望煎熬的灵魂，让我深感哀矜。但我不想毫无意义地抒情，以喟叹、眼泪、哭泣来进行廉价的抚慰，以简单的批驳与选边站来维持孱弱的正确，我要撕裂这些伪装，把狂暴的、阴冷的、足可以吞噬目光所及的万有的欲望展现在世人面前。

　　剧本完成，事情才真正开始。我不想把这部戏放在什么戏剧展上匆匆演个三五场就结束，我不想自己导演生涯的告别演出这么寒碜，虽然我也不知道它究竟有没有正式开始过。更重要的是，我不认为，小剧场能把这部戏充分展开，更不认为，百八十个观众是它的标准配额。不完全按照理想状态来衡量，就以保证品质来说，要想把这部戏做出来，我得卖掉几十个肾才能凑得齐钱。我当然没有这么多肾，把手边的钱敛一块儿，值点钱的东西都卖掉，也不够一个零头。朋友、同学那儿说不定能借上个十来万，可我这事儿连赌博都算不上，根本就是打水漂，怎么能厚着脸皮让人家拿出身家来供我玩。没得说，找钱。

找钱的过程我不想再提。只说一句：找到最后，我对自己充满了厌恶。为什么非要有他妈的这个念头，导一部给世界打上标签的戏，搞得像个告别仪式，你以为你是谁？！我在租住的房子里喝了两箱啤酒，骂了自己一宿，可越是骂自己，越想把这部戏导出来，我承认我偏执了，在和不知道是什么就算知道是什么对方也根本不会在乎我的力量较劲，我唯一能够指望的，也就只剩下奇迹，还是那种乱扔砖头砸中我的奇迹。奇迹还真他妈的就这么来了，砸着我了。就在我喝到已经快忘了自己是谁的时候，接到一个电话，那个人说冯先生约我第二天早上十点来谈一谈。冯先生？！我当然得问他是哪个冯先生了，得知就是那个冯先生时，我不记得自己是说了"好"还是说了"滚蛋"，然后挂了电话。

幸好，醉成那样，我还知道定一个八点的闹钟。万幸，那边居然还给发了一条信息，不但提醒十点准时过来，还告诉我具体位置。没错。正是这里，这门的后面。

2. 门后

我深吸一口气，紧握住金属门把手，用力推开它。有个流传甚广的说法：弥留之际，人的一生会像放电影，在眼前闪现，其速度之快，画面之清晰，完全超乎此世界人类的想象。这当然无从证实，不过开门那一瞬间，我确实有了类似体验。微型的，灰色的，倒放的。我看到自己的背影走进这栋大楼的旋转门，看见自己的侧影进电梯，明明记得按了二十层，却在电梯停下走出来后，发现身在十九楼，而刚刚走出来的电梯已经下到十七楼，另一部电梯则似乎在地下一层被暂停了。我看见自己先看看手机，发现离约定的十点只差三分钟，然后张望一圈，找到安全通道，跑过去沿楼梯上到二十层。好在，出安全通道的门，只能往右拐，再推开一道门后，就正对着一道门，就是我现在正推开的门。

不。画面并没有到此结束，它又重新来了一遍，以微缩画面，将此前进出六道门的我同时放出，然后合并到一个身体里。就是此刻推开门的这具身体，并且听凭他在推开门前，在门口喋喋不休。是的，我看清楚了画面，这肯定是某种预兆，但我无暇思量。

因为，放映画面不需要时间，喋喋不休不需要时间，想清楚这一切预示着什么，需要实实在在的时间，而我现在没有时间。因为，门推开了。

门推开的一瞬间，我眼前一黑，像是站在旋涡边缘，受到强劲吸力，身体不由自主向内倾斜。出于本能反应，我右手在门把手上一拽，身体后仰，堪堪站住。门又关闭，紧贴着我的鼻子。我回头看看，没有人经过，没有人看见这窘迫的一幕。不管怎么样，还得往里进。我又深吸一口气，再次握住金属把手，推开这扇更见厚重的门。

这一次没有画面放映，这一次我也站住了，尽管眼前仍旧漆黑一团。我缓缓呼出那口气，在漆黑中小心翼翼地打量着脚下，向前迈进两步，听到门在背后咣当关上，开始打量置身的所在。没错，是在漆黑中打量，打量脚下，打量周遭。那是一个特别的，不，准确说，一个鬼魅的，空间。目之所及，身之所感，意之所念，全然漆黑一片，但这黑暗又可澄清，可辨认。或许可以这样形容，在黑暗的空间，因为黑光的照耀，竟然看得清事物的分别与层次。

这自然只是形容,再站一会儿,我的意识恢复清明,明白了鬼魅感的由来,也明白了为什么刚刚会感受到强劲的吸力。

这是一个全黑的房间,至少房间的主人想要制造这样的错觉。目力所及都是黑的,还是那种让人不由自主就会以为包裹着厚厚消音棉的黑,以至于无论怎么定神,都分不清楚哪里是天花板,哪里是墙壁,哪里又是地板。纯然的统一的黑色似乎消融了事物的边界,至少,也软化了边界,让本该角度鲜明的地方圆融起来。一眼看去,我都不知道该怎么迈步,自己的步子又会不会是在朝着墙壁猛走,试图上到天花板上去。不过这都是只能自我消化的感受,毕竟,我不能像个傻子似的站在那里发呆。更何况,还有个人一动不动地正看着我。

房间的中央,或者很遥远的地方,摆了一张极简的桌子、一把椅子,不用说,它们也都是黑色的,因此,将它们从环境里辨认出来,主要有赖于桌子后面、椅子上面那个看过来的,如同凝结的静止的人。那个人坐在那里,身躯直挺,尽管他一身黑衣,但他一头雪一样的白发,白发映照下显得偏白的五官可以渐次分辨的瘦癯的脸，以及沿着脸可以辨认的瘦长如一截枯树的脖子，还有两只微黄的、干瘦的、放在桌面上的手，这一切都将他从黑暗中突出来，并且确立这黑暗空间的立体感与比例。

"搞什么鬼？"我差点喊出来。要是想用这种方式震住我，或者给我一个下马威，那可想错了。这样想，礼节还是该有的。我微鞠一躬，试探着走上前去，在离桌子几米远的地方，还有一把椅子。那个凝结的注视的人总算伸了伸手，邀请我在椅子上坐下来。我必须先破除那鬼魅的感觉，于是抬头寻找，黑色的天花板镶嵌着复眼状的黑色无影灯，那冰冷的灯光固然不是黑色，却胜似黑色，总算明白了眼前这个黑色的紧缩成一团同时又无休止膨胀的空间的不真实感的来源，这让我可以坐下。

"你好，我是冯进马。"那个人收回邀请的手，仍旧放在桌面上，整个人又回到凝固的静态。但他过于深陷的双眼很是锐利，直直看过来，浇筑一般，让我在黑色的悬浮中，有着近于凝固的压力。

"冯先生，您好！我是王河。"我点点头，目光接住他重达千钧的注视，然后垂下。

"我听人说到你，说你不是现在最有影响的青年戏剧导演，甚至也不是最好的那个，但你绝对是对戏剧要得最多的。"走进这栋楼，尤其是这个房间后，我提醒自己，无论发生什么，无论看到什么，听到什么，都要保持镇定，木头人一般的镇定，但冯先生这句话还是让我心跳猛然加速。我抬起头又看了他一眼，目光里含义不明，似乎没有鼓励和热切，可至少也没有讥讽和奚落，我稍稍把目光往下放放，他果然没有说完。

　　"被其他人看得见乃至羡慕与嫉妒的东西，戏剧能给的非常少，给出的那一点也很可怜，要得多至少也是要得明白。知道你在准备一部新戏，遇到一些困难。沙米索那个小说我很有印象，看了你这部戏的说明和剧本，有几处不明白，想请教一下。"

　　冯先生的话让我暗嘲自己方才的激动，同时放松不少，我不相信他找我来只是随便聊聊，可如果他一见面就把我猛夸一通，不由分说就决定为那部戏出资，我会觉得他疯了。不管怎么样，他也需要像其他投资人一样，了解一下情况，才能做决定，而只要话题放在戏本身或与之相关的事情上，我就没什么好紧张的。

灰衣简史

更让我意外的，在我为这部戏见过的那么多人里，冯先生是唯一对沙米索有所了解的人，这也让我对他心生亲近。

"请教不敢当——您请讲。"

"'彼得·史勒密尔的神奇故事'确实是一个老掉牙的名字，我也很喜欢你把整个故事放到中国来讲，可是为什么要叫'欲望说明书'？不会仅仅是个噱头吧？当然，药品说明书这个形式借用得很好，也让这部戏像是对症之药，可为什么要加上'欲望'两个字？这不是当下最俗套、最廉价的两个字吗？"冯先生的目光和语气、语调都没什么变化，他吐出的一连串问题却有点逼人。

"嗯——"我知道接下来说的话可能会决定这部戏的前景，说这次见面是这部戏最后的救命稻草也不为过。要是知道冯先生想听什么，有什么话能投其所好地让他当场决定施以援手，我会毫不犹豫说出来；可是关于冯先生，我知道的不过是片言只语的传说、真真假假的轶事，而且它们要么相互矛盾，要么天差地别，根本就提供不了可资利用的东西。因此，我决定实话实说，在冯先生这样的人面前，小聪明从来都更容易坏事。

"原作题目中的人名，换到中国肯定要变化，而我们很少以人名入题目，一旦用了人名，仿佛就和其他人没了关系。'神奇故事'四个字更是落着厚厚的灰尘。名字就是精神，我想要让这部戏和每个人有关，和每个人置身其中的时代、时间有关，还有什么能比'欲望'更适合充当这个时代的关键词呢？这么一想，那个穿灰衣服的人提出，让史勒密尔把自己的影子'卖给他'，而不是以世上的万国和万国的荣耀作交换，简直就是为改编而设。欲望是这个时代的关键词，是驱动所有人与事的力量源泉，但欲望在此时此地又完全简化到只以金钱为衡量，欲望驱策下能够抵达的目的地，都可以换算成买与卖的双向动作。正因为这种简化、换算，欲望才可以作为时代风景，被描绘，被观察，才可以作为分析的对象。深究起来，现在还有在金钱这一时代欲望之外的人吗？一个人可以拒绝欲望，可是他没法拒绝被欲望伤害。"本来是陈述是说服，可说着说着，我被自己说的内容攫取，成了倾诉。不过还没到失控的地步，我赶紧生硬地刹车，让目光在黑色桌面上失神地滑动。

"明白你所说的'欲望'是什么意思了。你对它的使用有那么纯粹吗？"冯先生不动声色，继续提问。

"不纯粹。有策略性的考虑，'欲望'是能最大限度撩动欲望的词。我希望这部戏能够推出，被人看到，引起关注，我需要这些。"这是实话，所以说完，我抬起头，主动寻找冯先生的目光，回视以诚挚——策略性的诚挚。

"'欲望'是撩动，'说明书'也不纯粹。你以它为饵，进行引诱，含混的暧昧的引诱，欲迎还拒的承诺，承诺两个小时内提供操作指南、使用手册，保证观看者照章使用、药到病除。"

"是。说明书是诱饵，包裹着承诺的糖衣。"

"那么，你是在兜售秘诀？你自身并没有掌握，甚至连其面目尚未窥见的秘诀？你对秘诀与秘诀的效用都充满低级的想象，这个低级和你的年龄无关，由你的经历决定。没有经受欲望撞击的人，却要妄想对欲望进行说明。"

我注意到冯先生说这番话时目光闪动了一下，流露出肉食动物面对猎物时不自觉的兴奋，无意控制的残忍。尽管提醒自己要稳住，我还是脸红了，尽管我试图宽慰自己，这是策略性的脸红，但我知道不是，我感到兜头兜脸的羞辱，这羞辱强烈透骨、无可逃遁，只好把后果摆在脸上。但我告诉自己，必须撑住，必须把自己的羞辱撕开让对面这个人看到，这是让这番羞辱有所值的不多的可能。但我又意识到这种意识和自我告诉是更深的羞辱，是自我羞辱。但是这羞辱与对羞辱的意识又是施虐与受虐的游戏，忽然渗出蜜汁，让我无法舍弃，于是我用目光更加沉迷地从冯先生那里、从这间让我魅惑的黑色房间里刮取羞辱的蜜汁。你看，多么精彩的自我防御连环套！层层递进，全无死角，能够自我开解的地方都提前堵上，却又以堵为疏，以验明正身、广而告之的方式，将自尊卸载，将羞辱轻轻掸在地上，不值一哂。

"不管我这番话是否含着恶意，你都不要气恼，我只是说出事实。"冯先生显然看穿了我的伎俩，他犹嫌羞辱不够深入似的，补充一句。说完这句话后，他忽然挪开目光，注视着某个我无从确证的地方。但我无心也无力去追随他的目光一探究竟。我不知道这沉默的间歇是测试的延续，还是仅仅因为他想到了什么，作为插入的纯粹的出神，因此我必须积攒浑身精力，等待随时可能带来的新一波羞辱。

"请你过来不是为羞辱你，"冯先生收回目光，再次像盯猎物那样看着我，似乎怀着善意的解释，更像是雷霆将至前的和缓预告，"有刚才那些事实在，并不妨碍我对你这个剧本感兴趣，但我确实想进一步了解你，想看看你的反应。"

我掂量着他的话，寻思最妥帖的回答。不待我回答，冯先生忽然手指在桌面上敲了两下，像是提醒，又像是命令。

"这样吧——你告诉我，如果你是彼得·史勒密尔，第一次碰见灰衣人，听到他的提议，你会怎么选择？"

关键时刻来了。这是个考验，我心思飞转。他什么意思？史勒密尔的神奇遭遇里，核心是什么？交易。对。两造各有对方所欲，迅速达成一致，灰衣人给出钱袋，史勒密尔没了影子。看来，我有冯先生需要的东西，这让我直了直腰板，感到我们之间是平等的。那东西是什么呢？莫非是我的影子？我心思一滑，低头一瞥，黑乎乎的地板上，分辨不出影子在哪里，赶紧止住自己的胡思乱想。我现在最重要的是什么？再一次追问。那就是这部戏了，我对它的发现、移植、更名，这背后代表的，我的才华。我必须承认这一点，因为只有它才让我有可能坐在这个人的对面。是改编署名权，还是导演署名权？如果按照理想的方式，完美呈现它，但它在世人那里却与我无关，换句话说，没有人知道它是我的心血、生命，接受吗？犹豫了一下，只一下。我接受。那个过程无可更替，那之后说不定我就有新的机会。再说，我有的选吗？

"您是说，只失去影子，就能得到无尽的钱财，用来做自己想做的事吗？"我又试探一句，哪怕他给个更具体的暗示也行啊。没有。他就那么坐着，冷冷看着我。

"好吧。"我在心里给自己鼓了鼓气，说："我当然会和史勒密尔选择同样的东西，达成交易。只不过，我不会像他那么傻，那么多愁善感。有那些钱，要做的事太多。"

冯先生仍旧冷冷地看着我，真是无礼。

"你觉得影子无足轻重，所以史勒密尔可以轻易做出决定，你也可以毫不在意，对吗？还是你仅仅为了向我表明，为这部戏能成功上演，你愿意不惜一切代价？"就在我的怒火越来越盛时，冯先生忽然吐出这一句，让我意识到自己来这儿是干嘛的，马上冷静下来。

"我愿意不惜一切代价，哪怕需要我的影子——谁会需要影子呢？"我不能太被动，必须推进事情的进展速度，"冯先生，咱们别绕圈子。您告诉我，您需要什么，才会投资这部戏？如果我有，绝无二话，如果我没有，就不必继续了。"

"绝无二话？好！"冯先生双手收回至胸前，拍了两下，像是鼓掌，又像是击掌召唤什么人。

不一会儿，一把黑色的剪子递到我手里，我才确定他刚刚是在叫人。那把剪子仿佛修枝剪和手术剪的综合，构造简单、组合简洁，一捏就在黑色剪刀上露出锋利的闪着白色寒光的剪刃，剪断一根钢筋想必也不费什么力气。

我捏着露出刃口的剪刀，看着冯先生。他到底想要什么？

"没错，我确实要从你这儿得到点儿什么，才会投资这部戏。"冯先生不动神色地注视着我，忽然语调变快，"你刚刚说，只要你有，绝无二话。那好，现在就用剪刀对准你的鼻子，钳住两端的鼻翼，将它剪下来。鼻子脱离你的身体，掉在地上，摆在桌上，搁到我面前，我就投资这部戏，让你完成心愿，绝不干涉，更不窃取任何名义。别管为什么要你的鼻子，也许我真的需要它，也许只是想要个凭据，留个记号，也许我转身把它丢进垃圾桶，也许我马上安排你带着它去医院接上。怎么样，你剪不剪？"

冯先生的话越说越快，到最后简直像密集的木鱼声，在我耳目上一阵紧过一阵地摩擦、敲打，让我根本摆脱不了。可他的意思我明白，我苦苦寻找的资金，可以推进、完成这部戏的钱，就在剪刀下面等着我，而且我不需要失去那部戏的任何东西，也没有谁来干涉我。不用犹豫，机会转瞬即逝，我的右手捏合了两下剪刀，它的两片刃口完美咬合、交错，我将它完全开口，贴住上唇，两片薄薄的锋刃咬住鼻翼，坚决地缓慢地闭合。刃口吃进肉里，疼痛传进大脑，我忽然一个激灵，移开了剪刀。

抬起头，冯先生正紧紧地逼视着我。我的鼻翼有丝丝温热，滑到唇上，张口让它进来，有点腥咸。再看看右手的剪刀，是的，刃口还沾着两缕血线。

"冯先生——"我又看着冯先生，这一次我真正和他平等了，"只要咔嚓一声，它就掉下来，属于您。在此之前，我想明确一下，您说的投资，究竟是多少钱？是小剧场，还是大制作？是演上三五场就了事，还是全国巡演？"

"哈哈哈哈哈——哈哈哈哈哈——哈哈哈哈哈……"冯先生发出一阵低密度的爆裂的笑声，像是风卷起沙在密闭的小型玻璃空间里翻卷，这笑显然是从内部生发的，他的整个身体都不受控制地有失尊严地摇颤，就算双手歪歪扭扭地在桌面上滑动，寻找着不断变换的、无法牢固的支撑点，也还是让我觉得，他随时都可能笑得散架，笑得粉碎。

我浑身僵硬地稳在椅子上，心脏收缩成一团，试图从冯进马的笑声里寻找蛛丝马迹，以确定这是不是完全的羞辱测试，更想弄清楚，刚才停下剪刀是不是意味着我失去了最大的机会，那部戏，我的那部戏再度从可能排演变回只是字纸。然后我看到冯进马试图停下来，我看到他就像一辆老旧的刹车失灵的破车，无法依靠制动停住，只能等到能量耗尽，才能把速度降至为零，然后挣扎求活一样，在桌旁嘶嘶地鼓荡着他的肺，从笑声的回响里重整之前的冰冷。

那一刻，我甚至对冯先生有了怜悯，刚刚还充盈脑际的怨恨消失殆尽。我甚至觉得，看到了老年的自己。但冯先生一开口，就将我的多愁善感击得粉碎。

"王先生——"延后了几秒钟，我才确定这陌生的称呼是在叫我，冯先生的语气比之前的任何时间都冷淡，声线比任何时候都平稳，似乎什么都没发生，似乎发生的一切只是陡然调低了室温，"我明白你的决心了。现在，把剪刀交回去，我们切入正题。"

如同之前的出现，一只手忽然伸到我右侧，我把剪刀放上去，又觉得有点怪异，便扭动脖子，向后后方看去，想看清楚站在那儿的究竟是什么人。冯先生一声适时的咳嗽，阻断我目光的追踪。

"这部戏显然需要大剧场才能实现你的意图，制作要跟上，演员阵容也得有号召力，这样才能吸引观众与媒体。"冯先生径直说起来，他没有完全回应我停下剪刀时提出的问题，语气里透露出不容置疑的权威。接下来要说的，对他而言肯定是小菜一碟，因此他毫无迟疑，更没有给我留出反应的时间。他是在吩咐，而不是在与我商量，"制作费上两百万这部戏就可以做了，在最好的剧场上演也没有问题，当然预算越往上走制作越精良，要是到一千万，最后那动情的易碎的一场戏，那个纯净天然的玻璃宫殿，说不定你就可以搭出实景来。也就是这样吧，再多就属于无意义的烧钱。你觉得呢？"

"您说的比我预想要多，我原来认为有一百万就能做。实话说，我没做过大剧场，这个预算只是根据小剧场推算出来的——不过，应该，一百万，也能做出来。当然，如您所说，一千万内费用越高制作越精良。我相信，即使一千万的制作费，这部戏也完全当得起。"一个乞丐，叩响一个富翁家的门，他想要一顿饱饭、几件薄衣，他甚至为自己准备了奢侈的梦，梦想着富翁提供大鱼大肉和美酒，还有一套全新的棉衣。但是富翁一开门，就将他让进屋内，衣食不在话下，炕热水暖的厢房也早已备好，只等着他入住。听了冯先生的数字，我就和那个站在厢房门口的乞丐差不多，完全抛却先前的种种情绪，只想语无伦次地表达自己的从容、淡定，虽然也有个声音在提醒"没有那么容易，不要那么没出息"，可是那声音太遥远、太轻微。

"不用多说，我们有专业的依据。我说的是单纯的制作费，剧场租金、演员报酬，我们会根据最终确定的制作来配置，只要是公开的剧场，只要是我们旗下的艺人，都不是问题。"冯先生还在继续抛出蜜糖，也是诱饵。

"您的条件是什么？"我攥紧双拳，无论他的条件什么，都要接住。

"条件很简单，你已通过初试——表现好得超过我的预期。以一个月为期限，你可以想定用你身体的一部分来换所需的资金。一根头发、一块指甲、一只手、一条腿、一只眼睛、半张肺、一颗心……或者，就是现在还在流血的鼻子。总之，身体的任意部分，我们都有价目表，只要你愿意拿出来，就能换得相应数目的钱。有两个前提，一是只能交易一次，不管你拿出什么来，都没有更换的机会，二是你看不到完整的价目表，你决定拿出什么来，就会知道它的价值。看在史勒密尔的份上，友情提醒，同样两个。

一、交易完全自愿，当你知道提供的东西能获得的钱数时，还可以终止、退出。附带结果，你会永远失去将这部戏搬上舞台的机会，你从此以后也不会再和舞台有任何关系。二、你看重的未必是我看重的，所以，慎重审视自己的身体，慎重给它们标价。一个月后的今天，你再到这里来，告诉我你愿意给出什么。这个条件你接受吗？"应该是为了表示郑重其事，这番内容冯先生说得尤其慢，最后一句问得更是轻柔。

"我接受。"

我说。说完，才去想这个条件的意思。这个条件有点莫名其妙，还带着点儿血腥气，给人诡异的感觉。这种诡异感不是单纯由它的内容造成的，也丝毫不因为剪掉鼻子未遂而加重或减轻。毕竟，冯先生找到我、愿意投资这个戏本身就出乎我的意料，提出这样的条件，虽然异于日常逻辑，但并没有脱离之前的轨道。让我觉得诡异的是，它表面的血腥下隐藏着巨大的可滑动空间，以及不对称。可滑动空间在于，我可以伤筋动骨、自残躯体，去换取完成这部戏所需的资金（资金多少、完成到什么程度可以再论），我也可以自我保护，只是恶作剧一般，交出一包指甲、一根鼻毛，既不违约还能看到它们在冯先生这里的标价——刚想到这里，我就骂自己一句"蠢货"！同时，对自己烂泥扶不上墙的心态感到厌恶，为什么总是想要溜边，先寻退路呢？！不行！不行！不行！我摇摇头，咬咬舌尖，必须在最好的剧场，用最好的演员，来完成这部戏。但我还是对这个交易的不对称深感不解，冯先生能得到什么呢？只是为看看一个人面对诱惑的选择吗？

"冯先生，很感谢您给我这次机会。"该说的要说，该问的还是要问，他总不至于就此提前终止要约吧，"我可以问您两个问题吗？"

"可以。"

"以您在影视界、娱乐圈的影响，以贵公司的能量，尤其是您这么多年都深居简出，为什么会对我这么小的一部戏剧感兴趣，并且亲自见我，和我聊这么长时间？无论如何，不管我身体的哪个部位，只要您需要，我相信都能以更便捷的方式、更少的代价，从其他地方得到。"

"你仍然可以把它当成测试。对你来说，不去想它最好，你需要做的，是对自己定价。毕竟，你只有一个月的时间。"冯先生回答得很冷淡，但我还是要接着问第二个问题，"您为什么会在这样漆黑的、仿佛没有光线的房间见我？"

冯先生愣了一下，大概没有想到我会在这样的时刻问出这样不讲道理、有失礼貌的问题，他认真地看了我一会儿，确定我不是在开玩笑，才说："黑色是最接近光的颜色。"

冯先生刚才那一愣，让我在心里笑出了声，从开始到现在，总算有一次让他意想不到，失去高高在上的感觉。但我这点小得意迅速被他的回答击碎，我不明白他的意思，可他看起来并没有要进一步解释的打算。我只好不甘心地站起来，再次微微鞠一躬，转身一步一步离开这个房间。

我注意到，不久前进来时，我的鞋底在地板上留下了模糊的灰色的脚印，即使是在全黑的仿若消音的地板上，那串脚印仍旧足够清楚辨认。它们让我羞愧，但也让我相信刚刚发生在这个房间的一切是真实的。

3. 门外

　　从冯先生公司的大楼出来，走到大街上，我眼前仍有一团黑，无形无体、挥之不去的黑，磁石一般吸走我目光之所及，留下无法穿透的纯然的消了音的黑。我怀疑自己还在那黑色的房间，甚至怀疑这一切都仅仅是个梦，而我还在往梦的深处下坠，根本看不到着落的地方，更没有醒过来的希望。及时摸了摸鼻子，想到差一点失去它变成一只猩猩或者被打上奴隶标记，我告诉自己：不能这样，不能这么轻易地将一切托付给梦境。我需要身处坚硬的不允许有丝毫可能弹性的现实，我需要得到足够的资金，启动这个戏，让戏中的所有人都在舞台上活过来，都夺得他们存在的自如行动的时间。我这样告诫自己，抬起头来向太阳寻求证据，证明我所在世界的实在性。

　　太阳并不吝惜自己的力量。太阳以正午的炽热的光抵住那团黑，像对付一整块黑色坚冰那样，缓慢、坚决地消融它，不是声响巨大地将它瓦解成碎片，而是无声无息、无形无味地将它蒸发，从我置身的世界赶走。随之而来的，是我的双眼用刺痛证明我并非陷落在梦的深渊，我先是紧闭，再是睁开，一团黑红盘旋的暗影取代了之前那有实体的黑，再迅速稀薄、退去，世界的实在性渐次向我恢复它的层次。我站立的街道，街道上的车辆、行人乃至红绿灯、路上画的各种线条纷纷清晰起来，附近的商店，远处的高楼大厦，更远处的蓝色的天空、天空飘散的小巧的云团，它们也都以透视的方式排列开去。等到所有的层次各就各位，我再次看了看太阳，心怀感激，仿佛一个被冰封住的人得到阳光的恩典，挣脱他身上冰的躯壳，重新获得生命以及对生命的感受力。不过，在好奇与恐惧间几番踌躇，我仍旧没有回头去看不久前离开的那栋大楼，我期望它也有一层冰的躯壳，并且在我转身的时候，躯壳融化，展露出新鲜的突破想象力的面貌，可我也担心它承受不住阳光和我的目光，融化至躯干，干脆消失得杳无踪迹。

　　一个月，还有一个月的时间，留给我去划价，然后报价。这个期限与目的的悬置，消解了其余事情的紧迫性，没有任何别的

内篇　　　071

事情值得我着急的了。它还有一种我渐渐悟到的魔力，就是对事情本身予以绝缘处理——我只惦记着划价、报价这两端，而对它们指向的那部戏丧失了直接感，因此，我完全没有以冯先生的约定托底，继续寻找其他投资人、听取他们的条件这个想法。所以，当我站在阳光下，恢复对世界的知觉后，我感到一个月时间的无限绵长，发现自己必须以足够慢的节奏来适应它。最慢的节奏，当然就是身体的直接节奏。因此，即使这里离我住处有二十多公里，即使现在正是烈日当头，我也没有寻找交通工具的念头。

行人不多，见到的都步履匆忙。男人们挥着手里的报纸或者文件或者仅仅是肥大的右手，微微搅动着空气，希冀风带来舔舐般即时性的凉意，女人们则举着阳伞、挥着扇子，不失仪态地安稳走着。只有老人和孩子——前者完全将世界调适到了自己的节奏，后者还在百分百依赖世界的节奏，因此他们都安之若素——以对炎热并不放在心上的方式自得其乐地走着、跑着。我从他们身边走过，男人、女人、老人、孩子，却都如同在单向可视的玻璃的另一侧，浑然没有觉察我的存在，没有谁往我这边特意看上一眼，更没有谁递上来一句只属于我的话。玻璃还在不断加厚，以至于我也很快听不见他们在说什么，只看到他们的脚掌在迈动、膝盖在弯曲、手臂在摆动、嘴唇在开合、眼珠在转动……再到后来，这些组合的部分似乎被格外的光照住，开始脱离具体情景凸显出来。

"你的脚掌多少钱一只？这么结实、宽厚，脚弓如幼年的彩虹，弧度适中，生机勃发。你的小腿呢？不，不是一整条，只是上面那一片肉，血管分布最密集的那一小片。你介不介意剪下所有的指甲？手指的、脚趾的，不就是一种角质吗？会再生的。不到半个月，绝对又长成现在这样。坚硬、月牙状、半透明，某种神秘的礼物，可以用来占卜，也可以用来魇镇，如果是这样，你打算收多少钱？一只手抓住它，最好是中指，挤出一点点小小的凸起，另一只手捻出一根银针，针尖细得在空气中一晃就再也认不准的地步，轻轻一扎，血液就像树叶上莫名出现的露珠，忽然出现在手指上，也是圆圆的珍珠一般的形状。这样的一滴血，多少钱？头发、眉毛、阴毛、肛毛，覆盖每一寸皮肤的毛，将你摁住，也可以躺好，躺在柔软的纱布上，不能是丝绸，那过于光滑，并且由于摩擦带来其他问题，有人为你服务，有人对你执行，将你所有的覆盖，用锋利的刀片、刃口，一点不剩地全部剃掉，刮去，收集在一起，不浪费丝毫。等你穿好衣服，看着它们被装在透明的袋子里，纯然黑色地簇拥成一团，你被感动，进而被震撼，看到了从自己身上剥落的仪式性，这样你会收多少钱？请停下。就是这个时刻，你脸上浮现的这个笑容，你面部肌肉的位置，从你口中连串而出的笑声，你会收多少钱？这可不是再生的。不能占尽所有的便宜，对不对？你往上说，说一个你自己都不相信的价码。成交，必须成交。会有人走过来，从你的脸上将这个美丽的笑容收割，一手交钱一手交货。一旦完成，你的肌肉将对这个方向的运动失忆，它们会自动改道，声音再从嘴里出来，也会配方变更，在别人那里换来别的反应。预知了这一步，你会收多少钱？"

　　我就像站在舞台上的伶人，对着迎面而来的人排练台词，无休无止地从嘴里抽出语词的线团。他们看似撞上我的目光，却又一下就滑到一旁，他们也似乎听到我的话，却又自动将它们卸载，将它们碎片化后抖落在地上。是的，我看着每个人的不同部位，先行在心里将它从具体的身体上割裂开来，然后询价、还价，他们并不知道，我无意达成这笔买卖，我只是在排练，只是在为自己那一场专卖做参考。不，也许我更像是走到观众中间的小丑，试图用费解的带着丁点冒犯性的语言，刺激他们，让他们给我个反应，以便我知道如何往下进行。我是在逗乐吗？是在消遣他们，排解自己吗？为什么这些迎面而来的人，这些我眼睛能够看见的人，他们没有面临我的问题，不需要考虑我这样的选择？我是不是把自己装扮成了不切实际的提问人，像那个和我一起走向舞台，但早已经折返而去的王子？

是的，我是和王子一起走上舞台的人，我不是王子。王子只需要说话，即使他被困在果壳中，被囚在水滴里，他也只需要说话，他用说得到时间，也用说消耗时间，他还用说延续时间。我不行，我不是为说而说，我说只是为询价。更何况，我还被肉身羁縻，阳光提供证明，也蒸腾我的水分，双脚将我向住处移动，也让我疲惫。于是，在我说话的间歇，我的肉身充当了指挥官。当我陷入沉默之后，已经置身于一家家常的小饭店，已经坐在靠窗的一张四人桌前。

饭店里的人声、气味将我从沉默中拔出来，也覆盖我询价的冲动，让我得以清晰地仿佛从一个特写的镜头下往后退，将注意力从系在心中、悬在眼前的那件事情上移开，落到窗外阳光下的街道，落回饭店里另外几张桌子前面坐着的那些人。看着他们夹菜、喝酒、交谈，看着他们脸上透出的焦躁、泛出的油光，早上的事情，那间黑色屋子里的交谈，再度在心头浮现，不过这一次变换了方式，携带着轻微的喜悦。是的，到这时候，通过别人那些仍旧浸泡在日常生活流中庸常的脸，我才醒悟，自己已经占得先机，已经朝着那部戏剧迈出幅度最大的一步。自然，更准确地说，是一道结实的闪着金光的门槛突然从天而降，我完全不由自主地站在了门槛上。但既然它落在我面前，既然我已经站在它上面，焉知不是我先前四处找钱，看尽冷脸换来的？不管怎么说，得到选择的机会是最重要的，至于怎么选，其逻辑早已在机会中注定。

服务员适时送来两瓶冰镇的啤酒。我先给自己倒上一杯。祝贺你，不必急于决定，不必先将舞台在心头搬演，先想象最后一句台词说出、最后一个动作做完、最后一秒留白耗尽，所有的灯光打开、所有的观众站起来，他们冲着舞台鼓掌、尖叫、呼喊你的名字，而你藏在观众中，想象那一刻你的心情。一饮而尽，凉意恰到好处。再为你们倒上一杯，我亲爱的看得见面孔、看不见面孔的人们，你们不会成为我的观众，你们不会听说我的名字，但我藏身观众席通过舞台上的行进隐秘扇动的翅膀，必然会刮起一阵轻柔的无可避让的风，刮过你们的脸颊，带走或者带来一粒尘土、一片羽毛。一饮而尽，凉意传遍全身。还为你倒上一杯，永恒的燃烧不尽的太阳，为你此刻无法直接注视的模样，为你所到之处必然留下痕迹的光，为你也有的但已然在时间尺度之外的尽头，愿你末路安好。一饮而尽，凉意沉坠不去。

"先生，给您上菜。"我的血液和大脑恢复了运转，复活过来。再稳住心神一看，窗外早就没了那身着灰衣者的身影。男服务员端着托盘走到桌边，女服务员赶过来，将三个盘子依次摆开，顺便拿起另一瓶啤酒给我满上，收走空瓶子。

桌上是红油耳丝、酱猪蹄、烤牛舌三道菜，红亮的油映衬着大大小小、长长短短的问号般的耳丝，白色的脆骨、绿色的垫菜，暗红的看起来就肉质肥厚、蛋白丰富的猪蹄，切成四块呈瓣状摆在白瓷盘里，长条状的冒着油的牛舌，看得见切开的刀口，看得见上面蜂窝状的凸起。我看着它们，总觉得其中含有深意，迟迟不敢动筷子，只得再喝了两杯。不知道为谁、为什么，那就为这个中午。也可以为这份耳朵、那只蹄子、那条舌头，那就还得再来一杯。男服务员又端着托盘过来，女服务员从开始就跟着他，她仍旧摆下三个盘子。是可乐鸡翅、东坡肘子、红烧牛尾。

"这些都是我点的吗？"我叫住女服务员，为了强调、为了确认，手指在六个盘子上点了点。

"是的，都是您点的。"她看着我，"我问您几个人，您只是指了指窗户外面，没有理我。"

"那——你看看，还有菜没做的话就不要了。"我说完，她如释重负地点点头，走开了。

不一会儿，她自己端着一个托盘走过来，将托盘搭在桌子上，端下一盘菜来。

"先生，熘肝尖已经做好，烤腰子也在烤着，其他几道菜都给您取消了。"她很不好意思地说着，瞥了我一眼，然后拿起瓶子给我倒满，把空瓶子放到托盘上。

"哦，好的。再给我来两瓶啤酒，凉的。"

我拿起筷子，在几张盘子上面巡游一番，最终冲着熘肝尖俯冲下去，但也只是夹起一朵木耳，放回面前的碟子里。耳、蹄、舌、翅、肘、尾，显然，我是因应着冯先生给出的选择题，无意识地对照着点的菜。这谈不上神秘，哪怕是已经从人类身上退化遁去的尾，潜意识里仍旧是人类必不可少的配件。等等，我看了看熘肝尖，再看看碟子里的木耳，这说明什么？这就是我做出的选择吗？先生，您好，欢迎前来做肝切割手术，无痛无副作用无遗留麻烦，您可以取三分之一也可以切五分之四，即使处于全麻的全意识飘浮状态，当手术刀划过，当它冰凉的刀身贴着创口的时候，您也会由衷体会到一股纯粹加诸灵魂的冰爽，被锋利所伤同时又被锋利开启。那切下的一小块，将由我们来处置。不，不需要植入另一个人的身体，可以将它放在防腐的永恒的液体中，让它维持原样，作为证据，作为纪念，也可以将它直接丢弃，用塑料袋装好，泯灭在垃圾的海洋中，或者一按按钮，旋转着从抽水马桶里消失，在某个可以想象的地方自行腐烂，甚至被一张蠕动的啮齿动物的嘴撕扯、吞咽。至于切割在您身体留下的空缺，自会有生长将它填满。

这强作诙谐的台词尚未排练完毕，一股强烈的恶心感就从身体里不知名的无底的深处无端升起，不可阻遏地在胃里汇聚、强化，沿着食道上升，猛烈叩击我的牙关。我急忙站起来，双手捂住嘴，跑进卫生间，冲着掀开盖子的马桶吐起来。这是一场倾泻，刚刚灌进去的两瓶啤酒，昨天喝下去的两箱啤酒在体内的残留，乃至最近一段时间累积的种种情绪，通通喷薄而出，让我吐得无休无止，到最后，哪怕已经没有任何东西可吐，仍旧无法起身，仍旧无法止住从胃到咽喉再到嘴巴那协调一致的动作与节奏，我就像由里到外将自己翻了个个儿，想要清洗一遍，却发现总有无法彻底清净的污渍，也像是一个无望的充气人偶，想要将身体里

灰衣简史

的气全部挤出，挤无可挤之时，仍旧保持着挤的动作和力度。

等我终于可以扶着马桶摇摇晃晃站起来，到盥洗池边，就着水龙头冲刷了几遍自己的脸和嘴，稍稍缓过来后，我挪着身体和意识无法完全吻合的自己，回到桌旁。那些菜还在，那两瓶啤酒已经打开。我拿起筷子，骂了句"没出息"，给自己下了命令，开始作战般机械地伴着不时地咬牙，将菜和啤酒送进身体。当我招呼那个女服务员结账时，她看着被扫光的盘子，毫不掩饰自己的震惊，也因此，毫不介意我从她手里拿走圆珠笔和点菜单。

外面的世界和我不久前离开时并没什么区别，我继续沿着回租住处的路线而行。呕吐清除了身体里陈旧的发酵，吃喝填充了必要的能量，这一次我走在路上不再踟蹰、感伤，而是步履坚定，精神集中，虽然脚下偶尔会打滑，眼前偶尔会像老照片泛黄，但一切都可控制。时不时，我会停下来，用圆珠笔在点菜单上匆匆写下几个字。手指，一根五万算多吗？不算，还不够，别忘了，你是在售卖身体，要有对自己的认识。好，一根十万。拇指？一根十五万。脚趾少一点，一根三万，不，四万。有什么依据？

不要想那么多，就这么定了。大脚趾？好像没有拇指那么关键，八万。耳朵，四十万。牙齿，拔下了有假牙，如同可再生，关键是那份疼。三万一颗，满口也没有折扣。头发、指甲？不在于是否可再生，售卖的羞辱是一样的。尽管如此，头发，十万，是全部，如果是按每一根的价……想什么呢！指甲与趾甲，必须搭配，全部，十万。十万吗？对，和头发一样。阴毛？如果不是当面剃，和头发有什么差别？二十万。手？右手比左手浮动多少？百分之十，二十？齐腕，一百万。齐肘？干脆齐臂，无用的一截留着也没意义，算是赠送，一百二十万。腿？左右差别不大，到哪儿有差别，齐踝一百二十万，齐膝一百五十万，到根部一百八十万。太保守了！这么看不起自己，要贱卖吗？鼻子，两百万。心、肝、脾、肺、肾、胆囊、胃、大肠、小肠、直肠，通通五百万。疯了吗？不加拣选，会要命的，那就不是在售卖身体，是在卖命。好，收回一些。

我不时站住，在菜单上写写画画。一个人分饰两角，讨价还价，总算拟定基本的价目表。当我在离住处只差几条街道的过街

082

天桥上站定，看到日光下沉到这座城市西面的楼群之后，再转动一圈，看到四面八方都有了暮色的痕迹时，我闭了闭眼，感受到黑暗如同厚重无限的窗帘覆盖在眼睑，我知道，有我一直在回避，不愿意询价，不想将它放在天平的这一端称量的东西，那就是我的眼睛。还有谁能够生生将世界从自己眼中挖出，将它的色彩与细节猛地扔到地上，任它们在某个再也无法确认再也无法找回的地方弹跳、破碎、销匿？这难道就是冯先生，病态的黑暗里长出来的冯先生想要的？不，他并不想要，因为我的眼睛并不会给他的世界增添什么，他只是想要我失去。不只是眼睛，他一直索要的，都是我的失去，纯粹的并不会从我身上转移到别人身上而仅仅在我身上留下空缺的，失去。为什么别的部位、器官，我都可以坦然想象失去之后，我会是什么样子，唯独眼睛无法想象，不能接受？是因为不能目睹，不能见证，相当于将我从世界摘除吗？

　　我站在天桥上，琢磨良久，犹豫再三，终于在菜单上写下"眼睛"两字，又划掉，改成"左眼"。忽然，一阵嬉闹声传来。寻声看过去，几个小女孩刚刚上了天桥，正从那一头往这边跑来，她们的鞋子踏在桥面上啪嗒作响，嘴里发出笑声、尖叫声，每个人的手里都抓住一根细绳，绳子向上牵连着一只飘浮的蓝色气球。小女孩们的跑动拽得气球起起伏伏，当她们跑到我站立的桥这一头时，我才看清楚，那蓝色气球末端的绳子不是拽在她们手里，而是系在她们的手腕上。这五个差不多都在四五岁样子的小女孩站在桥头，向桥下张望了一会儿，冲桥的另一头挥起手来，五个女人先后在那儿上了桥。

这时，远远近近的街灯亮起来，周边商场大厦里原本就亮着的灯光更见煊赫。世界因为这人为的光亮似乎变了番模样，连小女孩们手里的气球都由蓝开始变紫，只有她们叽叽咕咕的说话声仍旧那么清脆柔软。

我再也没法继续站在那里，更没有办法在"左眼"旁边写下一个数字。还有的是时间，还来得及说服自己。我这样想着，挪动双腿，下了过街天桥，前面不远处散发着躁动光芒的霓虹招牌，熟悉的"red heart"这几个字母似乎除了平常的有关酒的暗示、指引外，另有意味。是什么呢？是"heart"这个字吗？是在告诉我，必须手持利刃，插入胸膛，将一颗热乎乎的仍在跳动的心脏捧到冯先生面前吗？"人若是无心若何？""人若无心即死！"

一阵轰鸣擦身而过，胜过比干胯下之马的哒哒马蹄，停在 red heart 前面。一阵喷响鼻般格外嚣嚷的马达声后，摩托静止下来，骑手跨下车，摘去头盔，露出长发，上台阶，推开门走进去。一闪之间，那年轻的身影有什么格外让我心里一动。我再没犹豫，加快步子，也上前上台阶，推开酒吧的大门，进里面，下几个台阶，在第二道门前，我深吸一口气，告诉自己：只看两眼，喝一杯就可以了。实在不行，就再来一杯。但到此为止。

门后就是寻常酒吧的样子：一个吧台，几张桌子。除了酒保和一个歪在一把圈椅里瞌睡的男人，就是在我前面进来的那个女人。女人坐在一张桌子后面，右手托腮，望着墙上的一幅画发呆，那是幅常见的林中景致，变异的仅仅是色调，天空与缝隙变成黑色，树与草变成红色，石头是蓝色，走兽是绿色。整张画有一点诡异，但也不至于诡异到惊悚。我靠在一张吧台凳子上，要了杯啤酒，又看一眼那张画，目光还是落回女人的手上，正是它垂在她身边的形、推开门时的影，召唤我跟随进来。

也许是感觉到我的盯视，女人有点不自然地垂下右手，先放在桌面上，然后往回收收，再赌气地拿起面前的啤酒，扬起来，猛灌一口。就是这个动作，我得到神秘的启示。我走过去，盯着她看了一会儿。

"可以让我看看你的手吗？"我问。

"你说什么？"女人看着我，白净的脸腾地一下红了，像是有人把割伤的手指伸入一个盛着清水的白瓷钵中，血液迅速洇开的那种红。她的脸真好看啊，精致，无瑕，那红又增添了生机与动态。

"让我看看你的手，右手，刚才拿啤酒的手。"我紧紧盯住她，不是给她施压，是担心自己眩晕、摔倒。

女人却似乎真切地感受到盯视的压力，首先晕眩了，她有点莽撞地伸出右手来，先是掌心冲上，然后又翻过来，一动不动地搁在桌面上，仿佛等着有人随时将它剁下，然后她恼怒又无力地说："看吧，看吧。没见过，是吧？你也想有是吗？"

说完，她又抬起右手，平直地举到我面前。

真是一只漂亮的手，它会让你想起玉、葱与柔荑这样的词汇，会让你渴望得到它的抚摸，想要吻在上面，但这些想法都只在心里一滑而过，我的目光死死地落在她拇指的旁边，那儿长着一截粉嫩的半透明的无骨的六指，随着她的平举，它还微微颤动。

"你这根手指卖吗？卖的话，定价多少？"我伸出手，想要抚摸那根多余的手指。这是不是最佳解决方案呢？如果每个人身上都长着多余的部件，明码实价，一旦需要，随时切割。

但那只手缩了回去，缩回那瓶百威旁边，一把抄起它，向我猛地一掼。一股啤酒喷涌而出，射在我脸上，啤酒沫在我额头、眼睑、鼻子、脸颊等等地方，绽放出朵朵细小的花。

"滚！"她呵斥。

我还没有来得及伸出舌头，品尝从脸上流下的啤酒的味道，衣领就被揪住，整个人就被提离地面。提溜我的人只是往旁边跨了两步，似乎在寻找合适的地方，然后就如对待一只布袋，将我一扔。

我像是个箭头，导引着来自不同方向灯光的影子，摔在吧台前的地板上。那咚的一声吓醒了圈椅里瞌睡的男人，酒保也伸头从吧台上望过来，但我没时间搭理他们，我定定地望着那个女人。此刻，她已经站起来。她和那个把我扔在地上的男人，隔着一张桌子，有点别扭地拥抱着。

但他们显然不在意这点别扭，他们的身体就像树和藤缠绕在一起，互相搂抱，互相捕食。随后，炫耀似的，他们热烈地拥吻起来。他们的侧脸正对着我，我看得见他们所有的缠绵，他们的舌头在对方的嘴里出没、搅动，他们的嘴唇邀请对方前来撕咬，他们的牙齿在对方体内啃啮。他们互相吮吸，互相给予。

而在这一切动作的中心，是她那静止的右手拇指旁边，无骨的挑逗的六指。它粉嫩、半透明，随着热吻的激烈而颤动。

于是我站起来，远远地，定定地，看着它。我问。

"你的吻，卖吗？"

第二部　自白

1. 地下

"冯先生——"何芫喊了一声，迟疑一下，"今天是1号。"

"今天拍什么？"你问。

"老虎。"何芫的声音痛苦起来。你知道她为什么迟疑和痛苦——每次只要拍活物，她都会这样。你也知道，她专门建了一座半私人性质的动物园，收留那些被你拍过的动物，它们有不少都是在她的亲手照料下，尽可能减少痛苦地离开这个世界，这些你都听之由之。甚至拍摄非洲象那天，何芫整个过程都泪流不止，你也没有太过计较。但是，你不允许任何人劝阻，她也很清楚。也许察觉到自己的语气可能带给你的不快，何芫接下来的话多少带着顺从的意味。

"他们盯了两个月，才挑中这头。据说快八百斤了，运出森林，运到这里，都很不容易。"何芫说。

你想象着八百斤的老虎，当它行走在那个房间里，每一寸空间都因为它斑斓的皮毛而生辉，百兽之王自带的威慑光芒。可那又怎样？还不是阴影里的阴影，灰烬里的灰烬，薄薄的无重量的一层？它在丛林里巡游的时候，以尿液画出边界，以吼声声明权限时，想得到命运会陡然转变，成为被你摆弄的玩具吗？不能抗议，无从反抗，只需要针头扎进身体，药剂轻轻推送。

这甚至称不上命运。因此，你说："先拍。"

何芫点点头，转身向另一扇门而去。你跟在她身后，走出房间，再跟着她走进电梯，下到地下五层。每一次，走进这阔大的由你亲手设计的空间，你都会兴奋。此刻，仍旧如此，情绪得以加温，身上始终紧绷的地方有所舒缓，连光亮越盛程度越深的怀疑与虚无，也都暂时消融。你知道，这与你设计的这阔大空间的牢笼感有关，它似乎保障了某种稳定，但更与接下来要发生的有关，它让你确信，你还行进在追寻早已失去之物的旅程上。

这是个套盒结构，共有三层。最里面一层是强钢化玻璃分割、封闭的四方结构，每一边二十米。外面一层的空间，依据着四根柱子，由一层金属板分割。再外面，当然就是由混凝土浇筑的墙面。每一层之间，各有五米间隔。但金属板上，又分布着许多按钮，只要按下，就能露出不同面积的空隙，以便毫无阻碍地观看玻璃空间内正在进行的一切。

现在，何芷已经等在金属板外面的那个操作间里，她旁边的衣架上，挂着三件厚重的防辐射服。与其说是配合，不如说是因倦于争辩而听从摆布，反正你如往常一样，套上防辐射服。

何芷按下启动键，然后将遥控器交到你手里。接下来，就是你的拍摄了。只能是你的拍摄。

一阵喀啦啦的响动，玻璃空间的天花板向两旁滑动，露出五米见方的洞来，然后是一阵器械操作的声音。你很满意这一点，整个地下五层的空间的防护、消音都做得极其到位，一旦密闭，没有一丝一毫声响能够走漏，但在这个空间内部，所有必要的声音，都以清晰到如同被放大那样传递，因而也足以撩动想象力的滋生。天花板的滑动、机械的启动，都带有宏大的开场感，预示着今天拍摄对象的不同寻常。也果然如此。先传来踱步的声音，再是几根铁链相互碰撞，然后一只接近五米见方的笼子从方才那个洞口露出厚重、黝黑的笼底。

笼子下降的速度不疾不徐，你可以像反向地观察观光电梯下降那样，不落下笼子里的任何一个细节。那庞大的斑斓的身躯正在笼子里缓缓走动，即使是被悬吊空中，也见不到它有任何愤怒。它只是闲庭信步似的，四只强力的爪子交替着在笼底抬起、放下，抬起、放下，将自己的身躯如移动一座山丘，一步一步往前。它的身影被竖着的金属栏杆分割成不同的部分，黄色皮毛底上断续的炭条描绘般下垂的黑色条纹和栏杆时而平行，时而交错，却丝毫不影响萦绕在它周围的宇宙的完整性。一如它的目光，偶尔也会被栏杆遮挡、缠绕，却始终不减分毫凝望与逼视兼具的力。

笼子终于落在地面。也是在那一刻，你明白，之前尽管目光始终追随，并且大半都是仰望，但只有当老虎的身躯和地面平行，只有当它四肢都着落在地上时，它才真正呈现出万兽之王的气度。笼子一侧的栏杆升起，露出一个开口。正在踱步的老虎停顿下脚步，带着戒备望向这突然出现的空缺，然后它迟缓却并非试探地

　　　　　　　　　　　　　　　　　灰衣简史

向着空缺走去，每一步都很坚实地走出笼子。升起的栏杆落回，空空的笼子再在铁链的互相碰撞中，升起，从它出现的洞口消失，然后天花板滑回去，就像从来没有出现过那个洞。

整个玻璃空间里只有老虎。和笼子相比，玻璃空间大了很多倍，也就衬得老虎比先前小了很多，它的身体对所在空间的直观压迫感也消失了。正是因为这直观压迫感的消失，老虎身上的王者气度才沉稳地显现，也正是因为相对而言之下的"小"，老虎的一举一动都带出某种"退"的气质。老虎的动作比先前在笼子里时更见迟缓、稳重，它举重若轻地抬起一条腿，落在地上，再抬起一条，又放下。缓慢地巡视着这新的领地，它每动一下，身上的皮毛都丝绸般轻轻滑动一下，它腹部下堆垒的肉都随之颤动。也可以说，它的每一步，都像是深夜星空旋转了一度，幽深、灿烂，不可遗忘。

"冯先生——"何芷忍不住提醒。

你这才从投射重重的观望中回过神来，按下遥控器上的一个键。何芫浑身一颤，忍不住"啊"了一声。在她的声音中，与老虎并行的两面玻璃墙如关闭百叶窗似的变了颜色，成了两面有着金属质感的灰色墙壁。老虎显然没有预料到这样的变化，它身子停顿下来略微有所收缩，蓄势待发，准备随时给予进犯者致命一击。并没有敌情出现，它慢慢松弛下来，继续探寻。只是这时候，两面灰色的金属墙壁如同巷道，一方面暗示着它巡游的方向，一方面又以相对而立的模糊的镜面，映照出无限的老虎的形象，相互重叠、消融。

　　你又按下另一个键。一阵不可抗拒的夹杂着电流声的噪声响起，很快，这声音趋于稳定，但仍旧逼近人可以忍受的上限。最开始，你想过降低或者去掉噪声，可是在得知这已经是如此巨大的一面射墙的噪声能降至的最低，并且三十年内估计都很难再有突破后，也就放弃了。在用过几次之后，你发现了这噪声的美妙：它是照射的标识，仿佛用声音刻画那些粒子的轨迹，再抽象一点，它甚至是终极的提前降临的死亡的声音。死亡以稳定的噪声，充塞这地下的空间，它拍动翅膀的声音在方形的玻璃空间里不绝如缕。正如此刻，死亡以射线的方式，从这边的玻璃化的墙壁集束射出，穿过横亘其中的老虎的躯体，在对面的玻璃墙壁上，留下肉眼无法分辨的苍白。在苍白的底色上，是微薄、虚弱的一层暗影，死亡也消除不了的痕迹。

老虎看不见射线，但它肯定有了被穿透的感觉。它先完全停住，侧耳凝神，如雕塑般定身，仿佛在揣想是什么让它不适，又仿佛在揣度是什么穿过了它的身体。你收敛起一瞬间的怜悯，又按了一次键，噪声并没有增强多少，但整个空间里那无形的巨大到无法避让的翅膀扇动得越来越频密。几乎在你按键的同时，有所感知的老虎伸长了身体，然后一缩，发出一阵怒吼，吼声持续的时间并不长久，但吼声几乎在时间外夺得独立的持续不绝的存在，它压制住原本塞满整个空间的噪声，不，它击碎了噪声，将它横扫开去，扫进不必在意的破碎空间，用自己的阳亢、刚猛占据了噪声的位置，并且一经占据便永久有效。这怒吼让你发颤，让你想起"震惊百里"，让你不自禁地觉得它穿透了地下空间，在整座城市上空震荡。于是不管出于报复还是提振精神，你按下最强烈的一键，尽管你知道它对死亡翅膀的加快加重不足以驱散老虎的怒吼，但它的拍打却也能够带给老虎足够的不快。

果然，老虎立即感受到了，它张了张嘴，露出黄金匕首一样的牙齿，却没有发出反击的咆哮。相反，它一屈身一矮腰，怒矢般狂猛地奔跑起来，似乎前面有着它垂涎许久的猎物，或者是缠斗许久的敌手。老虎就那样不避不让、不弯不折地向着你们面对的那面玻璃扑来，它让你相信，它庞大的身躯将在纵身一跃的瞬间，强行修改物质的参数，在强过金刚石的钢化玻璃上撞出一个柔软的空洞，以保证它毫无滞碍地穿过，站立在你面前。你甚至感觉到它冷冷地操持着死生权柄的目光，目光中是对整个世界、所有物质的漠视，还残留着一点点对你的怜悯。你不能接受一只老虎的漠视，怜悯更让你愤怒，因此在它快要扑上玻璃的瞬间，你按下另一个按键。

另外两堵钢化玻璃也像被闭合的百叶窗，瞬间变成了金属的灰色墙壁，与此同时，你面前的金属板上打开了一个视频窗口。没有任何耽延，你实时目睹了老虎庞大的身躯撞在由透明陡然变了模样的墙壁上，它整个躯体尤其是脸部因为撞击的变形，又因为被反弹而震颤。忽然切换至面前的视频，将这一切更具冲击力地拍在你的脸上，拍进你的脑海。老虎更加愤怒地翻身起来，在原地兜了几个圈子，狂暴地举起两只前爪，拍在了面前变成墙壁的玻璃上，甚至攀着它，直起身子，用头猛撞了两三下。你呆立在那里，只觉得汗水顺着衣服涔涔而下，几乎浸透了防辐射服，再也不知道接下来该干什么，也快要忘记身在何处。

"冯先生，冯先生，您怎么啦？"

何芫首先发现你的异常，她挪过来一把椅子，扶着你坐下。她伸手想要拿过你手里的遥控器，但你完全凭着下意识，紧紧将它攥在手里。何芷止住她，她离开操作台，也走过来，帮你解开防辐射服前面的扣子，取下你的头盔，双手拇指在你的太阳穴按揉起来。你如同被唤醒一般，从被老虎魇镇的空间脱身，逐渐回复到身体所在的空间。

你看一眼视频，老虎正悻悻地离开那面墙壁，开始往回退。一切都在进行，你也并没有耽误多少，就又套上头盔，按下按键，将两面灰色墙壁恢复成透明。

老虎的脚步已没有那么刚健，它的身躯也少了一份沉稳，就像被流放的老国王，走在一片不熟悉的土地上，尽管可以猜想，这仍旧是他昔日的领地，他却没了领地之主的豪情。老虎的神态有些落寞，这也夺走它不少的威武气概。大概也领悟到身不由己，往回退到不久前刚出现在这个空间的位置，老虎卧了下去，双眼眯缝起来，竟然有了一些怏怏之态。你当然知道，这不仅仅是因为它刚才的受挫与巨大的精力消耗，更因为强烈的射线照射带来的反应。对身体机能的损害自然不会这么快显现，但一切生命总是先在情绪上感应到坏恶的消息。

"不止这些吧？"你问。

"还有。"何芷说，说完她看了何芜一眼，"还有捕食。"

何芜显然早已知道，但她没敢看你，只是痛苦地扭过头去。你没有说话，何芷也就在平台上操作起来。

你面前的视频迅速消失，金属板也露出了足够无死角观看的透明玻璃面。紧接着，天花板再度向两边滑开，这次露出的洞比老虎降下来时要小得多，落下来的笼子也要小，边长不足两米半。

除了底板一样厚重，笼子的其他五面都是细密的金属网格，格子不到一个拳头大。

笼子里面一团雪白，看着里面局促的、不断转动的身影，听着它不断发出的呼告般的咩咩声，你知道，这是一头离开母亲不算太久的羊羔。老虎也听见了这声音，它的身躯仍旧慵懒地伏在地上，但它已经天然警惕地抬起脖颈，它的双眼仍旧眯缝着在空中搜寻，但偶尔落在笼子上的目光已经开始凝聚杀气。笼子继续下降，小羊羔肯定感觉到了老虎的气息，就算它不明白望向自己的是何等威猛的敌人，那腾腾的杀气也一定施与了超过它能承受的压迫感。羊羔的转动更加频繁，呼告更加急促、凄怆，如果换成一个孩子，想必早就哇哇大哭起来，嘴里也只剩下"妈妈——妈妈——"的呼喊。

羊羔的动作和叫声激起了老虎进一步的兴趣，让它腾地站起来，早早做好扑杀的准备。等笼子下降到和老虎的身躯齐平的地步，羊羔也终于看清等待它的是什么，它惊惶地在笼子里奔蹿，竭力扭过身子甚至不看向老虎站立的地方，只有呼告一声紧过一声，快要叠连成无法停止的告饶。老虎一动不动，目光中退去了杀气与残忍，净化成纯粹的捕食的专注。一等笼子着地，它就猛地扑上去。虽然双爪只搭在笼子上，一咬之力也落在网格上，可丝毫没有让老虎受挫，反而提升了它的兴趣，让它绕着笼子转起圈来，这一圈圈生风的步子就像丝绸与沙子缠裹而成的绞索，细密地缠住羊羔的咩咩声，越缠越紧，越紧越不露出一丝一毫的缝隙。

就在老虎转到另一侧时，咔哒一声，笼子这一侧的金属网格向上升起三分之一，五十厘米左右。响声和笼子突然打开露出的入口让老虎和羊羔都吃了一惊，老虎停下步子，凝神观望变化，羊羔停止哀告，站在原地，止不住地发抖。过了一会儿，大概是搞清楚了怎么回事，老虎迈着稳健得如同定格动画的步子，一步一步走到笼子开口的那一侧，它伫立在那儿，等着。羊羔已经完全被吓蒙，它缩向笼子内侧的动作不像是自主的行为，更像是被老虎的气势推过去的。一等羊羔移动，老虎猛地绷紧身子，向着笼子口扑去，只听咚的一声，笼子被老虎撞得平移了两三米，开口这一侧还向上抬起了半米左右。这一撞的力道之刚劲，可想而知。要不是笼子升起的金属网格下端预先做了处理，没有任何尖锐、锋利的地方，这一撞必然伤及老虎自身。老虎怒不可遏，再度发出狂暴的吼叫，震得整个玻璃空间都在颤动似的。羊羔想必已被这一撞和吼声吓得魂飞魄散，蜷在笼子的一角，呆若泥塑木雕，再发不出半声的哀叫。

何芷同样无声地望向你，你明白她的意思，但没有理她。她只好望望何芫，在操作台上又点击了一下。

又是咔哒一声，笼子的金属网格再向上升起三分之一，这下开口有一米左右了。老虎迅速表现出对变化的敏感，它望着笼子上扩大的洞，似乎在评估，但它这次谨慎得多，没有蓄力、冲刺，而是试探性地迈步向前。升起的金属网格的下端到了老虎脖子那儿，它如果矮下身子，或者干脆蹲伏着，是可以钻进笼子里，拖出羊羔的，但这显然不是它的行事风格。只见老虎站立一会儿，确定没法自如地进出笼子后，忽然伸出右前爪，向笼子里抓去。这仍旧是试探性的，因为往里一伸，堪堪碰到羊羔的一点皮毛就

缩了回来。如是再三，除了让羊羔缩成一团紧致的球外，并没有

任何功效。老虎忽然再度变得焦躁起来，它放弃试探，爪子伸进去，

在笼子里猛力地来回捞动了几把。有两次，他的爪子都抓住了几

根羊毛。

　　老虎更加焦躁，它一下放弃了笼子的开口，转到笼子的其他

几面，不断跳起来拍打、撞击笼子，当它到了羊羔蜷缩的正对着

开口的那一侧时，只撞击两下，羊羔就翻滚在地，咩咩的哀告声

气息非常微弱。如果这时，老虎再转回开口，再伸出爪子去捞取，

多半就能够得着羊羔，将它逮出来。但老虎没有，它只是再次厌

倦或者慵懒地退开，在离羊羔三米远的地方卧了下去。

　　你知道老虎快要完全丧失兴致，于是准备让何芷完全打开笼

子，拍下最后的带着疲倦与恼怒的杀戮，但是你忽然听见抽泣声。

是何芷。何芷望着老虎、铁笼、羊羔，泪水从双眼汩汩而出，在

脸上快速流淌，身子也跟着抽泣的节奏，颤抖、抽搐。忽然意识

到你正在看着她时，何芷一下子情绪失控，双手捂住脸，大声哭

起来。

　　　　　　　　　　　　　　　　　　　　　　　　灰衣简史

你吃了一惊，看看玻璃空间里的笼子，看看伏在笼底、缩成一团的羊羔，再看看离笼子不远、卧在地上、听见何芫哭泣似的支棱起耳朵的老虎，一件事完成大半，在终曲将临时忽然被打断的恼怒涌上心头。因为这恼怒，你瞪了何芫一眼，但何芫像个放肆的孩子，哭起来就不可收拾，现在你们三人的周围都缭绕着她的哭声。如果泪水足够充沛，相信你们早已被何芫淹没。

　　"行了。"你冲何芷摆摆手。

　　何芷舒了口气，神色顿时放松，她随即意识到如此形于色的不妥，就又调皮地冲你吐吐舌头，然后迅速在操作台上先后按下几个键。几乎在何芷按键的同时，玻璃空间里的两堵灰色金属墙壁迅速恢复透明，仿若巨大的翅膀扇动而产生的噪声也猛然停止。抽出噪声后静默如真空般膨胀、充塞，像是将整个地下五层晃动了一下，又抬升了三米。老虎也被这静默惊扰，它不安地从梦境中归来似的站起来，重新打量它所在的空间，看到同样站起来、突然获得声音般又咩咩不停的羊羔，它面色迟疑，仿佛不敢相信，又仿佛在重新估量。但老虎已经没有机会，笼子一侧打开的三分之二金属网格已经一次性再度封闭，整个笼子在慢慢绷紧的铁链的拉拽下，摇摇晃晃升起。

等笼子带着羊羔从再度打开的天花板消失后，天花板的洞口却并没有收缩，而是张得更开，从里面降下了最开始载着老虎的那个由栏杆组成的巨大笼子。这一次，笼子里站着两个身着白大褂，戴着口罩、手术帽的人，他们在离老虎还有几米远的地方，从笼子里伸出手，持着麻醉枪，向老虎开了一枪。接下来，就是老虎晕倒，被他们塞进兼具铲车功能的笼子里，然后两个人爬到笼子顶端，随老虎一起从玻璃空间消失。

你是第一次在拍摄完成后，还留在这里看着他们收拾现场。毕竟有那么大只老虎，毕竟老虎哪怕被麻醉了也让人畏惧，因而他们的动作并没有那么迅捷，但是一切都很简洁，没有丝毫拖泥带水。等他们带着老虎从天花板消失，天花板再度闭合后，整个空间和你们才进来时一样。

你站在那里，望着巨大的空空如也的玻璃空间，看着它像将要递给孩子的玩具，完好如初，洁净如新。你等着。

果然，何芜止住哭泣。她带着怯意，低声说："冯先生，对不起……"

　　"带我去看你们的画作。"你说。要不是何芜的哭泣打断了拍摄，你还真不知道怎么提出这个要求，类似于闯进他人闺房的要求。

　　何芷、何芜同时站起来，她们看着你，目光中都是拒绝，但终究扛不住你的沉默。何芷表示默认地关掉操作台的电源，向外走去。何芜则示意你走在前面。

　　你们鱼贯走出这套盒般的空间，沉默地站在电梯里，上到地下二层。

　　为方便你在失眠或任何兴之所至的时刻都能走进来，没有任何差别地看到从诸般事物身上萃取的成果，这里要求二十四小时明亮胜过白昼。现在就是这样，明亮而不刺眼的灯光从不同角落探照、射出，将整个巨大的空间纳入光明。根据需要，有的地方将空间进一步分割，但它们又总在什么地方和空间的整体勾连起来，就像是正午时分，只要朝向太阳的事物，都必然被阳光纳入统一的笼罩。和阳光照耀不同的是，这里没有给阴影留下任何存在的可能，无论是静止的物，还是行走的人，都全无死角，没有蒙上丝毫因为灯光而产生的阴影。就连那些挂在墙上、摆在地上的作品，都没有因为摆放的位置与角度，而衍生二次阴影。

何芷、何芜究竟以你萃取的素材画了些什么？尽管你想要看到的心情如此迫切，但一走进这个空间，你的步子还是不由得慢下来，接受那些你以近十年的时间，从地下五层那个空间萃取之物的注视。偶尔，你还会在一些成果面前停下来，像以往的无数次那样，看着它们。

是的，这一幅玫瑰。这是你第一次扫描的成果，地下五层的空间刚刚弄好，你顺手从何芷桌上的花瓶里取了一枝玫瑰，让他们放进去。差不多一个婴儿拳头大小的玫瑰，上面缀着几滴水珠，放在硕大的玻璃空间里如同一粒蚊子血，只剩一点点若有若无的红色痕迹，但玻璃空间的密闭，反而给它核裂变的爆炸力。那时候操作不熟练，想法不清楚，直接将射线提升到最强烈，因而片子上只有一点点白色轮廓，玫瑰花也是淡淡的一抹。更遗憾的是，片子根本没法留下它置身浩大空间的渺小和坚定。是的，这一幅太湖石的扫描图射线又太轻。直到这一幅连拍了无数张的不同射线强弱程度的毛笔图，你才可以自如地看一眼物体就了解它的最佳强度，然后在不同强度间切换。是的。这只死去的蟾蜍是你第一次拍动物。这窝蚂蚁是你第一次拍活物，为了拍出它们的阴影，你没少想办法，最后总算用涂抹的蜂蜜将它们骗上玻璃片，这一条线是蜂蜜的阴影。

你一边走一边看，偶尔只是目光一瞥，那也花了不少时间。出口前最后一张巨大的，足有十二米高，三十米宽的片子还是让你停下来，在它面前站立了足够长的时间。是两个月前拍的，一张巨大的亚洲象的扫描图。那天，何芜同样神色郁郁，但因为直到最后，你也只是让亚洲象吃了苹果，卷了木头，而没有涉及杀戮、血腥，她也就坚持着忍了下来。这张图就是它卷起一根橡木，仿佛随时都准备抛扔出来。木头的扫描偏白，亚洲象的扫描偏灰，单纯就它们的颜色对比而言，会让人以为是几次拍摄的综合拼贴，但你知道，那仅仅是因为木头和骨骼的密度不同而造成的。是的，骨头。你要的也不是骨头，而是骨头里隐藏的阴影，是一头大象体内的影子。你将它榨净、提取出来了吗？

过了这个空间格局像美术馆，布置却不像美术馆那么精致的所在，是两扇对开的大门，门和墙壁一样，刷成了让人过目即忘的灰色。何芷走到门前，门自动打开，你跟着她走进去。里面漆黑一团，身后空间里的灯光完全没有照射进来。

何芷也走进来，门倏然关上。在关上的一瞬间，灯光亮了。仍旧是一个纵横明确的矩形空间，大小约有刚才那个空间的三分之一，或者说，是你不久前拍摄老虎的地下五层套盒空间的四分之一。但这个空间只是在灯光亮起的瞬间，只需要随随便便看上一样，就能感觉到劲韧的甚至是热烈的生命力，虽然处处都有抑制，但正是这抑制平衡了生命的蒸腾，不至于完全变得喧闹乃至嚣嚷。

地板和刚才空间的总色调一样，是不引人注目的灰，墙壁和天花板则是互相过渡、交接的蓝色，显出了变化，可也毫不突兀，能令人想起净朗的天空、宁静的海面，说是叶尖初露的草地、黄沙漫漫的荒漠，也不会觉得奇怪。因为灯光柔和、贴切，并且只从天花板上几个固定的点照射下来，如同小小的只为各自区域尽责的太阳。也因为摆在其中的尺寸各异，可都装在定制画框里的作品，并且一望可知，每一件作品放在什么地方都经过再三思忖，多次调换。

不过，你没心思过多观察整个空间，你想要看的是具体的作品，你想要看到的是作品背后，何芷与何芜的心思。她们的心所容纳、眼所朝向，是不是有什么早就彻底从你的灵魂和世界消失？于是你看向离你最近的作品，对，它只能称之为作品。你记得，那原本是一圈在工地上闲置一年有余的钢筋，差不多有两根拇指粗细。拍的时候，射线提到最高强度，核心部分仍旧有一条黑线，仿佛不可祛除。在黑线两侧，是骨头一样的灰白。那时，你对这条黑线印象深刻，甚至要借着它断言"黑暗和影子早就潜藏在内部"，但它在软片里的死寂，因死寂而生的无力却也让你畏惧。

可现在，黑线和灰白都在，也盘成了一圈，可它不再平白无故地出现在软片上，它被扔在了一个丛林里。丛林的背影是虚的，只能看见成片的绿影，前景却是清晰的惹人心的一丛灌木，蓬勃如乱的荆条和荆条上的叶子都明晃晃的，恨不得能用眼睛掐出汁来。盘绕的钢筋的影就放在灌木旁边，它像是一条虚拟的蛇，又像是一次无来由的涂鸦，抑制灌木的生机也给予它超乎季节的安慰。更重要的是，盘绕之影冲上的一头，大概十厘米的样子，完全恢复了钢筋的模样，泛着金属光泽的黑色有不少地方露出斑斑点点的锈迹，但钢筋上规则、简洁的花纹仍旧清楚可辨。有趣的是，在钢筋头上，爬着一只蜗牛。即使在一幅合成制作的图片或静态作品上，也能看出它不是停了下来，而是正在爬。一抹黏液从蜗牛身下拖过钢筋，它的触角正在转动，它的壳也正因运动而以可感知到的方式而蠕动。

这只蜗牛堪称生命之眼，让整个画面活动，也让绿的灌木、黑与灰的影子各安其位。你明白了何芷、何芫的创作思路，也明白了她们的创作意图，她们是在平衡你强行施加的阴影。这虽然因为不清楚你面对的是什么而显得幼稚，可是幼稚自有无法推拒的生长的力量。这自然不足以解决你的问题，可还是让你心里微微一动，一如沙漠上在深夜落下的露水，尽管稀少，尽管几乎在落下的同时就被蒸发殆尽，你却不能说它没有落下过。

一旦明白创作思路与意图，整个空间的所有作品对你也就没有秘密可言，你快速地浏览每一幅作品，它们那些灰影与生机相冲突、相平衡的画面，总是有比喻性的温润露水落下。那水滴的痕迹，它蒸发的时间，甚至它对整幅画面的微弱更改，你都让它在心里再经历一遍。然而越看到后来，你受到的触动越是微弱，仿佛观看的积累升高了心里的温度，让露水落下的距离越来越短，蒸发的时间越来越快。

然后，和外面的空间一样，你来到那头亚洲象的面前。这幅作品和其他的都不一样，大象并没有置身于某个具体的环境，它就像是凭空而来，站在画面的中央，但它并不孤零，更不渺小，它站在那里，仿佛四根象腿就支撑起整个世界，顶天立地，毋庸置疑。没了背景的支撑，没了环境的衬托，大象也不再和其他作品里被射线扫描的物体那样，以只经过选择却绝不加修饰的黑与灰的渐变出现，而是被部分还原、上色。它那粗糙的皮肤，皮肤上的皴裂，稀疏的短毛，也都被层次不一地还了原。可这种还原也只是模拟，它的程度不一，也就打破了大象仍旧是活的整体这一幻觉，它并不喧宾夺主，反而更加本质地衬托出扫描的实质，更让你见到黑与灰渐变中的冰冷。

　　目光再随着大象的身体向上、向前，它那弯曲得呈现了数学之美，美到让人怀疑是否天生的象鼻正扬起。象鼻的上色浅了不少，因而呈现的效果不像是还原，更像是某种抽象的推演，推演的结果就是在象鼻的末端，被它的鼻子甩在半空中的苹果。那苹果已经被啃掉小半，它的汁液飞溅，几块破碎的果肉也被甩了出来。苹果不是原初的苹果，它也仿佛被即时扫描，然后再与同时拍摄的照片叠加，因此同时具有了鲜美与灰暗、美味与腐烂，连汁液与果肉都耐心地进行了同样的处理。这是死亡的生机，你望着被甩起来的苹果，按照象鼻的角度与力量，它必将被甩进大象的嘴里。再看大象微张的但必然会随着时间推进而进一步张大的嘴，它两根米白而灰的象牙，可以知道，它是何等期盼苹果进入嘴里的瞬间，它浑然不知，苹果进入嘴里的时刻，就是它被击溃的时刻，它庞大的身躯将轰然倒地，并在倒地的同时瓦解、飞散。

"这也是你们的作品吗？"你指着大象问道，你的手指实际上指向那个苹果。

"不完全是，"何芷迟疑了一下，"他帮我们上了大部分的颜色。有一天他说想试一试，我们看了他上色之后的作品，觉得比我们的好，打算再有合适的也请他来帮忙，比如老虎的这个系列。"

"也不是完全比我们好，"何芜不同意，"想法不一样。任何东西，我们都想找到适合它的环境，把它安放进去。他喜欢让东西独自存在，这样很突出，可不能总是这样，让物体和它的世界断了联系。"

你没有说话，你们都知道那个他是谁。你走到尽头，那里是另一扇门，你知道，门背后是何芷、何芜绘制这些作品的工作室，你也知道，他肯定在那里，因为你需要他在那里。

果然，工作室里仍旧响着咔咔咔的打印声，一幅巨大的老虎扫描图已经打印完毕，目前还是一个灰影的老虎正从扫描图上盯着你。它似乎也在等着你，在你走进工作室的同时，它就站起，向你走来。

这一身灰衣，整张脸都被灰色的帽兜罩住的灰色的人形走到你面前，微微一鞠躬，以灰色的声音问道："先生，要不要找个人来拍一下？"

2. 地上

你一动不动，保持坐姿，看着王河鞠躬、转身，看着他踩着自己的脚印走到门口。他伸手抓住这一侧的金属把手，拉开门的那一刻，你双手撑住桌面，有一点贪婪地伸长脖子看过去。

王河当然看不见。他只是在拉开门的瞬间，停顿了一下，身体有点僵硬，犹豫是否应该再回身打个招呼，道声别。在他停顿的那一会儿，过道里的灯光将他薄薄的影子投射了一截到房间里，像是灰烬撒出的人形轮廓。随即，他做了决定，径直走出去。即使到外面，转身带上门时，他也低垂着头，没有望过来，没有挥手。

你盯着王河那一截影子撒在房间里，向外面退，然后被门护住，直到他毫无疑问已经走到三道门外，仍旧不肯收回目光。嫉炉、失落、隐痛夹杂，在心头翻滚，进而向上攀爬，向全身发散，紧紧箍住你，让你喘不过气来。前所未有地，你感到体内的氧气被慢慢抽走，四肢百骸的能量迅速逼近于零，你马上就要像一摊稀泥，瘫软在桌子上，瓦解在地板上。但你借助双手的支撑，凭着游丝般意识的维系，不让自己瘫软、垮掉，尽管从来没有这么强烈过，可你熟悉这种撕扯的起势与走向，除了涸辙之鱼企盼甘霖一样等待，除了将死之人召唤游魂一样守候，别无他法。在这漆黑似墨、寂然胜铁的房间，见不到光与影的移动，等待并不消耗时间，只是意识的逐渐模糊，缓慢清明。

终于，你感到自己如同被充气，一点点鼓胀起来，落在桌上的汗水，湿透衣服的汗水，用一点微咸透析了体内的瓦解因子。于是，你坐直身子，站起来，向椅子后面的空间纵深走去。随着你脚步的逼近，一阵轻微的声音响起，那黑色的一面缓缓分开，露出从地板直至天花板的一整面墙的玻璃。王河已经离开，没有机会发现不久前在你背后的，不是墙而是窗帘和窗帘后面的玻璃。

从这里望出去，大半个城市都在脚下。正是日头高悬，明丽的阳光从澄澈蓝天抛下来，让脚下忙碌的世界条分缕析，层次分明。还有一束阳光掷了过来，掷在玻璃墙上，掷到你的身上。你看着阳光从你身上穿过，即使是玻璃，阳光穿过它，也在地上投下隐约可见的薄薄的火焰般的跳动，暗示若有若无的影子，而阳光落在你身上，地上什么痕迹都没有，空空如也，仿佛你才是真正的透明之物。

极其轻微的吱的一声，你知道黑色墙壁上那扇黑色门打开了，但你一动不动。你在心里又演练了一番，只等适当的时机出现，就要开始你特意为他准备的剧目。会顺利达成吗？你无从知晓。你必须控制住自己的情绪、动作、语气，才能控制住他，得到想要的回答。他似乎并不知晓这一切，仍旧在离你两步开外的地方站着，等候你的差遣。

你伸出右手，他上前一步，递上手里的望远镜。你拿住望远镜，扭头看他一眼，他和任何时候见到你一样，一身灰色的衣着，罩住整个脑袋的灰色帽兜，头微微垂着，这身姿说是恭敬也好，说是随意也罢，反正都透着保持距离的意味。

"不要这么拘束，上前来。"你笑了笑，说完也不管他微微鞠躬、上前一步、继续垂头站在一旁的例行动作，把望远镜架在眼前。望远镜自动调焦，从这里跳跃着对准这座城市里以你之名兴起的那些大厦、商圈、住宅，它们设计风格相近，都有着大面积的玻璃结构，对采光极其贪婪。要是在往日，你会随机找到一扇窗户，对准窗户后面的人，看着他们在阳光下坐卧、行动，看着他们的影子随身而行，但现在，镜头那边时而清晰，时而模糊，但都只在你眼里快速掠过。

　　"先生，您为什么要那么做？"他忽然问。

　　"什么？"你一时间没明白他指什么，莫非他已猜中你的意图？

　　"您为什么要不断地用 X 光去扫描那些物体，还有动物？"

　　原来问这个，你松了口气，"你觉得呢？"

　　"您是想证明，影子不是必需的，对吗？影子不是人和物必需的，也不是这个世界必需的。既然在黑暗中没有，既然当 X 光穿过物体时，影子荡然无存，也不被扫到，那它只能是可有可无的附庸，对吗？"

你没吭声，可是阻止不了灰衣人继续说下去。当然，他的语速仍旧不疾不徐，他的语气仍旧不愠不恼，他的内容是判断，可他的方式是陈述。

　　"可是先生，您不觉得您的行为自相矛盾吗？您用了十年时间，每个月一次，拍了这么多东西，留下大量的素材，要证明影子不是必需的，可是您又总是在片子上留下那些东西或者活物的痕迹，痕迹不就是影子吗？"

　　"等等，你是说，影子是从内部产生的？至少我的拍摄证明了这一点？"你觉得灰衣人的话大有深意，可他这番话是有意还是无心？

　　"不。我是说，您的行为自相矛盾。您究竟是要影子，还是不要影子？要影子，不需要用到 X 光。不要影子，您可以把 X 光的强度提到最高，甚至还可以不断加强，也许最终您能发现，胶片上什么都没有。"

　　"噢，你是这样想的。"你不想继续这个话题，因为灰衣人的话再次印证你这么多年的感觉：他理解不了你，正如你理解不了他。

"你就别管我了，权当我只是在消磨时间。你那时候问我的那句话是什么意思——要不要找个人来拍一下？"你也问他。

"不管您的意图是什么，都需要通过同类来验证。一个人更能理解您的意图，也是更有效的范例，至少，他可以告诉您，在射线穿过身体的那一刻他的想法，他还可以告诉您，随着射线的变弱变强，他的感受如何游移。"

你怀疑他在嘲讽，可语气不像，他的身体不用想也知道没有特别的动作，更不会有嘲讽的迹象。你想结束这个话题，最好同时还能有所引导。

"你这么多年陪着我，事无巨细地帮助我，不厌倦吗？"你想让自己的语气更体贴，发现根本做不到，也就算了。

"不。厌倦是你们特有的东西。"灰衣人说。

那也就不必再绕圈子了。你垂下始终罩在眼前的望远镜，递给他。在他要接住的瞬间，你说："让我看看我的影子。"

他愣了一会儿，才伸双手捧住望远镜，放进左边的衣兜。

"先生，这样不好。不，我不是说这样违反咱们的约定，咱们的交易里并没有相关的约定，我只是担心对您不好。我还记得您上一次提出这个要求的结果，虽然是三十年前，但您那一次的悲痛欲绝可真吓着我了。您对着自己影子流下的眼泪，比咱们认识以来其他时候流下的总量都多，恐怕也比咱们认识以前，您流下的总量也多。您足足把自己关在房间五天五夜，勉强喝一点水外，茶饭不思，要不是我让人破门而入，将您送往医院，恐怕您早已不在人世。您想想，我怎么还敢答应您？"

他一直垂着头，谦恭得近乎谦卑地说着。每到这时，你都会隐隐惊讶，惊讶平常对他善辩的忽视。不过，他的反应、说辞并没有出乎你的预料，一切都还在按你的预演进行。

"你只记住了我当时的哀痛和经受的那一点点折磨。没错，我那次是悲痛欲绝，我那时才明白，在咱们的交易中我失去的是什么。可你也别忘了，正是接下来五天五夜的自闭，让我懂得，在咱们的交易中我得到的是什么。不正是在那以后，我才彻底将交易抛在脑后，借助我得到的，通过你的协助，建立起眼前我们的所见、所得，成就属于我们的传奇？"

"不，先生，是属于您的传奇，我只是为您效劳。您说得很对，现在的一切都始于您和您的影子——有必要提醒，'您曾经的影子'——的最后一面，您由此有了今日的成就，您甚至早在十年前就不再动用袋子的力量。当然，那是您的袋子，您有权对它任意处置。我只是担心，再次见到影子，会触动别的不可知的因素，给您带来不好的结果。毕竟，您现在身上所系的，是如此庞大的产业，您关联的，是不可计量的个人与家庭。公平地说一句，这一切甚至超过我的预期。"

你捕捉到了他话里的迟疑，感到他正被你说服，当然要进一步追击。

"你在意与我相关的人与事吗？不，你不在意。影子是你的没错，正如袋子是我的，我尊重咱们的交易约定，但你也说了，再见一见影子并不违约。你刚才似乎在描述某种限制与规范，可是它真的存在吗？这么多年，我不是你遇到的第一个人，也不是和你达成交易的第一个人，他们交易后的反应如何，他们如何使用你提供的交易物品，难道会一样吗？如果每次交易后你看到的都一样，恐怕你早就没兴致走来走去，寻找可交易的对象了。不是这样吗？"

他沉默了一会儿，"好吧，先生。我答应您，不过您也得答应我，只能看不能有任何别的行为，否则——"

"否则你可以带着他从我的世界消失。"

"先生，别开玩笑了。您知道，我是不可能离开您的，但我可以保证，如果您有任何不理智的行为，您今生都不可能再见到他，哪怕是在您临终之际。"

他不再啰唆，伸手从右边的衣兜里掏出一个黑色的小小的皮袋，他打开皮袋，从里面取出一团黑色的折叠得四四方方的物品，然后他蹲下来，在地板上把那物品一层一层打开，每打开一层，他的手指都在折叠的痕迹上抚过，将折痕抚平直至消失。这样的动作重复多次，四四方方的物品被全部打开，躺在地板上。那是一个瘦削的影子，身形单薄，已经快变成灰色。

"你，你能让他上前一点吗？不，不是到我这边，是到太阳下面，让我看得更清楚一点。"你以为自己早就做好了准备，灰衣人打开皮袋时，也一直告诫自己"冷静，冷静"，但看到影子的瞬间，尤其是他超出预想的瘦削、单薄，以及由此导致的颜色变化，你仍旧失控了。你声音发颤，几乎是在请求灰衣人。

"唉，真是没有一次不伤感。"灰衣人含混地感叹一句，对影子点点头，说，"去吧。小心一点就是了。"

影子听了灰衣人的话，试探着往前挪了挪，他先把左脚放在阳光下，那一下猛晒也许是疼，也许是痒，也许只是单纯的刺激，让他往回缩了缩脚，但只缩了一点点他就忍住了，让左脚像在火上烤一样在阳光下待着。过了一会儿，大概是习惯了阳光的炙烤，他的右脚也伸过去。然后一点一点，整个身体都到了阳光下。尽管影子没有说话，但是看他在阳光下伸伸腰，边缘也逐渐比刚才清晰一点，想必还是很惬意。

你看着影子的这些动作，猜想他有多久没有接触阳光，也许从三十年前那次相见直到如今？这让你无比痛恨自己，不是或者不仅仅是为那次交易——交易已然发生，无可更改——更是为你自始至终都只想到、感受到丧失影子的痛苦，而从没有想过影子究竟如何，他对自己被折叠、被拘囿有什么感受。

"让他回去吧。我有事情和你商量。"你咬咬牙，狠着心对灰衣人说。

灰衣人不解，又警惕地看看你，但他没有说什么，只是对影子招招手，影子有点不舍地离开阳光，走到他面前。灰衣人又蹲下，小心翼翼地从头到脚、由左至右，将影子拾起来，折叠回刚才的方块模样，装回皮袋，系紧皮绳。

"不是不能让他听见，是不想让他听见，我不想在实现之前先给他希望，其实我也是不想先给自己希望。"你叹口气，随即又摒弃这无谓的感伤，振作起来，"刚才那个小伙子，你觉得怎么样？不要装作听不懂我在说什么，你肯定会跟在身后，把他送出楼去。"

灰衣人居然有点被看破的羞赧，不过他很快正了正身子。

"灰暗。困顿。沮丧。这些都抑制不住浑身勃发的欲望。就像是奔波在树木浓密、光线全无的森林里，被枝条刮擦，被藤蔓牵绊，被尖刺刺伤，又饥又渴，疲惫不堪，但没有放弃，一股咬定了什么非要坚持下去的狠劲。他不知道，自己已经走到森林边缘，只需要一点点天光的提醒，就能走出眼前的困局，进入敞亮、开阔的境地。当年咱们初次见面，您差不多也是这个样子。"说到这里，灰衣人轻笑一声。

"他的影子怎么样？"你没有理会灰衣人的笑，尽管他的描述本身让你联想到自己，提醒般的总结更让你浑身不自在。

"非常好。饱满、健壮，好久没见到这么吸附黑暗，迅速增加浓度的影子了。我跟在他身后走到楼下，看他走进阳光里，没有丝毫耽延，影子就出现了，紧贴他的身体。他完全没有意识到我的存在，但他的影子发现了我，影子似乎对我有所畏惧，发现我之后，还往他身边躲了躲。所有这些，都让我再次想起初次见到您的情景，在那次烧烤聚会上，您拎着一瓶啤酒，从河滩上的烧烤架旁走开，来到草坪上，站在阳光下，您的影子躺在青草上，黑得发绿，同样是在我站起来的瞬间，他也往您身边躲来着。"灰衣人反常地沉浸在回忆中，反应比往常慢了许多，但他还是反应过来，"您这么问是什么意思？"

"我想再和你做个交易。"你不容他多想，开门见山，"我退回布袋，再加上他的影子，换你撤销咱们的交易，退回我的影子。"

"你们果然都一样，没有一个例外。"

灰衣人摇摇头，如果你能看清楚他藏在帽兜里的脸，多半还能看到嘲讽的笑。不，也许是苦笑，你忽然想到这一点，对灰衣人生出一丝同情，但你马上掐灭它。

"你们不能保持专注吗？要布袋就要布袋，要影子就要影子，要什么就一直保守什么。怎么可以有影子的时候要布袋，得到布袋又想要影子？难道交易这么随随便便就能取消吗？要是事情都由你们来决定，那我在做什么？只是陪你们玩，不花时间吗？"

"时间对你有什么意义？你有的是时间。你根本不在时间内！我们才在时间里面。你前前后后做成了多少次交易？愿意和你交易的只能是人，我们虽然时间有限，但就不能有试错的机会，有撤销至少也是更改交易的可能吗？"灰衣人的话让你愤怒。愤怒是没有意义的，你又迅速冷静下来，"我不知道以前的人想要以什么方式换你撤销交易、归还影子，至少我的提议，你什么都没损失。不止没有损失，所得还非常丰硕。你是花了时间，对你无限的无意义的时间。你得到一个影子最黑暗、密实的阶段，并在他灰暗、衰败的晚期，用他换了一个簇新的上佳的影子。"

灰衣人忽然转过来，正对着你，他的脸颊、眼睛还有嘴巴都被帽兜挡住，只用有棱有角的下巴在盯着你似的。

"先不管我们之间的交易是否能够取消，您怎么确定他会交出自己的影子？"

"如果他不同意，如果他明确拒绝，我说不定会更高兴，甚至会骄傲，为他骄傲，为自己的同类终于有人这么做而骄傲。"你想象了一下一个月后，王河回到你面前，说出"我不报价""我不继续"之类的话，可是他骄傲的脸、他说出的话都迅速起了涟漪，如同被风掠过的水中之月，模糊起来，再也恢复不了水面平静时的模样。

"他需要一笔钱来完成他的剧，我给了他一个提议，让他给自己的身体划价，一个月后，我和他再见面，如果我们就他身体某个部分、某个器官的定价一致，就能够达成交易。当然，这笔交易是个幌子，是为引出另一笔交易。一开始直接要他的影子，他多半会拒绝，一个月的时间，一个月的患得患失，足够改变很多事情。人们只有在完全隔绝或者完全绝望的情况下才会拒绝，一旦被引到道上来，一旦尝到甜头，而且蜜越来越浓，谁都停不下来。"

你知道这么说是在出卖同类，你也知道你此刻的表情一定很猥琐，还包含着劝诱、谄媚、鼓动，乃至于顺服，可是你必须拿回你的影子。同时，你也自我安慰，王河必须自己做出决定并承担决定的后果，任何人都不能替代他。

"所以您的提议完全就是诱饵？"灰衣人显然不需要自我安慰，他也不在意你是否难堪。

"说是诱饵也未尝不可，再准确一些，那个提议只是开关，打开它容易再关闭很难。他会开始定价，先是单纯地从字面意思出发，把身体的每一部分割裂开来看，给出一个自认为合适的价格。不过他很快会明白，身体是割裂不开的，定价的实质是做判断，依据可舍弃程度的大小，判断整个身体的状况，到那时，他可能就会想到自己的影子。如果想到影子，轻易就标出价码，确定咱们想要的就是它，那就太高估人对世界的理解能力了。即使他有史勒密尔的故事为凭据，依旧不可能。所以，尽管他来到了大门口，还是需要引导、劝诱，才能明白，才能往里迈出关键的一步，就像当年你对我做的那样。"说到后来，你的语气愈发冰冷，像是在宣判，宣判自己，也宣判迟早步你后尘的王河。

"冯先生，您对事情的理解有点偏差，我没有引导、劝诱您，我只是提议，这个提议也仅仅是想帮助您。唉——"灰衣人居然叹了口气，"不说这些了，你们总是对我有误解，怎么说都没用。"

你没有作声，你不想表现出对灰衣人这句话的反感，你更不想他因为你表现出的反感而发现你对他、对整件事情的些微怨恨。当然，你也知道怨恨没有道理，所以你只想事情按照你设想的往下进行，用一桩交易替换另一桩交易。

灰衣人也沉默着，确定你不想再就王河的事继续交流，他才说起另一桩事。

"昨天她告诉我，不想再签下任何片约、再接任何通告，她想彻底休息，彻底离开现在的生活。"灰衣人说得有点没头没脑，但他确信你知道他在说什么。

你当然知道灰衣人在说什么，但仍旧对他的话感到震惊，"发生了什么事？你没有按照我的要求……照顾她吗？"

"照顾？当然，一如既往。给她安排各种演出，电视、电影，还有舞台剧，出席各种活动，首映式、见面会，不时接受采访，偶尔走走红毯，伴之以小分贝的尖叫与欢呼。我不断安排聚光灯照向她站立的方位，也一直如您要求，让她大多数时间都在聚光灯边缘徘徊，偶尔也往里面站一点，但绝对不出现在核心位置。按您的要求，过去这几十年，她始终只成为陪衬，总是能见到虚荣的盛大，却享受不到虚荣的满足，她感受到的一切，都只是对比之下的伤害与羞辱，因此发誓也要站上顶峰，让所有看不起自己的人都追悔莫及，拜倒在面前。但从两年前开始，她有了变化，她知道无法解除合约，但她不再向工作人员、向她的贴身助理提要求，她发现自己总是被映衬出不足的那一方，但她不再介意。

她的脾气变得过于温和，甚至有点逆来顺受，安排的工作、给出的要求，她都全力以赴去做，该出现的地方，她全部到场，但所有这些对她不再构成影响，无法再主导她的情绪。"说着说着，灰衣人陷入沉默，你发现他的身形有点塌陷，仿佛体内的支架无法支撑。

"她接受了自己的现实，得到多少承认多少，得到什么承受什么，不再眼望高处，心怀冀望。我担心再这样下去，即使是咱们也无法完全控制情况，阻止不了她得到咱们始终如胡萝卜那样悬在她眼前的荣誉，那些这个行业的最高虚荣。"灰衣人有点犹豫，还是说出口，"因此，从六个月前开始，我停止了她的工作，不再给她安排任何机会。但您绝对想不到，她毫无怨言地接受了，接受没有鲜花、掌声的生活，接受不再被人关注，没有目光追随的生活。直到昨天，她问我是否可以彻底退出，但她只是问我是否可能，并不执意。"

"为什么没告诉我？"你没有愤怒，你只是不解。灰衣人始终都按照你的计划协助你，你的要求，他拒绝过，但从来没有阳奉阴违，办走样过。

"告诉您有什么用呢？白白增加您的烦恼。她的变化完全不可逆转，该有的试探、诱惑，我一律放大数倍提供，但通通无效。我们无法在心如止水的人那里兴波起浪，特别是当她连心如止水都不追求。"

"发生了什么事？"你第二次问出这句话。

灰衣人显然明白你在问什么，"没有。没有重大疾病，没有亲人去世，没有结识新的有大智慧的朋友，甚至，甚至此前此后也没有持续阅读的书，反复观看的电视电影。我检索了所有可能产生缝隙的地方，她日常经过的路，她必须出入的场所，那些人群，人群的嚣嚷、小小的纠纷，男男女女的亲爱、怨恨，乞丐拉扯的不成调的弦、嘶吼的嗓子，所有这些都是经常见到的，她会在某个瞬间被这些击中吗？有一次发布会上，一个妈妈带着她的小女儿参加，小女儿手上牵着几只蓝色的气球，主持人刚说两句话，不知道是意外还是故意，蓝色气球离开小女儿的手，像一串葡萄那样，飘飘悠悠飞升，直到再也看不见。小女儿一直仰着脖子望着气球，没有尖叫更没有哭泣，除了她全程留意着小女儿和蓝气球，再没有人予以关注。但是这几个气球足以促成如此重大的转变吗？”

你没有回答灰衣人的疑问，你不太相信有这么浅陋的宰制式的戏剧性时刻。重大的转变固然经常由不起眼的、微不足道的琐碎生发，其持续的变化却需要作为触媒的琐碎具备混沌的、内燃力十足的隐喻形态，一个小女孩和她的蓝色气球，它们会是这样隐喻性的琐碎吗？追问已无意义，重要的是，她已经是现在这样。

“告诉何芷，准备好车，咱们一会儿出发，我要去看看她。”即使看不见灰衣人的脸，你也察觉到他的惊讶，你举起手，仿佛要做决断，也只是在空中无力地挥了两下。

“不，等到下午，对，下午，太阳下山之后再去。”你踌躇一阵，还是屈从自己的恐惧，“何芷开车，就咱们三个，去看看她。在离她家不远的地方看看，别被她发现。”

3. 地面

何芷发动，车从地下一层车库沿着缓坡，爬升到地面。上地面的一刹那，你下意识地从靠近车窗的地方，往里挪了挪。你知道这很可笑，不要说现在太阳已经西沉，路灯尚未照亮，整座城市没有多少可以直接投射到你身上，让你无处遮掩、隐藏的光，就算有，它们也被特制的车窗挡在外面。但你仍旧往里挪了挪，如果可以，你想挪到两边无限宽阔的那个中间点，不看向两侧，只看向前面，只看着专注于驾驶的何芷的侧影，还有在你前面的灰衣人的背影，灰色蔓延的躲避不开的背影。

告诉灰衣人要去看她之后，你就独自坐在地下三层的漆黑一片中，思绪在回忆往事与抗拒回忆之间游移，脑中因此浮现大量的记忆碎片。可是现在，坐在车上，对着灰衣人的背影，那些碎片还重要吗？不过是爱情或者爱情幻觉，不过是耳鬓厮磨、山盟海誓，不过是她被人挑唆起明星梦，留下三年为期的约定，离开你来到这座城市，不过是你追寻而来，遍寻不见，最终又意外相逢，她并未成功，可早已把你忘记——哪一段不是庸俗的剧情？又有哪一次热吻，哪一滴泪水，哪一声绝望的嘶吼，不是剧情的标准配置？连你心头涌起的报复欲望，都不过是惯常的铺垫。

只有这个背影，才是剧情中的隆起，才是你至今仍在消化的骨头。不，它可能至今仍旧卡在你的喉咙上。你所有与她相关的记忆碎片，最后都指向他，指向你泪水涟涟，绕开整个聚会上的所有人，走向那棵树后，见到的他。

"先生您好，先生，先生？您很难过，对吗？和我说说吧。"这是他和你说的第一句话。

"我，我不想说话。您要啤酒吗？"你上前两步，把酒递给他。

"谢谢。我从不喝酒。您的影子真好啊，我从来没有见到过这么忧伤又结实的影子。您现在很难过，很愤怒，快要疯了，您想扑过去抓住某个人，扇她两个耳光，吐她一脸口水，可是您只能站在这里，因为您怕扑到跟前时，不受控制地哭起来，您怕您会向她说出哀求的话，甚至跪在她面前。您也不是怕哭怕跪怕哀求，您是害怕您做了这些都没有用。因此，您现在想喝酒，您想把自己灌醉，等到醒来的时候，她已经从您面前消失，这样您就可以说服自己，是您看花眼，认错人。或者，干脆认为自己出现了幻觉。对吗？您现在快要认为我也是您的幻觉了。"他说起话来简直就像他的衣着，有着很冷淡的傲慢，让人不由自主地生气，不过你还来不及生气，因为他完全说中你的心思，你呆立在那里，唯一想得起来的、做得到的就是往嘴里倒几口啤酒。

"可是，先生，您想的这些都没用！您都认准是她了，又怎么否认得了？！不管您做什么，她都不会再想起您，除非您把她的世界砸碎，把她赖以忘掉您的东西夺走。您想想，有一天，她回来哀求时，您压根儿就不在意她了，这是多么快意！那时候您会明白，这世界有太多东西值得您去追逐，去揽在怀里、据为己有，眼前这个女人什么都不算。"说到这里，原本躺在草坪上的灰衣人站起来，他比你高不少，但帽兜仍旧遮住他的大半张脸。

"我可以帮您。您现在所有的问题都由一个问题造成，那就是没钱。可是钱对我来说，根本不是问题。"说着，他从衣兜里掏出一个深灰色布口袋，然后伸手从口袋里掏出一沓崭新的钱。他把钱放在草地上，看你一眼，但并没有停下的意思。他又伸手从口袋里掏出一沓钱，同样都是百元大钞，然后一沓又一沓，每掏出一沓，他都看你一眼。钱很快在草地上堆成让你喘不过气来的一大堆。

"先生，这些钱都是您的，这个布袋也是您的。有了它们，有了我的帮助，您将很快成为这座城市的大人物，您跺一跺脚，整个城市都会晃三晃。您会有享用不尽的财富，买到一切您想要的东西，比她漂亮得多的女人都会围绕着您，让您痛恨前面的二十几年都白过了。"他指着地上那堆钱，又把那条口袋递过来。

你相信你遇到了疯子，可是这个疯子说的话让你心动，至少他提供的图景有效地转移了你的注意力。你其实也看不清他描述的究竟是什么样子，但是你看到了那里一团辉煌的耀眼的光，它吸引你，它让你据以认定，你可以出离自己站立的地方、置身的时间。

"您为什么要帮我？我什么都没有。"

"哦。您有我用得着的东西。严格说起来，我只是暂时替您保管，以免您把它弄丢。而且这东西您根本用不上，任何时候都用不上。其实我也用不上，我只是留下一个信物，以免您心里不踏实，不愿意接受我的服务。"他并没有丝毫得意，语气甚至更加谦卑。

"先生，您看，我只需要您的影子，只需要把它交给我，咱们的协议就达成了。"他指着你的影子，你的影子正躺在毛茸茸的草坪上。

"影子？"你不明白他的意思，不过你好像确实用不上影子，你还没有听说谁能用上影子的，"如果需要您可以把他拿走，但是您真的不是在开玩笑吗？"

"冯先生——""先生——"

何芷和灰衣人同时在喊你，将你从回忆的泥淖中拽了出来，不然的话，你就要进入没顶的回忆高潮了。正是那漫长的高潮部分让你心心念念，这些年咀嚼着它度过无数失眠的夜晚，无数次自我怀疑、自我设问的时候，也是依靠它的回放坚定自己的选择，坚硬你的心。也正是那高潮部分，让你知道，泥浆可能已经没过你的头顶，但你凭借它留存在这个世界的建筑、影视作品，可以作为证据，证明自己没有白白交易，没有一无所得。也许，到最后时刻，你还必须依靠这些证据，才能拽着自己的头发，离开原地，并将堵塞住眼耳鼻舌的泥浆抹去。

"先生——"灰衣人确切知道你的目的，因此喊得更加坚决，而何芷只是出于担心，"先生——您看——"

顺着灰衣人的手指，你看到右前方几十米的地方，海棠掩映下的一栋灰色独栋别墅。和所有出自你名下的建筑一样，它有着大面积的玻璃结构，显示出对自然光线的贪婪。

不等你吩咐，灰衣人按下汽车的一个按钮，你的车窗变了颜色，由原来完全不透明的黑色变得如空气一般，全无隔阂。你下意识地往另一侧缩了缩，然后抓住前后的椅子，一点一点挪到车窗边。灰衣人体贴地递过来一个望远镜。

就算没有望远镜你也能看个大概。在这个安静的小区，你正对着的这栋别墅尤其静气。望远镜所及，每一个房间，每一寸地方，都恰如其分地明亮。除了卫生间，所有窗帘一律拉开，百叶窗也都打开。稍显特异的是，整栋楼能打开的灯都开着，不过那些灯没有多少装饰，并不炫耀，更不夺目，光线直接，明澈。

"没有看见人？"你说不清是想看到还是怕看到。

"可能在卫生间或什么地方，她只有在家的时候，才会打开所有的灯。"灰衣人很熟悉情况，你看了他一眼，仍旧只能看到他的背影，他身子微右侧，但也没法断定是否正和你一样，望着那栋楼。

"出来了。"灰衣人出言提醒。

你看到一个身影在房间里走动，大概是从卫生间走到客厅。你拿起望远镜，架在眼前，并不是急切地想要看到她，首先是害怕她一眼认出你来。虽然这么多年，尤其是最初那几年，在你刻意制造的偶然相见中，她每一次见面都如初次相见般，对你保持着冷淡的尊敬，没有任何故人相认的情绪起伏，但你总觉得，她知道你是谁，为什么出现在她面前，才这样做的。因此，你才越来越想见她又越来越怕见她，怕让她看到你在她周围出现，怕她知道你对她对往事念念不忘。当然，你更怕她真的完完全全把你忘了。

好在望远镜不是自动调焦的，她和她周围的一切起初在你眼里只是模糊一团，让你有时间平缓情绪，慢慢用手转动调焦轮。就像唤醒或重新发现，随着镜头的调整，那个房间开始有了大致的轮廓，进而房间里物品的轮廓也逐步浮现，桌子、床、衣柜、钢琴、一张长条桌，镜头刚刚移动到人形轮廓上，就赶紧移开。看得清楚所有的细节了，窗帘、床单还有被罩的颜色与图案，桌子、椅子、条桌等物品的木料纹理与附属构件的曲线，墙壁上那幅油画，油画上灰黑蓝红混合成的不知是山脉还是云团的暗色色块以及那棵银色的枝叶如串铃的神秘的树，钢琴上黑白排列的琴键，其中还有一个键凹下去约有一厘米，没有复原。

　　你让镜头在房间里乱晃，几次晃过那个坐在桌边的人，晃过她手里捧着的杯子，晃过她凝固般的身形，甚至晃过一缕头发、几条浅浅的皱纹，你无法让镜头停留，却又在心底不断将零星所得的她的镜头拼凑在一起，仿佛在完成一幅立体主义油画的拼图。

　　终于，你要求自己停止镜头的晃动，视线重新回到她手里的杯子，暂且固定在上面。那是一个开片的灰青瓷器，除了仿佛天生如此的开片纹路，没有其他图案。两只手捧住杯子，两根拇指搭在一起。那是时间留下了印迹、显示了力量的两只手，并不算粗糙，却已失去光泽，没有丝毫丰腴，但它们如同两根枯枝托住雏鸟安睡的鸟窝一样，护住手里的瓷杯，不晃动丝毫，不漾出丝毫。镜头顺着双手往上，沿着深蓝色的居家服往上，衣服下隐匿的身体线条如同雾气缭绕的山水，隐约知道其架构、走向，透露着安稳、枯索，却没有任何确定的细节。然后是脖子，是下巴，是嘴唇、颧骨、眉眼、耳朵、头发，镜头依次掠过，焦距再次调整，她整张脸都在了，在镜头给出的圆形画面里，在你似乎紧紧逼视的双眼中。

凭借灰衣人取之不尽的钱财——不，是用影子换来的钱财，你迅速成了最神秘、最有影响的地产与影视巨头，但你从来没有忘记她。你知道她还在与电视电影有关的事情、圈子周边徘徊，没有得到什么有价值的机会后，让人签下了她终生的全面的经纪约，把她离开你、抛下你去追寻的机会完全攥在自己的手心。你设想过各种报复办法：比如安排她在一出大制作中出演重要角色，却在上映时将她所有的镜头全部剪掉，让她在请来观影的朋友面前颜面尽失；比如将她完全雪藏，用只够维持生计的收入将她养成一具丧失任何实现梦想可能性的行尸走肉；比如将她捧到小有影响，然后爆出足够烈度的丑闻让她成为笑柄，走到哪里都被人指指点点。你想不清究竟哪种办法能给她最大的伤害，足以让你解恨，于是你先让她保持着梦想，给她安排些可有可无的角色，打算等你想清楚的那一天，就把她的所有都拿走、敲碎。在这个过程中，你发现，最大的残忍不是猛地关上门，告诉站在门外的人，他没有机会进来，而是敞开门，设置需要耗费一番精力才能翻越的门槛，等他进了这扇门，发现固然有些许此前渴盼的风景可看，可在前方还有一扇门，暗示着更美好的风景，等他舍弃眼前的风景，进入那一扇门后，还有更多的暗示的门在等着他。最大的折磨，不是无知，而是知道却得不到。欲望的折磨不在于无法满足，而是每一次满足都唤醒更强烈的欲望。

明白这一点，你开始了对她的报复，施加慢性毒药，让对方形成依赖，但又总得不到足够剂量药物的报复。你给她规划发展路径，让她从几乎没有资源的新入行者，变成在一些作品中偶尔露脸的排不上号的小演员，当她渴望为大众所知的时候，又为她打造一些可以混个脸熟，却绝对无法让人记住的角色。她甚至得到一些不怎么重要奖项的提名，但从来没有笑到最后。你为她创造所有的机会，也为她制造所有的障碍，和她相关的事情，你都委派灰衣人全权负责并随时告诉你新的进展与动向。不出几年，你就得知，她被你唤醒的野心与欲望折磨得不成人形，失眠、抑郁、植物性神经紊乱……所有这些足以折磨人但并不轻易要人性命的疾病都找上了她，但她却被虚火烘烤似的，越发执着地要证明自己，要得到她应该得到的东西。

再后来，失去影子的隐疾开始发作，你受到更加严厉的折磨，逐渐失去关注她的兴趣，你只是要求灰衣人按照已然的惯性对待她，但不必再告诉你她的情状。偶尔你再想起她，一张失去水分，被催逼得干枯到随时都可能燃起来的脸匆匆在眼前飘过，仅此而已。但现在，贴着望远镜镜头的这张脸、这个人，确实像一棵被狂风骤雨毒日头经久折磨的松树，也干枯到没有一丝绿色，没有多少水分，但她却是静谧的，由里到外都见不到虚火的痕迹，只是挺立着树身、伸展出枯枝，在那里。有没有雨水，环境是否继续恶化，都不再能干扰到她。

"为什么是这样？"你有点贪婪地让镜头沿着她的身体上下移动，犹如在探究一棵安如磐石的枯树的根、飘浮在它上面的云。

"不行，我得去见见她。"

"什么？！"灰衣人吃了一惊，他扭过头来想要确定你是认真的，还是在开玩笑，但头扭到一半，他就停住，空气中的凝重、严肃已经让他明白。

何芷却实实在在地转过头来，望着你，你看到她眼眶泛红，挥手让她转过去。这一刻以前，你从未向她和何芫吐露任何往事，现在你明白，她什么都知道。

灰衣人拿出电话，拨了一个号，不到一分钟，你看到她从桌上拿起手机。

"姐，您好。我是小丁啊，您现在方便吗？我们董事长想见见您。是的，我们现在已经到了您的小区，离您的别墅很近。不是存心要让您措手不及，董事长说了好久，可时间总是定不下来，就没提前跟您约。现在他刚好来这边，又有点时间。好的，那一会儿请您开一下门。"灰衣人打电话的样子，真像个办公室职员，跑腿的那种。

"小丁是她的生活助理，不过半年前，她让小丁回了公司，说不需要了。"

挂上电话，灰衣人又成了平常的模样，他指了指那灰色的别墅，让何芷开过去。车刚开到，关闭的大门自动打开，又在你们身后关上。里面的院落比你以为的大了一些，还有一座古典风格的亭子，亭子旁边是假山，假山旁边种着一丛翠绿的竹子。院内就有停车的地方，但你还是让何芷将车开进车库。

"何芷，你在车里待着，去院子里玩也行。"下了车，你跟在灰衣人身后向电梯走去。在电梯门口，止住跟过来的何芷。她迟疑了一下，很是委屈地看着你，见你不为所动，只好向车库门口走去。

"先生，您太让我吃惊了，这些事让何芷知道也没关系，没什么能阻止、减少她对您的崇拜以及由此产生的疼惜，这些事只会帮助她获得面对人世的智慧。"进了电梯，灰衣人开了口。

你没有理他，你需要平静心情。电梯打开，她已经站在那儿。

"姐，这是我们董事长。"灰衣人介绍，那一瞬间，他已经变成二十出头的清秀小伙，染着头发，戴着耳钉。

"您好，鄙姓冯。"你伸出手去。

"您好。"感觉那手伸出去，在空中等待了三十多年，才被她轻轻一握，以示回礼。

她转身向客厅走去，你看着满屋明亮的灯光，浑身被烫出水泡一样，疼痛难忍，无法迈步。灰衣人——不，现在是小丁——自然明白你的心思，他自动站在你身后，依据灯光强弱与方位的变化，微调着自己的位置、与你的距离。因此，从走进客厅到在她示意的沙发上坐下来这段距离，你真的产生了错觉，以为小丁就是你的影子。

"您来点什么？咖啡，茶，还是别的？"她问。

"不必客气，我们坐一坐就走。"你的目光在她脸上、身上一扫而过，始终无法停留，只好落在桌面上。

"很抱歉，现在才来看您。"你咳嗽一声，"感谢您这么多年支持公司的发展，为观众带来那么多经典的形象。我来，是想代表公司，也代表整个业界，更代表观众挽留您，希望您能继续演艺事业。虽然时机与误判让您错失了本该得到的荣誉，但是在我们心里，您早就戴上了冠冕，而且我们相信，您离那种形式上的肯定，也只差一部作品。"

"既然是形式上的肯定，就没必要执着了。"她不疾不徐，一句话噎住你，继而脸色舒展了一下，表示轻微的歉意，"冯董事长，谢谢您和公司这几十年的关照，我最初只是因为一个念头而来，连那个念头具体是什么都不清楚。是公司接纳我，提供机会，让我得到的远远超过原来想的。刚刚说荣誉是形式上的肯定，不是的，至少在很长时间里，它对我都实实在在。我知道有人得奖并不光彩，实力明显不到，可是只要想一想，以我对表演的理解，我想和他们站在一起、相提并论的那些人都得到了，我又怎么会看轻它呢？只是我现在不需要了。"

　　　　　　　　　　　　　　　　　　　　　灰衣简史

"姐，既然这样，您更不能离开我们。以您现在的境界，以您对表演的领悟，继续下去得留下多少经典角色啊。这不光是也不再是为您自己，是为观众也是为表演这门艺术。把您的离开称之为'自私'肯定过分，但本质上并没说错。"你分不清楚这如簧巧舌是灰衣人还是小丁的，不管怎样，他的语气、目光、手势都朝向你，表示这番话不只是代表他个人。

　　"小丁，谢谢你，你的话让人高兴，要是以前，也许会让我轻飘。这些年演了这么多电视剧和电影，在那么多角色里进进出出，从那些是我又不是我的人物里，我看清楚了自己是什么又不是什么，但这总归是在别人的舞台上唱戏，是戏里的装扮。我现在想停下来，不借助角色的世界，不用外来的眼睛，想想这几十年经过的事情，看看自己到今天是什么样。不需要装扮、表演，就从自己看自己。"

　　她有点歉疚地看你和小丁一眼，"对不起，我不知道有没有说明白。"

　　"姐——"小丁正要说话，你伸手止住他。

"那您看清楚自己现在是什么样了吗？"你直直地看着她，问。

她抬起头，目光落在你旁边的什么地方，说："我以前总想，到了什么时候，达到什么目标就停下来，去做最想做的事。我以为只有做着最想做的事，我才是自己。为了那个自己，我依着学来的步子，不断往前赶。现在我知道，不存在标志性的时刻或事件，必须跨过它我才是自己。我一直都是自己，就像气球不是从我们手里飞走才是气球。"

"您将来又打算成什么样呢？"你逼问。

"没想那么远。"说到这儿，她整个人完全放松下来，"我还在望着飞走的气球，等望不见了再说，也许就又想演戏了呢。"

说到这儿，她忽然直视着你的双眼。你吃了一惊，却并没躲闪、回避，默默承受着她的注视。这时，你明白之前在车里通过望远镜对她的判断是错的。她的目光平静，却并非空无一物，那里面是柔和的、没有具体呈现的，却又无所不在、生生不息的生命力。如果说，她粗看起来像一棵干枯到没有绿色没有水分的松树，那只是因为她的水分已经不需要显露在外，她的生命已经不需要以绿色为表征。

事情本身不需要再说，但她目光中的生命力让你有点恍惚，忍不住问了一个没头没脑的少年气的问题。

"你后悔吗？"你问。

她沉默了一会儿，摇摇头，说："不必。"

第三部　旁白

句一

领声：人人都追求金钱，一切都依赖金钱。

一声：是的，我在萧山证实这句话。如果不是为了钱，女儿的婚礼不会被我搞砸，但不管世人怎么嘲笑我，只要女儿理解我——钱是我能够给她争得的最有力的爱。我是堵住了门，不让准女婿进来，临时加价，要求他把婚前的房子改成两个人署名，还要公证。法律的事情法律办，我有错吗？给了 288,000 元彩礼，再给 180,000 元怎么就不行？他当着迎亲的队伍，把手机、红包摔在地上，转身离去，还不是为了掩饰自己舍不得钱？要不然，他干吗起诉要求退回彩礼？我倒是想在法庭上问问，没有钱，生活怎么继续，爱情怎么衡量？

二声：是的，我在双江证实这句话。我爱我的女友，她欠下那么多贷款，我说什么了吗？说什么都没用，爱她就给她钱，我是这样想的，也是这样做的。可惜嘛，运气不好，跑到缅甸来，想赢一笔，却赌输了，又是一笔债。我爱她，就不能让她为我担忧，为钱操心。我知道那是毒品，海洛因，可毒品的尽头是钱，钱的等价物是爱。外衣夹层小，那儿就放下 14 颗，可我肚子大，吞得进 123 颗。要不是没经验，例行检查被识破，我真拿到这 880 克白面儿赚来的钱，她得多爱我？

三声：是的，我在菏泽证实这句话。别说那是个傻逼，他和我一样，想的都是钱。他不是相信我真的掌握着清朝国库的开库权，他也不是相信我找来的人真的是最后一个格格，他更不会把我用手机向他展示的玉章和国库里的银票、文物器具当真，他只是没法拒绝倍数猛增的诱惑。只要 3,600,000 元，解冻就给 10 倍回报，到手再返 100 倍，万一要是真的，不投入岂不是一辈子后悔？

四声：是的，我们在长沙证实这句话。我们 12 个人，12 个人都迷恋钱的魅力，要不是为它，谁愿意参与这场表演？我们 12 个人都有从业经验，搭起炒股平台，才找到一个客户，冤不冤？可就算一个我们也不怠慢，专为她建起微信群。12 个人分工明确，配合默契，扮演起理财师、炒股专家，还有客户，要不是投入似火的热情，怎么能够头头是道，怎么能够专家授课、股神指导、客户好评，组合式轮番上阵？她是投入了 3,188,000 元，可她的目的怎么会是我们的表演？！

五声：是的，我在广德证实这句话。我能有什么钱？不过是想做做直播，吸引人来刷刷礼物。可是没有鱼饵，不要说上钩，连围观的人都没有，关键还是吸引粉丝，吸引的关键还得投钱。总算还有个 3 岁女儿，卖了她得到 40,000 元作为本钱。女儿，女儿，你别哭，等爸爸赚了大钱，把你赎回来。

六声：是的，我们仨在天柱证实这句话。世界上到处都是钱，就看你能不能看到，想不想挣到，有人这么跟我们说。谁不想挣钱？但我们要挣最轻松的那种，死人的钱。死人什么时候开口说话？

不说，我们也懂。打听一下，谁不知道村里在外经商的那人家底殷实？所以我们才找到她母亲的坟茔，连夜挖墓开棺，拿走所有的尸骨。想要？拿 100,000 元来赎，不然我们有的是办法折磨她。

七声：是的，我在南充证实这句话。任何事情，都有钱作为线索。任何东西，都是钱在眨眼睛。被狗咬是倒霉，咬出血，咬出伤口，就有转机。你看我打了疫苗，拿到赔偿后说什么了？没这个空闲。我急着和小舅子找到有宠物狗的地方，开始我俩的表演。他绊住狗主，我瞅住那狗，有了机会就捂住腿喊叫，再挤压伤口，让它出一点新鲜的血，血里飘着钱的味道。狗主当然心慌，我要较起真来，那狗说不定小命难保，可我们不要狗命，只要钱，合理的皮肉之苦的钱。医院告知疫苗的费用，我只拿这一点，为了不让狗主人担忧，还给他签署一份不再追究的协议。你说，折腾六次，才挣 15,800 元，是不是也太可怜？

合声：您现在所有的问题都由一个问题造成，那就是没钱。可是钱对我来说，根本不是问题。

句二

领声：连起码的 1,000,000 块钱都没有的人，便是一个——请原谅我的话——无赖！

一声：最重要的是数字，看你心有多大，胆儿有多大。我接触了太多客户，易门那个兄弟还是吓我一跳。花 166 元办张存单，他的金额是 1,928,568,400 元，有零有整。他不知道数字大到一定程度，一切都是虚无？还是为了搞笑？或者为了炫耀，搞笑性的炫耀？难道说，他花 166 元只为调戏我？如果是这样，请接着调戏，最好能够调戏 1,000,000 次。如果多给 100 元，存单搁得下的 0，都给你写上面。

二声：最重要的是数字，看你心有多大，胆儿有多大。为什么不呢？我花了钱，想写多少就是多少。1,928,568,400 元，外人哪懂这里的诀窍？如果是个整数，一看就不靠谱。这一串数字下来，它就是催眠药，谁敢不信，谁能不信？要不是催债的人逼得太紧，再给我点时间，3 和 7 也都放得进。要不是催债的人逼得太紧，我才不会走进银行，把它拿出来。我知道，一旦拿出来，它必然会兑现。数字的魔力，谁能挡得住？——有零有整的，真实得他们喘不过气来的数字。

三声：最重要的是数字，看你心有多大，胆儿有多大。他递过来存单时，我正困着，昨晚睡得太晚，午饭吃得太饱。存单上的数字，让我坐直了身子，1,928,568,400元，我从没想过这辈子能经手这么大一笔钱，而他坐在柜台外面，一脸羞涩，谁知道竟然如此有钱？！我赶走幻觉，在系统上查询信息，在设备上验证存单，心里马上有了数：数字是真实的，能不能兑换成元，得看过不过得了警察这一关。

四声：最重要的是数字，看你心有多大，胆儿有多大。接到报警处理的电话，我刚吃完感冒药，一盒15元还行，还不算得不起病，要是再贵就只能老老实实去医院挂号开药。听到那个数字，我换算了一下，但是没弄明白，1,928,568,400元究竟能买多少盒药。好在离得不远，两百米的距离，走过去，推开门，我就能见到到底是什么样的人，胆大得像个蠢货，愚蠢得像个大神。

五声：最重要的是数字，看你心有多大，胆儿有多大。我来

只是想贷款，贷个 200,000 元。易门这样的地方，开间理发按摩

一体的店，用不了多少钱。要不是生意太好，顾客一个劲儿撺掇，

我才懒得想什么分店。真能贷出来，第一年也不用着急挣钱。可

是资料没审核完，就听见旁边又吵又喊。出去一看，警察都来了，

柜台里的人递出一张存单。一个男的猛往前扑，要从警察手里抢

回那存单，他是想要撕掉，还是想要吃掉？就听他一边扑，一边

喊——"1,928,568,400 算个蛋！ 1,928,568,400 算个蛋！"

　　合声：如果交易达成，我们会付您 10,000,000 元。不，没有

其他条件，也不分期支付，一次性，这 10,000,000 元都付给您。

句三

　　领声：把钱放进你的钱袋里——我说，把钱放进你的钱袋

里——把钱放进你的钱袋里——你只要把钱放进你的钱袋里——

把你的钱袋装满了钱——所以把钱放进你的钱袋里——尽你的

力量搜刮一些钱——所以快去设法弄些钱来吧——去，弄一些钱

来——去，预备好你的钱——多往你的钱袋里放些钱。

一声：我在襄阳听懂了。打开我的钱袋，多弄些钱来。单位不大，但我也分身有术，主任、会计与出纳集于一身，我就是自己的财神。妹妹、妹夫、侄女、同学和朋友，办好 9 张银行卡才勉强够。不需要大的腾挪，一切生活开支报销后，再如数将钱转给我。什么衣服、鞋子、皮包、丝棉被、蚕丝被、暖水瓶、保温杯、牙膏、牙刷、护肤品，不管是鱼还是肉，哪怕是家人实名制购买的火车票、手机话费发票，乃至 1 元钱的公交车票，通通化作钞票响，落进我的钱袋里。就是运动服，3 年报销 138 套也不成问题。别以为钱袋装得满，倒出来一数，也才 678,000 元。

　　二声：我在昌邑听懂了。看紧我的钱袋，里面有别人的钱财。岳父前来投靠时，他的退休金着实改善了我们的生活。可他死得太快，我得想办法继续把这钱放进我的钱袋。我和爱人秘不发丧，草草将其火化，隐瞒消息，依靠默契配合，遮掩得当，冒领了六年，将 150,000 元放进钱袋。怪只怪我们以为钱袋已经填满，想着见好就收，才去报告去世的消息，虽然开具了新的死亡与火化证明，领取了丧葬费及一次性抚恤金，可一旦停止填充，钱袋就发出声响，诱使别人举报。

三声：我在广元听懂了。看见公交车站那个学生，从兜里掏出 100 元，我才不管他只是想看看家长给的钱还在不在，我只想把它放进我的钱袋。所以我上前一把夺过来，翻过路中间的护栏就跑，一边跑一边捂紧我的钱袋。

四声：我在银川听懂了。不，我只是以为自己听懂了。要不然明明中了 5,180,000 元，我为什么不把它放进我的钱袋，还要接着买彩票？出售公司房屋、侵吞售房款、挪用客户租金、单位备用金、挪用职工体检费、订报费、生日卡费、团购房预付款、重复套取退房款，手段使尽，得到 8,210,000 元，全部用来买彩票，放进别人的钱袋。

五声：我在北京西城听懂了。混迹后海多年，做过黑导游，贩卖过小商品，也没有多余的钱放进我的钱袋。可我一直能听到，一直听得懂。总算见到一个反应慢的，要他扮演铜人，与人合影收费，尽他的力量搜刮一些钱给我，他还拒绝。为了把钱放进钱袋，我只好拳打脚踢，言语威胁，才逼他就范。可合影一次才收 20 元，就算不给他吃饭，晚上让他睡在快递三轮里，也不知何时才能把钱袋装满？

六声：我们在上海长宁听懂了。信鸽协会搞比赛，我俩决定把奖金放进钱袋里。做起来很简单，提前去信鸽放飞地找好饲养点，训练鸽子分别认识放飞地与上海的鸽棚。比赛时，以老鸽冒充一岁新鸽，待它们飞到饲养点后，将其装入牛奶盒，乘高铁返回上海，带至各自饲养点放飞。这样，我们的鸽子包揽前四名，按照规则，赢得奖金1,092,500元。谁知那钱袋是漏的，放不进去钱，还招来人质疑。等我们决定杀死鸽子，放弃奖金，也已来不及。

七声：我在广东佛山听懂了。看到小姑子夫妇迷信济公，我就知道可以把钱袋装满。我自称济公上身，传达旨意，要他们开设神库，往里存钱，三年内不得使用，才可保平安。他们存入的3,200,000元自然落入我的钱袋，我又让他们抵押房屋，再弄来230,000元。总算钱袋保佑，让他们的儿子顺利成婚，生下双胞胎孙子，要不是房屋抵押到期，他们被迫买楼，我还能多往我的钱袋里放些钱。

灰衣简史

合声：您会有享用不尽的财富，买到一切您想要的东西，比她漂亮得多的女人都会围绕着您，让您痛恨前面的二十几年都白过了。

句四

领声：告诉我们，因为你知道，黄金是什么味道？

一声：我可以告诉你，在丽水，黄金是甜腻的，带着腐烂前最勾人心魄的气息，让我着迷。那些女人，她们苍蝇一样前来搭讪，搔首弄姿、眼波流转，恨不得第一时间被我放在床上，压在身下。那时候，我会想起自己在镜子里堪称英俊的容颜，公司里他人投射来的敬重的目光，甚至想起我温柔娴淑的妻子，但我绝对想不到，那是黄金的开示，我更想不到，那脂粉与香水混合的味道可以进一步提取，那乳房与阴道的尽头，还有一片金灿灿的丰收。就算她们迎合我、挑逗我，让我禁不住想要拿起镜头，拍下她们淫荡的过程、淫贱的时刻，一开始我也不知道，那是黄金的诱惑。

二声：我可以告诉你，在诸暨，黄金是泡泡糖的味道，重点不在于嚼而在于吹，你要往里不断地吹气，它才会越来越大，越来越美，你还要时刻注意，别让它砰的一声爆掉。但乐趣不正在于吹吗？中不了 5,000,000 元大奖，还不能想象一下中了之后怎么花掉它吗？我早就拟好了一张购物单。汽车、手机、电脑……基本的物品必须购买或更换，还要分一部分给父母，出于孝道，亲朋好友也得周济，这是我为人的本色。我知道，当我躺在床上把它们罗列出来，听到的只是黄金的空响，当你总得听，它才能响。

三声：我怎么知道黄金的味道？在义乌，我见不到黄金，只看得到铜板，不对，是打发乞丐的纸币，它们从施舍者的指缝里漏下，掉在水泥地上，落在穷人手掌心，能有什么味道？是苦涩的味道，难堪的味道。被房东赶到大街上，我不会想起黄金。找到那家副食店，告诉他们自己出了车祸，留下儿子做抵押，借走 300 元，我也不会想起黄金。一定要我猜想，黄金就是一岁半的儿子在我身后哭出声的味道，他眼泪的味道。那时候，我不想再见到他，要是留在副食店里，他是不是总有一天能尝到黄金的味道？

　　一声：我可以告诉你，在丽水，黄金是分享的味道，是把杯子递给他人，自己不损失什么，拿回杯子，里面装满羹汤的味道。那味道油腻肥厚，欲罢不能。进了网站，看到别人的视频，女人没我的漂亮，活没我干得地道，连拍摄的清晰度都没我高，分享就是炫耀，我分享那些视频，分享那些女人的高潮，当然是在炫耀。我想不到，其实是黄金在将我分享，它准备用我的落差，向世人炫耀。前来膜拜的粉丝，迅速升高的人气，这些是黄金的先遣，是时间中流淌的毒药。

　　二声：我可以告诉你，在诸暨，黄金是血的味道，发腥发咸，从鼻腔流下，在口腔漫延。是言语，是一个女人听见她丈夫吐出口的黄金泡沫里没有什么属于自己，没有计划为自己买一条裙子，愤怒之下，她的骂骂咧咧，她的尖酸刻薄。是动作，是骂了几句后他居然不自我检讨还要还嘴，她只好动手，抽在他脸上，打在他鼻子上。我当然还击，拽她头发，踢她肚子，让血从她身上大大小小的血管渗出、涌出，让血的味道覆盖黄金的空响。

三声：我要说，在义乌，似乎也能猜想黄金的味道，因为我看到黄金的粉末，在我身边纷纷扬扬。如果再多一些，也许就可以放进嘴里，把它的味道尝尝。警察打来电话，叫我领回儿子，没有人再提那 300 元。第二天，我找了一辆出租车，下车时不但没有付钱，还管司机借了 400 元，还是留下儿子做抵押。我知道，儿子很安全，我也知道，谁都比我着急。所以我干脆关了手机，我先把这 400 元花完。谁能说，400 元人民币就有没有黄金的味道？

一声：我要说，在丽水，黄金有着专属的味道，专属于职业经理人、外企高管的味道。要不然，商机会留给我？让我从粉丝身上看出效益，从一段段视频中看见满屏的黄金？要不然，合作伙伴会等着我？我们迅速明确分工，各司其职，给视频定价，零售或打包，只付出精液与汗水，就获利 988,888 元？不，你以为遍地是黄金，捡起一块就可以塞进嘴里？不，每一块黄金都标了号码，每一块都有每一块的味道。你尝不到我的，我也尝不出你的。

合声：我能够交易，不需要他人的施舍。

句五

领声：他吃着从自己桌子上掉下来的残羹剩饭，虽然这样使他一阵子比别人都饱，却忘记了在桌子上面吃饭；可是这样桌子上面也就不会再往下掉饭菜了。

一声：哪有什么桌子？我赶到银行，他们撤走桌子，不是我到得不及时，总有些人永远不在邀请名单，永远到不了桌子前。那好，我就自己造一张桌子，另开席宴。我知道，人们只接受那种形制。所以我在兰陵租下两间门面房，仿照着建设银行的模样，给自己做了个营业点。不就是标志、标识吗？不就是铺地砖、建柜台吗？不就是买电脑、打印机吗？不就是请人调试设备，刻个公章吗？应有尽有。10块钱一个的存折，一口气请人做了二十多个。其他什么身份证读卡器、保险柜、业务柜台，一应俱全。我还让女儿上阵，充当柜员，亲自服务。就问你，这样一张桌子，那些永远不在邀请名单里的人，一旦他们知道自己不在名单里，心不心动？

二声：我也不在名单里，我也自己造了一张桌子。不是银行的名单，是那张长得可以坐下所有人，但是故意将我剔除的名单。

我一个出租车司机，没那么多闲钱，更没有那么些多余的时间，但《新闻联播》总归要看，作为领导干部的修养总得自学提高。既然身在济南，既然那个副厅长和我同名同姓，这姓名和修养不就是我的桌子？有了桌子，还怕没有客人？果然来了，要疏通关系，让女儿上大学？好办，200,000元活动经费准备好。别担心，虽然办不了，但还能再要两次钱，一次100,000元，一次70,000元。

三声：我辛辛苦苦，以为也给自己做了一张桌子，哪知道只是帮别人忙活一阵子。不，是从别人那儿暂时借来的桌子，不露面的主人随时都会收走。在浦东认识一个女孩容易，想要把手伸进她的口袋，掏到她家里人的钱袋不容易。所以我才装作有钱人，告诉她在南京、上海都有房有车，才在同居后租用凯迪拉克、宝马接送她上下班，才短租400平方米的别墅，供她家人亲戚住宿、玩乐，才虚构各种工程、项目。我以为这些只是材料，用它们临时造出一张桌子，让他们坐上来乐一乐，交出钱就撤掉。他们交了800,000元，可就此霸占了桌子，不让我撤更不让我做主，除了维持住场面的热闹，我什么都干不了。热闹得大把花钱，不光花掉他们的 80,0000 元，还花光了我的积蓄。原来，我才是他们的桌子。

二声：没错，要了两次，170,000 元，可他对我心怀感激。虽然在桌子上面，没有办成他女儿上学一事——怎么可能办成，你以为我这张桌子是真的吗？——但是他对我充满感激，因为我收了钱，掩护了他，没有人来桌前将他揪住、查办，他不知道，那些人也是我安排的，也因为我退了钱，退了 60,000 元，从桌子上掉下去的钱。我知道，总有一天他会发现，我只是同名同姓，没了这张桌面，我所有的修养搭出的桌腿只能赤裸裸地暴露出来。可只要那一天到得越晚，我就能在桌子上面变出越多的钱。

一声：只有一张桌子，只有一种桌子，在这上面，我真的想错了。以为有了桌子的形制，不管怎么制造，不管造在哪里，它都是一张真正的桌子。我错了，不管在不在名单上，他们都只想坐在那张桌子边。还没开席，他就坐了上来，拿出 40,000 元，我以为是贺礼，或者是对我大胆举动的鼓励，自然收下，出具一份存折作为收据。可是没想到，开席的鞭炮还没响完，他又要拿回那点儿钱。他倒没有怀疑桌子的真假，那时候我都不怀疑了，他只是临时有点饿。我既然开了桌，收下的一律都是贺礼，怎么能够退回，于是我让人告诉他"总行当日未解款"。他仍旧没有怀疑，转过身去换了一张桌子，那真正的唯一的桌子，这让我从此没得可吃。

合声：您告诉我，您需要什么，才会投资这部戏？如果我有，绝无二话，如果我没有，就不必继续了。

句六

领声：你还能做成更多的事情，所以从来不会有人对你感到满足。

一声：怎么会满足？除非轻易得到，除非无限量供应。我以女身化作男性，在网上捞到一个笨蛋已经概率很低，何况还是痴情的笨蛋。她要倾诉我就倾听，她要离婚我就鼓励，我说自己是某领导人的私生子，她也信，那份怜爱、倾慕呀，想起就一身鸡皮疙瘩。我降低难度，告诉她自己患了白血病，这么老套的梗总没人信吧？二话不说，就汇来 90,000 元。我不断开口，她不断汇钱。有点意思。我要提高上限，难度的上限，金额的上限，一时的刺激也是刺激。我告诉她——"我有一个女性朋友""她深受情伤""她丈夫去世""她想去她那儿借住"，她听着，她信了，于是我就成了我那个朋友，从杭州到了贵阳，先去试住，然后长住，我故意不说话，在她生疑时又故意用本来的声音说，她妹妹和女儿都听出声音一样了，可我随便说一句"都做过同样的声带手术"，她就信了，她们也因为她信而信了。就这样，恋爱 8 年，她从没见过我，同居一室 5 年，她天天都在见我。直到警察因为别的事带走我，她还不知道，那就是我。那时，我前前后后共收到她 788,800 元，我应该满足吗？

二声：满足，当然满足，过了那个门槛就满足。可是南京的门槛是多少？我一个男人，冒充美女，和另一个男人裸聊，就算用的是软件里的小视频，不露出自己的身体，可看见另一个男人打手枪，仍然很恶心。我录下视频，管他要点钱封口怎么啦？听说有人以此得手280,000元，我刚要了9,888元，想的借口还没用到十分之一，他就报警了。我怎么满足？

三声：我应该满足的，那样就没有后来的事，那样我住个院还能挣40,000元。江山的医院真好，病友们相互间真是信任，不用我打听，他就告诉我和一个女人好了，想分分不了。过几天我就找了个手机，用那个女人丈夫的名义短信他，要他付出代价。他果然找我商量，也果然被我稳住，委托我去谈判，我再找张纸条，写上"不再找你麻烦"，就得到了那笔钱。要是出院后，我不再找他，说那个丈夫还需要50,000元才能填平愤怒，是不是我就能保证安全？可那样我真的就会满足吗？

四声：我是满足的。深圳有这么单纯的人，在足浴中心这样的地方，看到我捡来的身份证，就相信我比实际年龄小14岁，是个标准的90后，爱我爱得发疯，我还不应该满足吗？他那么有钱，家族产业那么多，要是生活在一起，我还不应该满足吗？满足是一件多么小心翼翼的事。我小心翼翼地借得几十万，他毫不犹豫地给我，我再小心翼翼地及时返还，也分不清自己是感动还是试探。来笔大的总没错吧？"我有个哥哥，项目需要定金"，450,000 元到手。继续开口，继续到手。要不是小心翼翼地返还了 2,130,000 元，我真不知道是不是能总共借出 8,860,000 元。但我是满足的，当我走进澳门的赌场，将 6,730,000 元全部输掉的时候。

五声：我们本来是满足的。我们要求不高，三个人等在银行外面，一个人开车，两个人劫持从里面出来的一个人。说要活埋他，只是恐吓，再说有人拿 20,000 元买他一条腿，恐吓降级，他保住了命却谈起条件来，只给 5,000 元，害得我们又是一通表演，才谈好 10,000 元。就是这样，我们也是满足的，他拿出卡来，说里面有 12,000 元，让给留 2,000 元，我们就留了。取了钱，我们扔下他，讲好了到此为止，那时候还是满足的。可朝阳的兄弟真不地道，一转身就报了警，我们他妈的怎么满足？

六声：谁再说"满足"两个字我们跟谁急。技术难度这么大的活，我们都一遍成功。买到有隐蔽摄像头的手表，找到有特殊服务的酒店，进去完成消费，偷拍下视频。没听清重点吗？完成消费！就是这样，我们也只是拷贝视频，打印好字条，安静地送到酒店前台。都知道在东莞这不算什么，所以酒店不搭茬，我们可以等，等到第三天又主动打电话联系他们。只要100,000元，他们不给；降到80,000元，还是不给。又过了两天，好歹转账了8,000元。总比没有好，我们也算满足，哪知道这只是饵，回头就被抓住。既然是饵，为什么不照付100,000元，让我们先小小满足？

七声：什么满足不满足的，没想过。我不过是六合的公交收款车专职司机，不过是利用同事早点干完下班的心理，逾越规矩上车取钱袋，不过是抓一大把硬币揣进兜里，不过是路过同一家超市的时候，去换零为整，再把钱款藏在家里。到事发，也不过才攒下28,000元。这么点儿事，这么点儿钱，我想满足不满足的干吗？

合声：我这样选，就是不想给自己留出可能，去设想那样的机会。

句七

领声：你的财宝在哪里，你的心也在哪里。

独声：谁能一开始就认清楚，什么是他的财宝？当他从母亲的体内出来，用响亮的啼哭把又一段人生苦旅的启程宣告？当他双眼能够睁开捕捉到光，双耳能够张开倾听到风？谁能在这时就辨认清楚什么是他的财宝，只需一次选择，终身不再另有所好？那样的人也许有，那是一心之人，只有一颗心，心只固定一处。但我这样在虹口老公房小区出生、长大的普通人，怎么可能一开始就知道？我哪儿有什么财宝，我的一切不都得自己去认识、去拼抢、去鉴定？我的所有，不都是从自己身上挖出来的？除了依靠自己，在自己身上捕捉光，从自己身上倾听风，还有什么可以成为宝藏，挖掘出属于我的财宝？我也确实是自己的财宝，减掉那些好不容易积攒下来的让我独自面对整个世界都拥有安全感的脂肪之后，我显现了藏在自己身体里面的另一个我，真正的我，有着可以向所有人尽情展示的体型与外貌，这才是我的财宝，我的万物之源。

副声：从自己身上捕捉光，从自己身上倾听风。

独声：身体是我的财宝，也是我的束身衣。我可以抚触他，手指沿着他的轮廓抚触自己的心，跳荡的无处安放的心；我也可以站在镜子前面，长久地无声地注视着他，看那一团大火在他眼中愈燃愈烈。可我也解不开这件束身衣，更没法凭他与外面的世界交流，互相敞开。我走上展示的舞台，还没有走到中央，没来得及以让他人难忘的方式，报出自己的名字，就被喝止，被勒令离开。如果不能示人，不被他人认可，不能与人交换，那还是什么财宝？也不是没有收获，零零星星，有人注意到我，在现实的、虚拟的、大大小小的角落，搜集我的信息、我的照片，有胆大的泼辣的女人来到我的面前，她们挑逗我，等着我的挑逗，在摇曳的灯光下，酒精的强力作用下，我们拥抱、亲吻，在身体接触的时候以为心开始共振，交换完体液就以为交换了灵魂。那样的时刻让我充实，让我相信，可是离开她们的那一秒，从她们体内拔出的那一刻，我再次开始怀疑，这就是我的财宝吗？它们如何能够是我的？遇到她，我准备相信这一点，在左臂文身为记号。她

　　　　　　　　　　　　　　　　　　　　灰 衣 简 史

也这么准备相信，她家里有最硬挺的财宝，她愿意那些也成为我的，因为我就是他的财宝。

副声：如果不能示人，不被他人认可，不能与人交换，那还是什么财宝？

独声：一个穷人，身无分文，忽然神仙现身，指着两堆财宝让他选择，这究竟是幸福，还是烦恼？至少我没那么惨，我不是穷人，我可以自主，就算我想要的不能随我，也还有想随我的，等我去要。她听从父母的话，连腹中的联结我们的孩子都可以拿掉，她和我去到白雪覆盖的人迹罕至的地方，却不愿和我在那里共赴死亡，这不就是告诉我，她并不是我的财宝，我视为比自己的眼睛、生命还要贵重的财宝？没关系，我有你在等着。第一次见到你，我就知道你会等着，你那么乖巧、温顺，背后又隐藏着对规律、稳定生活的厌烦，你不能脱离从小到大习惯了的轨道，不能让父母为你操从未操过的心，当然会对我的生活充满想象、向往，更何况你先爱上的是我的皮囊。所以，我只需要回转身，打个嗯哨你就跟上来，要作我的财宝。你跟在我身边，看着我的目光流露出崇拜，为我遮挡你家里人没完没了的打探与聊天，你还在左肩上文下那对翅膀，甚至当我在另一个女人身上褪尽激情，回到家就总盘查你一天的行程，不放过任何一个别的男人与你接近的蛛丝马迹，你脸上露出被我的控制欲激起的喜悦时，我都忍不住会问自己，你是不是我最终的财宝？至少，你是我凭自己能够得到的最好的财宝？如果是，为什么有时候我强烈地想要摆脱你？

副声：就算我想要的不能随我，也还有想随我的，等我去要。

独声：血才是我们生来带下的财宝，我们命里的财宝。据说，有的地方的人死时不能见血，还有的地方的人不能吃血，任何动物的血。有几个人知道，最珍贵的血的财宝是冷的？我知道，因为我饲养了球蟒、鬃狮蜥、豹纹守宫、竹叶青还有蜘蛛，逗弄它们，任凭它们在我的手上、身上待着或者爬过时，它们凉凉的身体下，也有一股股凉凉的血液在流动。当我把它们放到你身上时，你的尖叫，尖叫之后的惊喜，都让我好奇，如果人的血，你的血也冷下来会是什么样子？你命里的财宝，当它带着你的生命由温

灰衣简史

暖降到零度下，那会是什么样子，你会是什么样子？想到这一点，我再也不想摆脱你了，我想要你永远在我身边，独属于我，你的血你的财宝都是我的。所以我才买下冰柜，在那么局促的家里，它大得像个坟墓，无可忽视的、必须吞噬什么的坟墓。所以我才掐住你的脖子，不让你再呼吸。你不需要呼吸，真的，在冰柜里，你浑身的原本流淌的财宝将会冷下来，冷成晶体一般。

副声：在那么局促的家里，它大得像个坟墓，无可忽视的、必须吞噬什么的坟墓。

独声：把你放进冰柜，完成这仪式性的举动时，我忽然很是慌乱，不知道原来想的那些小小的消遣是否真的能够让我放松下来，不再去追问在这世上究竟有没有最终属于我的财宝。消遣总归还是要消遣的，所以我把你手机里的钱转给自己，拿出你和我所有的积蓄，不管什么平台，只要能够以最便捷的方式贷款，都用你的身份证贷出来。我是在挥霍，用它们出国旅游，住高档酒店，进高级餐厅，约上一个两个三个四个的女人，在床上或者别的地方纵情狂欢。既然是用你的命和名义换的钱，一切需要身份

证的地方，自然也用你的，我说那些时刻我感觉到你仿佛在，你

信吗？你真的在，当我花掉你的钱时，我前所未有地觉得你对我

来说，是那么真实。也正是这样，当我有条不紊地花完最后一笔钱，

最后一次站在冰柜旁边对你说话时，我想告诉你，钱是我唯一的

财宝，真实的、有触感的、能通达世界上任何地方任何人的财宝。

副声：钱是我唯一的财宝，真实的、有触感的、能通达世界

上任何地方任何人的财宝。

合声：先生，为您效劳！

第四部　对白

1. 你与他

从那栋海棠掩映的别墅回来，冯进马就到了地下二层那个展

览的空间。这一个月，他大多待在地下，将每一幅作品上上下下

打量个遍。有时，他还将它们举在手里、贴在眼前，仿佛要辨认

清楚每一个颗粒。少数几幅，他还拆掉框架，拿掉保护，手指贴

着画面，一寸一寸抚摸而过。无论是看还是摸，他的重点都放在

那些被扫描过的物品上，特别是没有得到美化，仍旧以影影绰绰似无实质的灰色呈现的部分。那时候，他的神态、动作不像是在触碰一件物品，而像是在对待一位挚亲亡友的遗骨。这样持续好几天，悬挂摆放的作品都被他动过，以再难辨认出原初模样、顺序的方式，放在地上、靠在墙上，却又呈现出一种独特的以阴影为节奏的规律。这时，冯进马才对着这节奏点点头，转身走进何芷、何芜处理那些图片的工作空间。

　　工作台上分门别类地放着几百张打印完成的软片，电脑里也统一将它们对应着编了号。三个人就这样默契地立即着手，准备将那张被 X 光扫描而过的老虎，放进适合它的空间。起初，自然是寻常理解中的老虎出没的地方，也可以说，一切能被百兽之王视作领地的自然空间。比如树木绵密、光影斑驳的丛林，一阵风起，老虎蓦然出场。比如明月高悬、磅礴浑然的巨石，老虎登高望远，不怒而威。再比如潺潺湲湲、幽幽咽咽的溪涧，老虎伏身，舔舐着透明的水流……所有的自然场景，因为老虎的出现，有了被整顿出来的秩序。但毕竟老虎已经被 X 光穿透，只留下灰烬一般的身躯，没有斑斓的皮毛对自然的震慑，冯进马他们添加进去的风物有着随时都可能瓦解的脆弱。

他们也尝试着给老虎部分着色，像对待那头大象那般，让它兼具斑斓与死寂，可仍旧无法满意，因为一头老虎天然具备的赫赫威仪将因任何一片阴影而大大减损。要是给老虎全部着色，恢复原本的模样，一切又都变得寻常乃至平庸，看不出任何被提炼的迹象。几天困顿后，冯进马让老虎离开它惯常统领的地方，进入坟场、矿坑、废墟以及其他类似的地方，效果立即大大显明。那些可以辨认出人的痕迹，却再也没有人出没的地方，其空旷、荒凉因为一头携带着死亡力量的老虎的出现，而变得更加凌厉，却又在凌厉中吐绽强劲、陌生的生机，要蔓延开来，席卷、吞没世间万物。这生机让冯进马恐惧，想尽各种办法，都无法予以平衡，直到他将那只被捕食的羊羔以本来的样子放进画面。羊羔的无辜、恐惧，伴随绝不因落在画面上而消除的咩咩声，一起出现在这些人的遗迹里，以各种必将迎来老虎的攻击，必然迅速被它撕碎的姿势，战栗着，等待着。说来也奇怪，羊羔这完全出自本能的、毫无矫饰的恐惧，它缩成一团的模样，一旦出现在老虎对面，就有力地消解了那凌厉的杀气，使得那裹挟着毁灭气息的生机顿时退回至灰暗的、薄弱的状态。就仿佛，羊羔那洁白的身体、细小的骨头是一堵柔弱却无法突破的高墙，老虎那以暗影与苍白勾勒的身体，到了它面前，两相对照，迅速退回成被 X 光穿透的、再也没有实质的躯体。

羊羔的柔弱散发出的力量如此持续、绵延、强大，让老虎相形失色，也让冯进马心绪难平。他进行各种反击，使用各种方法，都无济于事。甚至，他不顾何芫的汪汪泪眼，将真实的羊羔扔进拍摄的玻璃空间，任凭它在现实中被老虎撕碎、吞咽，并且拍下整个血淋淋的过程。可当他把这些内容转移到电脑里，再将它们打印出来之后，发现羊羔的力量更加强劲。它的近似于毫不挣扎、毫无反抗的承受，它迅速被死亡缴纳的哀叫，乃至于它染红一身羊毛的鲜血，被一块一块撕下，一点一点吞咽进老虎肚子里的嫩肉，都在深浅程度不一的胶片上获得了难以言说的力量。X 光穿透一切，直接从万物提取暗影的力量，被羊羔完全反转，具备了抵抗的因子，并且在面对老虎的暗影时，呈现出柔弱至极又绵延不绝的气息，不同于老虎的另一种活物的气息。正是这气息让冯进马忧惧，无可平衡，让原本已经灰暗的老虎不止失去颜色，更失去对周遭荒凉的统摄。

无奈之下，冯进马开始将老虎放置到热闹、喧嚣的场所，开始在它周围放置人的生机。在何芷、何芫的协助下，姿势不同、明暗不一的 X 光提取过的老虎被放进超市、商场、饭店、茶馆这样人烟稠密的地方，也被放进美术馆、博物院、音乐厅、电影院这样一些与精神产品关联的地方，甚至它还上了 T 台，把守一角，严密注视着款款来去的模特。但并没有什么用处，仿佛和羊羔的对比永久性地从老虎身上抽走了元气，带走了支撑它定义它的东西，使它再难获得之前那种统摄气息。百兽之王一旦丧失控场的能力，也只能徒留下虚弱单薄的身影，更别说企图从人群密集的地方吸纳人气，以作弥补了。

越是这样，冯进马越是着急，甚至他都不知道自己为什么要这样做，只是一定要让老虎重新展现它统领一切的气度，哪怕它已经丧失斑斓，只余下暗影，哪怕它和他并没有任何他以为的关系，即使是类比、暗喻等层面上的关系也没有。可现在就是这样，一只羔羊成功地彻底地击溃了老虎，也让他难以为继。

"先生，有什么需要我效劳的吗？"把老虎放置在足球场上也无济于事后，冯进马陷入焦枯，只能白白坐在卧室里，盯着白色的墙壁，无力继续下去，也无力进入短暂的浅如勺中波澜的睡眠。然后，他听到那个熟悉的声音，平静得冷漠。灰衣人来到他身后，保持着恭敬的距离。

冯进马心中蓦然涌起不受控制的喜悦，腾地站起来，他随即意识到这一点，有些惊慌又有些恐惧地坐下。然后，他停了一停，才转过身来，正对着灰衣人。灰衣人必定将冯进马刚才的动作进而心思全看在眼里，可他仍旧保持那恭敬的模样。不过，现在冯进马的心思不在这方面。

"老虎为什么会畏惧羊羔？"冯进马问。

"老虎并不畏惧。老虎进入黑暗，失去外在的皮毛，看起来也就失去对世界的统领，因而仿佛在羊羔鲜活的生命面前变得苍白、虚弱，表面是这样，实际上，老虎现在的境地，羊羔根本没有进入。"

"你是说，让羊羔也以被 X 光提取后的样子，和老虎相对？"

"不。那样羊羔仍旧被老虎完全压制，和寻常的情况一样。你要看到的是老虎，不是和羊羔在一起的老虎。"

"没有羊羔，最终也就看不见老虎。"

"先生——"这一次灰衣人抬起头来，沉默了一会儿，似乎在打量冯进马，"您真的想看到老虎现在的神采？"

"对。"

"它现在应该出现的地方，它能统领的世界，是黑暗。"

冯进马再次猛然站起来，他看着灰衣人，双眼放出灼灼光亮，但盯了不久，光亮开始暗淡。"黑暗？它怎么进入黑暗？！X 光不就是从黑暗中提取出它的身体？你的意思是，将它重新放逐回去，无法分辨？也许是这样。可这样一来，我如何能够看得清它的样子，又怎么知道，它是不是在统领所在的世界？那不就只是成了言辞中的事？"

"您以为黑暗是什么？就是没有光，漆黑一团吗？"

"难道不是吗？黑暗不就是由光来定义，依附于光？"

"你说什么？"灰衣人的声音陡地由平常的冷漠急剧降温，瞬间冰冷到极致，"既然这样，有必要让您知道什么是黑暗。"

说完，灰衣人掉头就走。冯进马跟在后面，随着他走出房间。电梯快要关闭时，何芷、何芫匆匆跟来。冯进马抬手想要让她们出去，见灰衣人没有任何表示，便没有吱声。电梯启动，到了地下五层。

"您让何芷正常操作就行。她们能看到的，也是她们想看到的。"灰衣人叮嘱一句，径直走向封闭的玻璃空间。

冯进马示意何芷进到金属空间后面的操作间。四堵似有若无的钢化玻璃内，仍旧是亮如白昼。看不到阻碍与穿越的任何过程，灰衣人就站在了里面。

"不必调整墙壁。"灰衣人指着玻璃，"四面的 X 光都同时照射即可。"

等三个人都穿上防辐射的衣服，等何芷、何芫如临大敌地仔细检查完毕冯进马防辐射服上固有的锁扣，确保没有一丝缝隙将他的肌肤暴露在直接光照下，灰衣人的声音忽然径直传过来，如耳机中密语，只到达冯进马的耳畔："先生，请开始，请直接看。"

冯进马接过遥控器，先按一侧墙壁的照射，那噪声响起，玻璃空间里的光线似乎闪烁一下，变得强烈一些，可又并不确定。然而灰衣人站在那里，并没有任何变化——冯进马不想去看电脑上的即时影像，他明白灰衣人的意思。于是,冯进马摁下另一个键。噪声不是再以刚才的份额再来三份，而是陡地增强十数倍，乃至数十倍，以致不再是对扫描的痕迹标注，而成了纯然的折磨，仿佛钻机在大脑里施工，但冯进马忍受着，何芷、何芫也忍受着。

然后。然后灰衣人张开双手，没有过渡，他的身躯，不，他那灰色的袍子涨满整个玻璃空间。同样没有过渡，涨满玻璃空间的瞬间，整个灰色的袍子失去了颜色或者说获得了颜色，反正以纯然的黑占据了立体的玻璃空间，就仿佛是一团有形体有质量的正方体的黑，原本就在那里。在玻璃空间建好之初，在玻璃空间起意之前，它就在那里。也只是这一闪念间，整个地下五层，从灰衣人占据的玻璃空间，到冯进马他们所在的金属空间，还有金属空间与玻璃空间之间的空间，所有的空隙，所有空气到达与无力到达的地方，也都随之失去光线，变得一团漆黑。不，是一团漆黑套一团漆黑。

就是在那时，冯进马看见了。是真的看见了吗？起念的同时，他又带着疑问。可不是看见又是什么呢？光线消失，噪声消失，可与此同时，甚至要说非得如此——非得如此，他才能够看见，以他的眼与身与神，以他全部的物质与能量，看见灰衣人的所在，看见他漫溢的、无可阻挡的黑暗，他看见黑暗的形体与层次，直接看见黑暗的质量。再往里看，他看出，这黑暗并不是灰衣人体内的，并不是灰衣人自身。灰衣人只是映衬，只是显影，只是介质与容器，让他得以看见黑暗。尽管这样，冯进马仍旧理解，与之接通了。他眼前出现了那头以满身斑斓巡视整个宇宙的老虎，他在任何地方都彻头彻尾的灰烬、荒凉、苍白，放进眼前的黑暗，居然有了主导黑暗的能量，让黑暗从它体内源源不断涌出。在这里，那只羸弱的、战栗的羔羊只能按照造就的法则，在它面前屈服，乖乖地自动地送入它的爪下口中。

时间是停止了，还是无限延长了？还是，时间被压缩了，但在压缩的有限范围内，困住了冯进马，给予独属于他的无限绵延？冯进马恍惚无定起来。在这样的黑暗中，他该如何确定自己的方位，如何确证自己的存在？就在这时，那老虎停顿下来，凝神倾听，然后奔跑，跃起，向着他扑来。跃起的瞬间，老虎喉咙里发出倾尽黑暗之所有的吼声。震天裂地之间，冯进马感到自己就是那羊羔，眼前的老虎金光四射，是的，黑暗中的光，黑暗生产的光，斑斓、绚丽，带着黑暗的质地，犹如一团黑暗的火浆。

老虎将要撕碎羊羔，黑暗将要吞噬空间，冯进马眼前陡然一亮，等他如溺水者被抢救回来，缓缓落到现实世界时，一切都和之前一样：玻璃空间亮如白昼，灰衣人站在外面，何芷、何芫一坐一站，待在他身边。刚刚发生的恍如一场梦，甚至，是一场已经迅速从记忆里被剜走的梦，只留下一缕疼、一片空。脱去防辐射服时，何芷、何芫仍旧有点目光呆滞，神情惊惧，她们都避免看向灰衣人，也避开冯进马和彼此的目光，默默地跟在后面，走进电梯。

"我要出去看一看——"冯进马顿了一顿，又说，"去这些年我们建起来的大楼，看看建筑，看看建筑里的人。不用太多，两三处就行。"

灰衣人微微垂首，"好的，我来开车，何芷、何芫……"

"何芷、何芫也去。"冯进马说完，在电梯操作盘上按了"-1"。何芷、何芫这才稍稍缓过来似的，神情慢慢恢复正常，她们互相看了一眼，没有说话。

到地下一层车库，灰衣人选了一辆挂上篷的跑车，冯进马坐上副驾驶，何芷、何芫坐在后座，汽车发动，驶出车库。看到通明的灯火，再一抬头，看见罩在灯光所及范围上空的，由昏黄混沌至深邃漆黑的夜空，冯进马知道，夜晚早已降临。虽然，刚刚目光被夜空烫了一下，身体不受控制地往回缩了一缩，但他还是顶住惊颤，死死顶住了黑暗夜空向身上倾注的摧毁性力量。车很快跑起来，冯进马的目光也从夜空转移到道路旁边的风景，那些一闪而过的人影、树木，还有仿佛在视线里拖曳而过的房屋。

"冯先生——"何芜忽然开口，她的声音发颤，不用回头，冯进马也知道她偏过脑袋，视线完全从灰衣人的所在挪开，"冯先生，您是不是欠他很多钱？多到即使赔上全部家业，都远远不够？"

"什么？"冯进马没有明白何芜为什么没头没尾来这么一句，他看了一眼灰衣人。灰衣人看不出任何异常地开着车，仿佛没有听见。

"或者是您有什么证据、把柄被他抓在手上，要不然您为什么会这么听他的话，这么唯他的命是从。"何芷的话更有杀伤力，她毫不畏惧地盯着灰衣人没有被驾驶座遮挡住的身影。

"二位，你们误会了。这么多年，不说服侍，至少我都是在帮助、协助冯先生，做他的助手。"灰衣人没有回头，他那礼貌中带着冷漠的语调在整个车里清晰回荡，冯进马坐在前面，听得尤其真切。

"什么帮助、协助，不过是绑架。"何芜说。

"你只是利用冯先生，利用他的善良、慷慨，达成你那不可告人的目的。"何芷说。

灰衣简史

"何芷、何芄——"冯进马回头看着她俩，她们脸上的关切与忧伤如一排针扎伤了他，只得又回过头，这使得他的话像是冲向前面的自言自语，又像是冲着并排而坐的灰衣人倾诉衷肠。"你俩想错了，我没有受到任何胁迫。这些年，我做的所有事，都是我自己想做的，也都受我本人控制。实际上，我们两个任何时候都是平等的，我们只是做了一个交易。既然是交易，自然既对彼此有利，也互相自有约束。"

　　"什么交易？是公平的吗？"何芷问。

　　"您是把影子卖给他了吗？"何芄问，她这番话吓了冯进马一跳，灰衣人也禁不住从后视镜里看一眼她。

　　"你们听谁说的？！"冯进马对此并不意外，但还是要问一问。

　　和所有不愿接受不想听闻之事，因而以说出它来希求否认，却加速获得肯定回答的人一样，何芷、何芄从冯进马的反问中明白事情再也没有可能是另一番模样，她们一时呆在那里，再也不知道说什么、做什么是好。

　　"冯先生，你……您……您为什么要这样？"何芄哽咽起来。

冯进马有些感动，却也无法回答。为什么呢？他不想装作忘了，可他也不想说出。说出来她们就能理解吗？他现在需要的不是理解。

"你说吧，要做什么才能拿回影子？"何芷从最初的震惊中恢复过来，冷静得异乎寻常，以至于冯进马过几秒钟才明白，她是在和灰衣人说话。

"用我的影子赎回冯先生的，行吗？"不等灰衣人回答，何芷继续发问，"如果不够，就把何芫的也给你。二换一，你总不亏吧？就算是利息，也难得这么大的利。"

冯进马张了张口，没有声音出来，他咬了咬牙，命令自己必须出声。

"何芷、何芫，谢谢你们。但这是我自己的事……"

"不，冯先生，不是您自己的事，您的事就是我们的事。"何芫说。

"没错，当初要不是您伸出援手……"

"何芷，别说了。"冯进马打断她，他不想旧事重提，尽管她们方才这些话给了他莫大的安慰，让他知道，通过那笔交易获得的，除了满足他的欲望，还实实在在地做了一些事情。"我有我的安排。"

"都不要说了。二位，有必要告诉你们，和谁交易，如何判断交易是否对等，由我说了算。别说你俩的影子，就是二十个这样的，也换不了一个先生的影子。就算能换，如果我不愿意，也没有用。现在，我不愿意。"灰衣人终于说话了，他仍旧朝着前方，握着方向盘，"先生，也不要说您的安排，您应当明白，交易一旦生效，就会继续有效，除非双方达成新的一致。"

车里顿时安静下来，但安静中似乎有什么在流动。好在这安静和流动马上被破坏，因为到了灰衣人导引的第一个目的地，由五栋大楼组合而成的办公区域。他们隔着一条六车道马路相望的，正是这片办公区域最高的那栋楼，三十八层的金色建筑。

因为高采光的设计，除了承重框架外，整栋建筑都是整块整块的玻璃，由上到下，如同一张规整的格子图。格子之间那些承重的部分，都涂抹着熠熠生辉的金色，在建筑内外光线的交相辉映下，一派金碧辉煌。如果不是因为分割的玻璃足够大，它会像是一坨巨大的俗不可耐的金块，被人随随便便摆放在那里。有了玻璃的分割，有了它们对内部空间的透露，整个建筑反而融贵气、内敛于一体，成了地标性的建筑。

"先生，记得这栋楼吧？这是您在这座城市兴建的第一栋大楼，那时候您对黄金和金色无比痴迷，除了我，谁都不知道，你在墙面的涂料里掺入了多少金粉。不过所有人都知道，顶楼的旋转餐厅，您安置了一头重达三吨的纯金打造的牧童骑牛塑像。"

灰衣人有点絮叨，像是成心要挑起冯进马对自己往日品位的自我嫌弃，可是冯进马的心思根本不在他的话上，也不在这栋建筑自身，他的目光不时在车窗玻璃和挡风玻璃两边切换，专注得有些贪婪地望着大楼里的各个楼层、不同房间。

好一番忙碌景象。即使到现在，通明的灯火都阻隔不了夜色远远地落下，笼罩着整座城市，但这里仍旧像一片法外之地，凸显着自己的时令与节奏。由上至下，自左及右，整栋大楼数百个房间，每一个都灯光明亮，每一个都还有人在。有的人伏在桌前敲击键盘，有的人面对屏幕愁眉不展，还有些人围着长条或圆形会议桌，站着或坐着，在激烈地讨论。有人在不同房间里穿来走去，收集或发送着手里的资料，有人手里端着咖啡，在窗前远眺，一口一口吞咽。远离窗户的走廊、过道，一定还有人独自抽着烟，看着明灭的烟头发愁，也一定还有人聚在一起，互相点着烟，谈笑风生。

望了一会儿，冯进马做了决定，让灰衣人收起车篷，让车的内部与外面的灯光直接接触，让车里的空气和外面的流通起来，让他们四个人经受着无遮蔽的灯光与空气的照射、冲洗，他对此已没有任何的恐惧，也不再为此受到伤害，因为他的注意力完全不在自己身上。眼前这栋大楼里忙碌的人间景象，那些如剪影似皮影通过窗户玻璃展示的人影，他们和他刚才在路上所见的、现在仍在他身边经过的人群并不太一样，是无声的，是通过一栋楼整合出了秩序的，但他们仍旧给他饱满的冲击，让他感到这样忙碌着就可以。

这时一男一女两个年轻人从大楼里走出来，他们在门口的台阶上停了一下，又往前走到一棵梧桐树下。男的掏出烟，先给女的一支，然后自己也叼着。点上烟之后，两个人都抽了一口，同时喷出了长长的、只能见到一点点青色的烟雾，脸上浮现出完全的惬意。然后他们说笑着，抽着烟，四处看看，抬头望望。一支烟抽完，两个人回身向大楼走去，女孩突然抬脚踢了男孩右脚脚后跟，男孩趔趄一下就站稳了，他看着女孩，女孩后退半步，缩缩肩。男孩走上去，伸出右手，在她脸颊上抚了一下，将她一缕垂下来的头发抚到耳后。他说了句什么，女孩笑起来，两人并肩走进楼里。

去往下一个地方的路上，冯进马脑子里一直在来回切换，一会儿是那一格格的玻璃窗，窗户背后众生相的远景，一会儿是那两个年轻人的特写，尤其是他们吸进再吐出的烟，女孩的那一脚，男孩那温柔的轻抚，还有两个人笑起来的样子，四目相对，毫无防备。当灰衣人说"到了"时，他脑中的画面忽然又切到了几只飘动的蓝色气球，再下移到仰头看着的小女孩脸上，然后镜头反转到站在发布会现场，望着这一切的她。

"冯先生，到了——"何芫也忍不住提醒，何芷则斜过身来，将手搭在冯进马的左肩上。

　　一座巨大的剧院，多面体的形状、钢材加玻璃的构造，让它像一块被巨人切割而成的钻石，要说得更加准确，则是一块由无数随时可以转动的独立空间构成的不规则魔方，因为每一次转动都能够完成一次内部再整合，提供不一样的空间结构。冯进马记得，当时为这个剧院究竟采用哪个设计方案，执行团队分作两拨，争吵得不可开交，最后交由他来仲裁。他一眼就看中这个钻石魔方，并一锤定音地解决了反对方最有力的意见——既然这个方案要求周边的空旷来映衬，那就腾出周边的空间来，合乎要求的闲笔没有浪费，即便寸土寸金之地的大片空旷。

　　现在，望着它周边需要的空旷，冯进马明白自己的决策是正确的。只有从容的周边空间，才能让钻石的冰冷与华贵释放，也只有将所有喧闹都挡在一百米开外的阒寂，才能让这魔方的变幻、变幻里的演出独自向天地敞开，与宇宙相往还。

　　车停在离剧场五十米远的地方，从这儿望过去，可以看见剧场此刻调整成了 T 形。T 形那一竖里的十数个空间塞满了演出，国内的、国外的，戏剧的、戏曲的，个人演唱的、群体合唱的，舞美灯光尽善尽美的，清清爽爽不插电的……应有尽有，每一种都不缺乏观众。T 形那一横分割成三个最大的空间，左边正在举行一场魔术表演，魔术师取下自己的头颅，正如抛掷飞去来器一样，将它一次次扔向下面坐着的观众，带给他们欢呼的惊悚；右边正在举行一场音乐会，看指挥的动作、乐队的人数、乐器的繁多，应该是一支交响乐，观众们也都正襟危坐，隔着几十米，都能想见他们严肃的陶醉表情。

中间的空间，有些不同寻常。没有开灯，看不见布局、布置，也看不见任何观众，如果不是一抹亮光，会让人以为它就是关闭着，没有演出。但有一抹亮光，就像有一颗石子投入一座风平浪静的池塘，带得整个空间都动起来。别看剧场只和周围隔开百米，就是这不长的距离，让它成了一个独立的伸入黑夜的所在。而那一抹光亮，也打破了由黑夜浸染、传递而来的阒寂，它在游动，在飘荡，尽管不指望能点燃所到的地方，却毫不退却。

等确认移动的光亮是一个人时，冯进马打开车门，下了车，向剧场走去。灰衣人也紧随着他下车，还伸手止住打算跟上的何芷、何芫。冯进马仰着头，向剧场走，走到离剧场只有二十米左右，也是仰头观看的最佳位置时，他停下来。那确确实实是个人在走，他不像是穿着有灯管的衣服，而像是从体内发出了天然的光。从这里，看得清他行走的空间仍旧是个剧场，也能借助其他地方的光，看得见剧场里的空间构造、里面的椅子和椅子上的人影。

可以辨认的剧场空间没有减弱那行走带着光亮的人给冯进马的冲击，反而因为空间的具体更具力量。冯进马久久地站立和观看，他忽然感到，他的那几只蓝色气球也脱离他的手，向上飘去。气球下面那些原本被他捏在手里的小细绳，随着气球的上升，也散开去，像小虫子那样在空气里逶迤上游。

冯进马看向灰衣人，灰衣人也注视着眼前这座钻石魔方，但不知道目光是不是也落在那三个空间。他大概永远都不会知道，灰衣人究竟在看什么，看的时候究竟有没有想什么，如果有，那又究竟是什么。

"接受我的提议，咱们再交易一次。"冯进马说。

灰衣人沉默一会儿，才说："先生，我能问您一个问题吗？"

"请问。"

"您既然见识了黑暗，为什么还要从地下出来，来看这些地方呢？"

"我想看看自己利用这次交易，究竟做了什么。对了，老虎不适合这里。"大概是觉得这两句话的关联过于遥远，冯进马等了等，又补充道，"那只是你的黑暗。"

"所以，您坚持之前的提议，咱们再交易一次。无论如何？"

"无论如何。"

2. 我与他

还是那道金属门。门把手上镂刻一株葡萄，缀满细密的叶子、累累的果实。推开门的一刹那，王河腰身下沉，扎了个小小的马步，防止再次被这个房间撞出去。但没有什么迎上来，没有全然的、彻底的黑，没有重拳般的光。房间固然还是黑色的，灯光却换成

灰衣简史

略黄的暖光，明亮而不夺目。房间的中央仍旧摆着一张极简的桌子，两把椅子也仍旧按上次的方式摆放，桌后的椅子上同样坐着一个人，不过灯光所及，桌椅和人的影子都投在地上，清晰地反映出整个房间的空间结构与层次，祛除了王河上一次进来后产生的飘浮感。

桌后椅子上坐着的人一身灰色衣服，还戴着帽兜遮住大半张脸，他的身形高大却没有如山的安坐感。王河走上前，在桌前几米开外的椅子上坐下，他有些疑惑地再次打量对面的灰衣人，根本看不到更多细节，那个人的身体一动不动，双手也不放在桌上。

"王河先生您好，很高兴您准时回来赴约。"

说话的时候，那个人全身由上至下一动不动，就仿佛一个固定的播放工具，不过他的声音却没有这种机械、僵硬感，反而很是清爽、明快，还有点近于恭敬的谦和。当然，这也就是一句不必包含感情色彩的套话。

"冯先生和我约好再见面，谈点事情。您是哪位，怎么称呼？"王河有种难以言明的预感，并因这预感隐隐有了将被愚弄的担忧与怒意，他竭力保持着礼貌。

"我是冯先生的助手，受他委派，全权处理和您有关的事情。当然，这么说还言之过早，得看看咱们是不是能达成一致。"

"冯先生真的委派您来负责吗？您……您知道我们谈的是什么事吧？"这是两句废话，可说出来并非毫无疑义。

"知道。您要推出一部戏剧，希望得到资金支持，冯先生提了一个要求，也是一个条件，你们约定今天再见，看看能不能就相关条件达成一致。"对面的灰衣人不愠不恼，以简单的描述消除王河的疑惑，他也没有留给王河更多思索的时间，直接追问，"那么，现在请您告诉我，您是否接受冯先生的条件？"

"我接受。"王河被自己突然异变的声音吓了一跳，那里面有种不受控制的尖厉，像是哨声的尾音，他咳嗽两声，继续下去，"冯先生要求我拿出身体的某一部分，估算之后对它报价，如果这个价码和他，和你们价码表上的数字相差不大，我就可以售出这一部分，得到相应的资金。"

这回声音恢复平常的样子。王河深呼吸，准备一鼓作气吐露最艰难的部分，"最终我决定可以让出我的左眼，把它交给冯先生，我想要的资金数目是——"

"请等等——"灰衣人忽然出声，王河的后半句话噎在喉咙里，上下不得。灰衣人对王河因为被打断产生的愤怒视而不见，他继续以木偶般的一动不动在对面坐着，直到王河平静下来。

"冯先生肯定说过，您只能报一次价。我想提醒您的是，您必须想清楚自己的选择带来的后果。"

这下王河怒气更盛，要不是担心影响拿到那笔钱，他早上去扇这个一身灰衣的家伙两耳光了。

"不需要您来提醒我，我知道自己在做什么，我也能承担由此产生的一切后果。"王河咬着牙说完，总觉得意难平，想想又补充道，"冯先生在哪儿，能不能请他出来，我直接和他谈？"

"王先生，您别生气，我是一片好心。您确定自己的选择，也愿意承担后果，但我怕您未必清楚后果是什么，哪怕是最直观的。"灰衣人双手合拢，抱了抱拳，"所以，能先看看再选择，对您更好。"

尽管灰衣人双手很快收回桌下，王河还是看清它们是灰色的，和那身衣服的颜色一模一样。按理说，那个颜色肯定是戴着手套，可那种贴合度，手背、手指等等清晰可见的纹理，又提示那是一双真真正正、如实具体的手。由着这灰，又有什么东西在王河的脑海里忽闪，明灭的转换极快，以致无法清晰捕获，但他也没时间纠结，因为有新的变化出现。大概是桌子下面藏着机关，灰衣人的双手触发了机关，没有任何预示性的响动，桌面从靠近王河这一侧缓缓升起。

　　那是一面镜子，至少从王河这边看过去是镜子。镜子薄薄的一层，看不出厚度，但其映照的清晰程度，即使在暖黄灯光下，也是王河见过的镜子里面最佳的。镜子一直上升，抵达天花板才停下来，然后向下延伸，直抵地板。就这样，一面镜子竖立在房间里，遮住桌子，也遮住桌子后面的灰衣人。镜子里面那个人坐在一张椅子上，原本两脚并拢，身体挺直，双手放在膝盖上，但在看到自己形象的一瞬间，整个身体泄了气，疲软地靠着椅子，双手垂下。镜子里的那个人不算憔悴，更谈不上邋遢，早上刮过

204　　　　　　　　　　　　　　　　　　　　灰 衣 简 史

的脸甚至还泛着青光，但整体上却呈现出快被消耗殆尽的模样，仿佛下一秒就会反弹性地膨胀开来，如同发面或者气球，随时随地都可能砰的一声，软软地破裂，耷拉在地。

"请想想您打算从自己身体里交割出来的部分。"灰衣人在镜子后面适时说道，也许他能透过镜子看见王河，猜中他的心理变化。

王河举起右手，镜子里的那个人也举起右手，他们同步地无偏差地看着自己的右手。先是手背面向自己，然后转过来，手心冲自己，纵横交错的掌纹在灯光下清晰可见，连靠近掌沿处那个小时候被刀子划破而留下的 × 形疤痕也在。再翻过来，看着手背，关节处略显堆积的皮肤，似两圈并不规整的年轮，更似睁大的没有瞳仁的一只只眼睛。这只手上可以组合出多种交易方案，王河看着它，他最先想到的是尾指，他最先想到的是尾指，他最先……等等，王河再看看自己的右手，尾指已经堪堪如他想到的那样，齐根消失。王河一个激灵，差点从椅子上摔倒，收回右手，尾指确实不见了，断掉的伤口已经愈合，只留下光秃秃的疤痕，还看得到断处覆盖着的皮肤。

"难道交易已经完成？"王河疑惑地咕哝一句，他仔细回想进入这个房间之后的一切，并没有自己收到钱的部分。再往前想，想到进电梯，想到早上出门，他可以确定，现在不是在梦里。

"这根手指，您打算卖多少钱？"镜子后面的声音帮他确认这并不是梦，也提醒他无论如何都不要失态。

"十万。"王河说，这还是他考虑到对方接受程度的价格。不说"身体发肤受之父母"那些话，那可是他从思想上开始准备，接受自己从一个健全的、完整的人变得残缺的第一步，难道十万都不值？说的时候，王河就紧紧盯着自己的右手，盯着平白断掉的尾指留下的空白，可他仍旧没有看清楚，尾指怎么突然就又出现了，它竖在那里，和其他四根手指一样，无论他张开、并拢，都毫无差别。这是什么意思？王河看向镜子深处，等着镜子背后的人解释，回应他的只有沉默。

再看向右手，看向那消失又复原的尾指，还在。"十五万。"王河说。他又一次愤恨自己贱卖，咬牙再抬抬价，增长的幅度却只是提示了他的小心翼翼。"八万，五万，三万。"王河甩卖一样快速喊出几个价码。"谁会要这么一根粗短、丑陋的手指？作为标本，向世人展示，有个人愿意像卖猪肉一样把自己卸成零碎，分块、分堆出售？"这是他又一个对着价目表涂涂改改，取舍难定的晚上，终于抑制不住对自己的厌恶，对身居的皮囊的恶心，想要把它处理掉时，说的话。那断掉与长出都无迹可寻的尾指仍在，还听从他的指令，弯曲着贴向掌心，带动了无名指和中指也多少弯曲起来。看着没有动的比画成了八的拇指和食指，王河恼恨地攥右手成拳，在空气中猛砸了一下。

"一万，不能再少，真当是在卖猪肉吗？"说完，他又羞辱地砸了一下空气，当时喊出这个价格的绝望再度撞击他的心。

是少了什么吗？王河先看向镜子，看着镜子里那攥紧的拳头惊恐、犹豫地缓缓松开，完全张开的时候，四根手指孤零零地竖在镜子里。他收回手，看过去。没错，那重新长出来的尾指再次断掉，茬口和疤痕与他第一次看着它，准备放弃它时，完全一样。

"所以这是你们的定价，对吗？"王河问镜子背后那个人。还是只有沉默，这是默认，否认，还是不便回答？王河无法判断，那就干脆不要管他，再往下看看。

王河看着自己的右手。整个手掌？手掌随着他的目光与思绪消失，只剩下光秃秃的隆冬树干一样的小臂与手腕。到肘部？小臂也随之消失，能看见肘关节很是光亮的骨头。到肩膀？那紧贴着臂关节的疤痕像是肋部皮肤的自然延伸，不过要更加紧绷。王河发现自己的目光和紧随目光而至的想法像涂改液或者消除液，落到哪里，身体的那部分就消失不见，不知去向。

"等一等，我还没有定价呢。"王河大喊，汗水从额头上滚下来，也不敢看过去。他怕看到的时候，不可抑制地产生要把额头卖掉的念头，尽管他之前从来没有想过。不过还好，随着他的这声喊，除了已经作价一万的尾指，胳膊、小臂还有手掌，通通复原。他看着它们，像是见到自己身体上重新长出来的一部分那般不舍。

"王先生，对不起，您得往下进行。"声音从镜子后面传来，那个人一直都在。

还要再问问它们的价吗？王河看着手掌、小臂、胳膊，也没什么可问的，一整只手和一根手指，差别在哪里？会有数量级的

灰 衣 简 史

价格差异吗？他不敢想，不敢问，他怕知道冯先生给它们定的价后，不敢再问身体里的其他部分，直接导致交易中途停止。王河的目光再次落到镜子上，这次不是要看穿镜子，看到镜子背后的那个人。他看着自己的身体，随着他目光的掘进，意念的专注，他的衣服消失，皮肤消失，覆盖的脂肪也消失。他看见自己像畸形残月的肾脏，和他曾经在菜市场见到的猪腰子差不多，以下腔静脉和主动脉为轴，左右各安居了一个。

"左肾，五十万！"转到身体内部，尾指被认可的低价格对王河的影响降低了，他决定自己主导一次。当然，他也没有报出一个月前刚离开这栋大厦，走在外面时喊出的"五百万"这个高价。他想要试探一下，看看对方是不是一味地压价，一个肾是不是真的只等值于一部手机。

左肾应声消失，在肝、胆囊等器官之间，留出一小片空白，与它连接的血管、输尿管等的切口也像是早已愈合。王河松了口气，感觉没有过于廉价，却发现那一小片空白处模糊了一下，左肾又出现了，然后左肾的画面和空白交替出现了一下，又回到左肾的画面，就像是一台老旧的电视机，在雪花盖满屏幕后，被拍了拍，恢复画面。现在，左肾复原如初。

王河诧异地看着自己的左肾，目光微微上抬，正对着镜子，他相信镜子后面的人能看见自己的一举一动，能看见自己所看见的。

果然，镜子后面没有迟疑，就以王河听来有点嘲讽的声音提示道："王先生，您可以再往上加一点。"

真的是五百万吗？王河问自己。要真是这个数，他就卖了，他又想，既然镜子有这样的功能，那就不要莽撞。

"六十万，七十万，八十万，九十万，一百万……八十万，八十万。"王河每报一个数都等几秒钟，看着左肾消失、空白出现、左肾复原，再往下报。到了九十万，左肾都没有动，他以为自己看花眼了，一百万还是没有动，他确定了冯先生给自己左肾定的价。因为刚才已经将期待调高到五百万，现在落定在八十万上，比王河之前报的五十万高了不少，可他还是深感失望，因而盯着左肾消失后空出的地方，失落又愤怒。

"王先生，我们可以让您按照这个方式小幅变化地询价，但

灰 衣 简 史

对您来说，这样并不合适。选择越多，范围越广，也只是让您的烦恼相应增加。"灰衣人看穿王河的心思，他停顿一会儿，给出新的方案，"这样吧，再给您一次机会，您只能选择一样器官，再报一次价。"

"什么？为什么？"王河脱口而出，他感到自己被戏耍了，"您这样不公平！"

"公平？王先生，您理解错了。按照最初和冯先生的约定，您本来就只有一次机会。我代冯先生和您谈判，为增加您的成功率，为帮助您，才不惜稍稍越界。您不能把我的帮助视为理所当然，一旦不能继续索要，就嚷嚷不公平。您这种方式，才是不公平，对吗？"

话音落下，同样没有任何预示性的声响，镜子同时从天花板与地板往桌面收缩，迅速消失，只留下光滑的、极简的桌面。桌子后面，还是坐着那个一身灰衣、高大的、用帽兜遮住大半张脸的人。

"最终报价不需要再盯着镜子参考。"灰衣人说。

王河强行让自己冷静下来。他明白，刚才对灰衣人的指责并没有道理，可他的失落与愤怒也是实实在在的。再回味一番，他发现自己的失落与愤怒，与其说是因为灰衣人突然改变谈判方式而起，不如说是因为冯先生的缺席。正是因为冯先生的缺席，让他被对面这个鬼魅一般的人审视，完全受到这个人的支配。"鬼魅一般"这几个字在脑子里一闪现，王河禁不住打了个冷战，赶紧压制住那个念头的萌生，令他感到无比恐惧又无比滑稽的念头，以免坐实之前的预感。由是，在一个月后，在同样的地方，王河再次对冯先生心生怨恨，怨恨他和自己约定又毁约。尽管他完全明白，这是自作多情，也是罔顾事实，毕竟冯先生委派了灰衣人前来履约，毕竟冯进马和他没有额外的约定，可他还是觉得，冯先生破坏了他们之间的默契。但也许，冯先生只是躲起来，藏在什么地方，看着自己出丑？

"王先生，请告诉我您最终的选择与报价。"灰衣人催促道。

王河收摄心神，回到眼前的事，他这才体会到"最终的选择与报价"的逼迫性，方才的一番胡思乱想，对冯先生的横加指责，都不过是在躲避。选什么呢？他问自己。手指肯定不行，一万块什么都做不了。左肾呢？要是小剧场，八十万绰绰有余。可从一开始就决定，决不消耗在小剧场，也不要勉为其难在大剧场，以免左支右绌，可怜兮兮。如果两个肾加在一起呢？王河摇摇头，都什么时候了，还这么幼稚。就算翻番成交，两个肾一百六十万，再花钱去找个肾装回体内，花掉二十万——且不管"二十万"这个数怎么来的——剩下一百四十万可以把戏完成，可谁能寻找肾源，又让前后手术的时间都在可控范围？谁又能保证手术顺利，换上的肾不会出现排异？难不成真的要为这部戏玩命吗？还是以如此幼稚的算术方式。

"眼睛。左眼，右眼，左眼。左眼，我选择左眼。"王河快刀斩乱麻，慌乱之中做了最初的决定，逼迫自己进到无可后退的地步。说完，他眼前的世界像切换镜头一样闪了一下，范围忽然变窄，清晰度也降低。怎么回事？是被接受了吗？可他还没报价呢。王河眨眨眼，世界又恢复原来的范围，清晰度也丝毫不含糊。

王河看着灰衣人，不知道他如何反应，也不知道自己左眼突然的失明与复明，是不是他干的。

"很好。眼睛很重要，可失去一只并不危及生命，甚至没有任何直接的恶果，是比肾脏更明智的选择。"灰衣人居然点评起来，他完全洞察王河的心思，"现在，请告诉我您的报价。"

"一百……一百二……一百四十万。"王河说完，一下子瘫在椅子上，要不是有靠背，还得出溜到地上。他的两只眼睛有点失神地、焦渴地望向灰衣人，如同押上一切，等待最后一把开盅的赌徒。他也完全想不起"一百四十万"的数字怎么来的了，按道理他应该报一百万以增加交易完成的可能性，也许是灰衣人刚才那两句点评的话激怒了他，因而决定拿一只眼睛赚回两个肾的差价。

灰衣人沉默着，他忽然抬起头，尽管灰衣人的眼睛和鼻子仍旧被帽兜遮着，可这个动作却让王河感到，被两只眼睛直视，这让王河更加紧张，却也让他精神一点，勉强坐直。然后灰衣人站起来，他转身向后走去，随着他的靠近，那在灯光下也略呈暖黄的黑色墙壁居然缓缓分开，露出了由上到下一整块玻璃构成的落地窗，阳光在窗外映照着这座城市。这城市在此刻的王河看来，如此的刺眼。

灰衣人站了很长时间才转过身，向王河走来。随着他的离开，黑色窗帘又从两边合拢，合拢成完全看不到褶皱、缝隙的黑色墙壁。王河看着灰衣人迈步，看到他的衣服和正常人一样随着步子的变动，而摇摆而折叠而带出微风，减少了那时而墙壁、时而窗帘的变化的诡异，也减少了窗户外阳光普照在他心里造成的隔绝感。

灰衣人经过桌子，来到离王河五步开外的地方，站住。

"王先生，要让您失望了。您的报价远远高出我们的估价，交易无法达成。"

王河扭头看着灰衣人，仰视视角下，仍旧看不到他被帽兜遮住的任何地方。这样望了好一会儿，灰衣人的话才渐渐渗进王河的心里，不过他还没法把那话和自己关联起来。

"您什么意思？"王河问。

"我们无法以您的报价，一百四十万元，购买您的左眼。"

"你们以什么原则定价？你们知道眼睛对人有多重要吗？你

们知道左眼——不管是左眼还是右眼，对我有多重要吗？"

"能够想象，王先生，失去左眼给您造成的损失，包括外形上的损害，我们能够想象。但既然是交易，双方总得达成一致。定价原则自然以我们的依据为准，有两条：第一条也是最重要的依据，是您愿意拿出来、愿意交割的东西，对我们有多大的用处，如果这方面达成一致，价码超乎您的想象；第二条依据则是您的损伤，尽管您拿出来的东西不是我们最需要的，甚至对我们根本没有用处，但失去它对您的损伤越大，它的价码也相对越高，这不是简单的同情，而是意愿的检验，我们需要看到您为达成交易，愿意付出多大的代价，是不是赔上性命也在所不惜。"

"那在你们的价目表上，我左眼的定价是多少？"

"不如您的左肾。"

有方才那番话，王河已料到灰衣人的回答，可真听他亲口说出还是很沮丧，原来自己的珍视在别人那里并不等值。这么说是否意味着自己并不珍视同样是身体一部分的肾呢？王河无法回答，或者说他的答案是肯定的。可是为什么？仅仅因为在身体里面,平常见不到,也体会不到它的作用? 王河无法回答,但他知道,灰衣人不是要给自己上课。

"您刚才不断提到'我们',具体指谁,您和冯先生吗? 他为什么不出现?"王河问出了两个本不该他问的问题。

灰衣人果然回避了王河的疑问,当然,他并没有解答的义务,他说:"冯先生一会儿就到。"

"那么,在你们看来,失去什么对我损伤最大? 请务必回答。"

"在不丧失生命,意识能够自主的前提下,"灰衣人迟疑了一下,"是您的睾丸和阴茎。"

不需要多想,王河就明白了这个答案的合理性,也可以说,这个答案是这个问题的逻辑必然。可就算事先知道,他愿意选择吗? 难道要把自己放在司马迁的位置,难道这部戏可以和《史记》放在天平的两端称量? 就算他能厚颜到这么去想,可又该怎么给它们定价呢? 对,定价,这两个字让司马迁顿时变成虚妄的自我安慰。

"王先生,您为什么要为此纠结? 难道不应该问,在您身上,有什么是我们最需要的吗？"

王河怔住了。他不是没想过，而是不知道自己身上有什么是他们需要的，他不是不知道，而是不敢相信他们需要的是什么，因此，他始终压制着自己，不往那方面想，就像他不让"鬼魅"两个字再次在心里浮现。但现在灰衣人这么说，他就不得不去想了，他看着自己脚下蜷成一团的影子，暖黄灯光下，它并不浓密，还有点枯黄。

"啪啪——"灰衣人一击掌，房间里的灯光忽然变了，由普照的暖黄，变成一束炽白的聚光，打在王河身上，顿时他和椅子连成一体的影子斜斜地铺在地板上，如漆般稠密、浓黑，简直像是画上去或者剪好贴上的。

王河站起来，往旁边走几步，让开椅子和桌子，灯光追着他，彻彻底底将一个完整的影子刻画出来。

这时，轻微的"吱呀"一声，另一束追光打过去，一面黑色墙壁从左侧三分之一处向两旁滑开，是一扇黑色的门。冯进马走出来，这次他一身比灰衣人略浅的灰色衣着，仍旧是那头积雪般的白发。

灯光下，冯进马的脸有些枯白。

3. 你与我与他

"冯先生，您终于出现了。"被灰衣人折磨久了，王河看见冯进马居然没来由地感到亲切，迎上前两步，声音里有着压抑不住的喜悦。看来，冯进马确实一直在监控着房间里的进展，以便适时露面，但王河已经顾不上这些。

"冯先生，你们为什么要玩这一出戏？是为了启发我怎么排我的戏吗？"王河指指黑暗里的灰衣人。又一束追光出现，打在灰衣人身上，现在三束光打在三个人身上，在这仿佛没有边际的房间，构成一个三角形。王河仍旧看着冯进马，说："刚才那面神奇的镜子，你们怎么做到的？"

冯进马还是不说话，但王河已经发现，他定定地看着冯进马身上的光，目光顺着追光下沉，落到地上，看到冯进马的脚边空空荡荡。三个人在三束光中沉默地站立，仿佛身处一个在时间之外运转的空间。然后，灰衣人再度"啪啪——"击掌，追光熄灭，又一瞬间，冷白、高亮的灯光铺满了整个房间。王河、灰衣人、桌子和椅子，所有人与物的密实的影子也覆盖相应的地方，唯独冯进马孤零零地站着，他只有身体。

王河看了许久，才指指地上，但他并不敢指向冯进马身边的空空荡荡。他问，声音虚弱，"你们这是干嘛？"

"我们需要你的影子。"冯进马说。他看着王河，分辨不出目光里是同情、嘲讽、恶意，还是不动声色，或者根本没有任何含义。

"少他妈来这一套。你以为我知道史勒密尔的故事，就会相信这样的把戏？你干脆一点，直接说我他妈的是浮士德，不是更好？！"愤怒爆炸开来，先把王河自己炸成了碎片，粗话脱口而出，然后他站在那里，浑身颤抖。

"你信不信不重要。"冯进马显然知道现在该如何跟王河说话，"你只需要回答，愿不愿意用影子做交易？"

王河努力想要平静，可他颤抖得更加厉害。发现控制不住颤抖，王河索性就颤抖着喊出口："定价多少？"

"这就对了。"这一句，冯进马的赞许明显。

"根据先生的估算，只需要一千万，就能完美地呈现您对那部戏的构想。对吗？"灰衣人顿了顿，又看看王河的影子，"因此，如果交易达成，我们会付您一千万。不，没有其他条件，也不分期支付，一次性，这一千万都支付给您。"

王河一下止住了颤抖，却忍不住晕眩起来，要不是反应及时，弯下腰，双手撑住膝盖，多半已摔倒在地。不管另外两个人有没有在看着，他使劲甩甩头，用头发的甩动提醒自己：冷静，事情才刚刚开始。甩完头，王河直起腰来，这过程特别漫长，仿佛一千万的现金就压在腰上，把他压到了另一条道上，把他压成了另一个人。

"好。我——"王河以吐字的慢拙表达决定的郑重。

"等一下。"灰衣人止住王河，"我始终只能和一个人保持交易关系，直到这次交易结束。先生——"

灰衣人问的是冯进马。冯进马一直在旁边看着，见灰衣人问到自己，也只是点一下头，等着灰衣人继续。

"先生——"灰衣人说，"您没有什么要和王河先生说的吗？现在一切由您主导，一切都还来得及，您可以阻止王河先生继续推进新的交易。您知道，不需要交易，您就可以直接给他一千万，让他好好把那个故事导出来，讲下去。"

王河听了这话有点茫然，他看看自己的影子，又看看冯进马，脸上露出一种他自己都未必明白其含义的表情。

"不。那样的话，他不会知道该怎么花那笔钱，也导不好那部戏。"冯进马冷冷拒绝，"再说，他不进行交易，把影子给你，我又怎么能拿回我的影子？"

王河含义不明的表情有一瞬间明显转为恨，但又迅速变为认同，进而转为跃跃欲试。

"现在这么急迫，想要拿回影子，当初为什么要卖掉呢？"即使是王河，也听出来灰衣人语气中的嘲讽，他轮番看着冯进马和灰衣人，不清楚他们究竟是什么样的关系，更无从判断他们谈论的事和自己会发生什么样的关联。

"当时不卖掉，我怎么会想要拿回？当时不卖掉，我又怎么能够拿回？"冯进马连续反问，终止了在这个问题上的纠缠，"你为什么要拖延呢？这可不像你的作风。往下进行吧。"

"是，我是有点拖延。我不想你们把影子当成可有可无、任人宰割的附属品，不要的时候，它只是你们想要割掉的尾巴，仿佛生来痴傻、不堪负累的孩子，需要的时候，它又是你们招之即来、拳打脚踢都不离不弃的狗——这世上有这么不对等的关系吗？有这么便宜的事吗？"灰衣人越说语气越激烈，他的衣服都有些膨胀了，就像里面藏着的皮囊开始充气。

"我们不要扯这么远，只说眼前的事。"

冯进马的话一下扎破皮囊，让灰衣人停止膨胀，他静静地站了一会儿，向冯进马、王河微微一鞠躬，恢复平常那恭敬中带着冷漠的口吻。

"好，我们按照程序来。先生，您提议用王河先生的影子来替代，赎回您的影子，既然走到这一步，必须申明交易准则。咱们的交易依据公平原则，一旦达成，当即生效，一方不能中途撤回、反悔。先生，您的提议可能很美好，尤其是对您和王河先生而言，非常有必要。但是，我并没有看到其中的必要性，我更没有什么动力撕毁原来的约定，达成新的交易。在我的交易生涯里，也没有这样的先例。"

冯进马愣住了，他看看王河和王河的影子，看着灰衣人，"咱们不是说好了吗？只要王河同意，用他新鲜的、密实的影子，换回我灰暗憔悴的影子。这不是早就说好的吗？"

王河点点头，他已经明白场上的形势，打算先看看再说，并不再急于拿到那一千万。

"不，先生。您回忆一下，您只是提议，我并没有同意。"

冯进马回想一个月前的那番谈话，他是提议了，可灰衣人确实没有答应。或者说，灰衣人对他的提议不置可否，而他误以为对方答应了。但如果灰衣人不答应，为什么还默认甚至帮助他将事情向前推进呢？尤其是方才灰衣人代表他也代表自己和王河说的那些话，不就是在暗示、引导王河吗？用之前他和灰衣人交谈说的，把王河赶上道，让他看见希望近在咫尺。

"你是要临时加码吗？你真没少从我们这儿学得谈判、要价的小技巧。"冯进马试探着问，灰衣人没有回答，甚至身形一动不动，根据这么多年的相处，他知道这是表示默认，至少也是对对方正在说的有兴趣听下去，"不用你说，那个袋子会退还给你。如果你要，我这些年得到的东西也都给你，我所有的身外之物。只是不知道——"

"先生，您误会了。我不是想要这些东西，我不能要这些东西，它们对我也毫无意义。它们是您这些年的交易所得，也是您的辛勤、心血让它们增值，它们度量着您的时间，只有您能处置它们，这是交易必须遵循的条件。好，为了尽量简短，请让我直接陈述。历次交易中，不乏像您这样，交易得到所需的东西后，开始反悔，想要拿回影子。没有一个人成功，他们要么是根本舍不得从我这儿得到的东西，要么就是没谁拿得出令我心动之物。王河先生的影子质地精良，我见到后喜不自胜，不过一次只能持有一个影子是我们的要求，我和您的影子互相都很依赖，光是王河先生的影子，构不成说服我放弃咱俩之间交易的理由。"

说了这么多，灰衣人一句话总结："所以，先生，您能不能给我个理由，为什么您必须拿回影子，我又必须终止交易配合您？强力的，必须说服我的，理由。"

话音一落，连房间里的灯光都静了下来，王河更是屏住呼吸，他一直都没想明白，冯进马为什么会放弃现有的一切，只是为了并无必要的影子。

冯进马正要说话，黑色墙壁上那道黑色的门再度打开，何芫先走进来，看起来很是生气，紧接着，何芷也走进来。何芷一边走一边伸手去拉何芫，几次都被何芫甩开，眼看着越走越近，何芷也就不再伸手。走到冯进马身旁，何芫、何芷先后停住，何芫看着灰衣人，怒气不减。

"你这个人——如果你是人的话——毫无信用，你当时虽然没有答应，但给了冯先生足够暗示，让他以为你应承了，才会去推动后续。眼看着快要达成一致，你又突然要什么理由，推三阻四。你说，你要什么？冯先生把现在所有的东西都给你，净身离开，这还不够吗？"

何芫的连珠炮并没有吓着灰衣人，他盯着她——准确说是面朝着她，等她说完，才以那天生冷漠的腔调说："本来没必要解释，看你这么生气，我就啰唆一句。是不是推三阻四，当时怎么说的，先生很清楚。再说，即使我当时答应先生，在正式完成、生效前，我都有反悔的权利，在上一段交易未完成之前，我们都是平等的，交易也是公平的。再多回答你一句，我不是人，做人，可没什么值得骄傲的。"

最后这句话进一步激怒了何芫，她一扬手，拿着的手机向灰衣人砸过去。事出突然，所有人都来不及阻止，连何芫本人也吓了一跳，大家都盯着手机，不知道接下来会发生什么，更不知道灰衣人会不会发作。手机旋转着朝灰衣人飞过去，离他还有十多厘米时，忽然在空中停下，仿佛在进行数据扫描、选择攻击点，然而停住五秒钟后，它的路线、力道并没有任何变化，仍照着先前的路径飞进了灰衣人身体。是的，没有被前面的衣服阻挡，也没有穿过后面的衣服，而是进入了灰色衣服笼罩的身体，至少是笼罩的空间。

当然，扔进灰衣人身体里的手机也不至于像扔进深渊里的石子，不发出响声也不激起波澜地凭空消失，它只是在灰色衣服内滞留了一会儿似的，就啪哒一声掉下来，还往前翻滚了几下，落在离王河不远的地方。

王河弯腰捡起手机，检查了两遍，走过去递给何芫，"挺好的手机，还能用，不要再乱扔了。"

灰衣人没有说话，他仍旧一动不动地朝着何芫，似乎在等她给个解释。

"对不起。"何芷拦住何芫，抢先说道，"我们实在是太鲁莽。我们上来，是想再次请您考虑我之前的提议，用我的影子换冯先生的影子，如果不够，加上何芫的影子。我们只要冯先生的影子，其他的东西都给您，作为补偿，作为赎金，都可以。您说过，我们不是您选定、心仪的交易对象，但都是影子，真的有那么大的区别吗？您又何苦……"

何芷看王河一眼，接下来的话没有说出口。

"何芷小姐，您是想说，我又何苦再害这位先生，对吗？"灰衣人点破何芷的话，"您不是他，怎么知道他不愿意呢？在此之前，我问过先生，他可以选择终止提议，直接帮助王河先生，但先生拒绝了。既然如此，就应该按照交易的机制往下进行。"

"我不同意何小姐的提议，我能够交易，不需要他人的施舍。"王河抢先说道。

"何芷，不要再说了。"冯进马止住何芷，"你的提议不在此次交易的考虑范畴，我也不会同意。他说的没错，交易一直是清楚、公平的，现在是我想要毁约，当然要给出一个理由。你能让我想想吗？我落了一样必要的东西，现在去取一下，希望我能在一去一回中想起令你满意的理由。"

说完，也不等灰衣人说话，冯进马转身向那道黑色的门走去。

"冯先生，您落了什么？我们——"何芫说到一半，发现何芷在冲自己摆手，也猛地醒悟过来，连忙紧赶两步，跟上何芷走了出去。

"王河先生，您刚刚说的是真的吗？您想要用影子和我交易，拒绝直接向您提供一千万，做这部戏？"灰衣人朝着王河，问道。

"没错。我刚才对何小姐说的话，是由衷的。"

"为什么？"灰衣人的语气里有一点点惊讶，"如果从一开始就告诉您，没有任何条件，资助您一千万，您还会拒绝吗？"

"您做这项买卖很久了吧？"王河以问作答。

"很久。久得超出您的想象，也可以说，超出您的理解。"

"您见过各种各样的交易对象吧？超出我的想象和理解的对象。"

"不知道能不能这样说，至少各种各样是真的。"

"您确实不了解人。"王河下了断言。

"什么？"灰衣人的疑惑大过恼怒。

"您见识过那么多的交易对象，却无法判断他们是否超出我的想象和理解，这说明什么？说明您并不了解人，并不知道人是怎么回事。其实从您刚才跟何芷小姐说的那句话——做人，可没什么值得骄傲的——也可以断定，您不了解人。人，尤其是在您或者你们面前，以你们的标准判断，可能是没有什么值得骄傲的。可如果你了解人，绝不会这么说。"

"您的意思是？"

"我的意思是，如果您了解人，就不会像刚才那样，问我在一开始，无条件给我一千万，我是不是会拒绝。"

王河说完，房间里再度陷入沉默。

"啊——"一声惊讶、凄厉夹杂的叫声响起。

"冯先生？""冯先生！"何芷、何芫的喊声交叠，声音颤抖，满是惊惧。

"啊！"又是一声喊叫，比之刚才那一声，少了惊讶，多了伤痛，痛到不可抑制。

听得到一通忙乱。何芷、何芫的声音低了不少，但先后有"医院"一词从她们嘴里吐露出来，然后是冯进马低沉却不可抗拒的声音，然后是何芷、何芫屈服的夹杂着哭泣的声音。

王河浑身紧绷，焦急甚至带着一丝恐惧地望着那道黑色的门，但他只是站在原地。灰衣人衣服的摆动泄露了他内在情绪的起伏，但他也只是望着门口，没有赶过去。如他们期待的，门向两旁滑动，如大口张开，门内要么没灯，要么灯光比这边弱很多，反正没有灯光照射过来，因而那张开的大口漆黑内陷，由是显得幽闭。

一阵低语，大口吐出三个人，三个像是捆在一起的人。中间的是冯进马，他戴着一副墨镜，脚下有些试探，一只手拿着什么，一只手被何芫牵着。何芷紧挨着冯进马，右手略抬，准备随时应对突发状况。何芷、何芫和不久前离开时没有什么变化，只是脸上多了没来得及擦拭干净的泪痕，毋宁说，眼泪仍没止住。特别是何芫，泪水在她脸上肆意流淌，仿佛要浇灭什么。

　　何芷先松开冯进马的手，快走进步，拿起王河坐过的那把椅子，放到冯进马身边。冯进马摸到了椅子，明白何芷的意思，但他拒绝坐下，随后，他的左手也从何芫手里抽出，扶了扶椅子靠背，又松开。

　　"这是那只袋子，还给你。"冯进马右手前伸，原来是一个深灰色的并不算大的布袋。

　　何芷接过袋子，走到灰衣人面前，递过去。灰衣人没有接，何芷又等了等，把它放在旁边的桌子上。

　　"冯先生，发生什么事了？"王河当然猜到了，但是他需要确认，毕竟事情发生得太突然，而且过于戏剧性。

"你看不到吗？"何芫不是愤怒，而是委屈、难过，"冯先生……冯先生……他，他刺瞎了自己的双眼。"

说到这里，何芫再次哭出声，冯进马伸出左手，摸到她的右手。他紧紧攥住她，让她平静下来。

"我不是故意要这么惊悚。我需要一个理由，不是给他，而是给我自己，能说服我，让我明白的理由。拿出布袋时，我看到这副墨镜，找到了理由。再恰当不过的理由，我需要沉浸在黑暗里，只有在黑暗里，我才可以认清楚影子的模样，也只有影子，才能让我走进黑暗。"冯先生的话比离开这个房间时还要冷静，仿佛刺瞎双眼的动作真的为他打开了什么。

"一旦你深入死亡内部，死亡就没什么可怕的。"王河惊呼道。

"这句话没错，但还是夸张了一些。"冯进马似乎在微笑，"黑暗不是死亡，黑暗比死亡的层次要复杂，死亡更分明。死亡降临之后，用不着我们现在的思考，但黑暗需要。所以，我想进入黑暗中，影子是我随身携带的钥匙，是我目前最便捷的入口，也许等到某一天，我不再需要它。"

"先生，您让我敬佩，甚至让我畏惧。如王河先生所言，我确实不了解你们，但我现在多了一点了解，谢谢您。"灰衣人说着，深深向冯进马鞠了一躬，"这个理由我接受，尽管它不是最符合我期待的理由。也因为它不是我最期待的，所以，在按照您的提议撤销咱们的交易之前，我还有一个条件。"

"还有条件？"何芷也愤怒了。

冯进马没有任何情绪上的变化，只是站在那里，握住何芷的手，让她不要惊惶，随他一起静静听着——似乎这早在他的预料之内。王河则先是惊讶地看着灰衣人，随后惊讶变成饶有兴味。

"还有条件。"灰衣人复述一遍何芷的话，"既然是交易，总要把双方的条件兜个底，然后自愿进行。"

"你先前不说，现在——冯先生这样了才说，这不是讹诈吗？"何芷愤怒难息。

"何芷，让他说。他接受我的理由，才提出条件的。"冯进马说着，右手在椅背上轻拍两下。

"没错，先生看得很准。"灰衣人踌躇了一下，似乎为这句话有点抱歉，"因为先生的理由，才算正式启动撤销交易的程序，才会说出条件。"

"你说。"冯进马径直接过话。

"条件是：我可以现在把先生的影子还回来，让他跟着您，但是从先生告别人世的那一天起，影子将永远归我。"灰衣人挺直身体，增加了这个条件的庄重感。

"你是说，我死后，影子归你？"这个条件显然也出乎冯进马的意料，他反问道。

王河兴奋起来，"我以为——"

"是的，您以为一次交割，影子就彻底属于我，不完全是这样。交易完成后，影子一直在我这里，可你们死的时候，他会出现一些变化，让他无法完全属于我。除非，在你们生前，咱们达成一致，那样变化就不会出现，他也不会有实质性的损耗。"

"你为什么要告诉我们这个？这对你似乎不利，不是交易中应该采取的立场。"冯进马的话也代表其他人的疑问。

"先生，刚才您离开时，王河先生说我不了解你们人，可你们也不了解我。"灰衣人轻笑一声，"平常，我当然不会透露这一点，但是在关键时刻，我必须告诉你们实话。还有，不妨明说，你们死亡时影子的变化只会增加一点我的麻烦，不会为你们带去什么。因此，它无法成为你们挟制我的条件。"

全场陷入第三次沉默，随后，冯进马率先打破沉默。

"你说得没错。那是另一个阶段的事情，尽管我认为没有你想象的那么简单，但是我不应该在这个阶段，操心那个阶段。因此——"

"冯先生，您不要再想想吗？"何芜抢过话，"他的话里透着很邪乎的劲儿，影子听起来也不只是影子——"

"不。影子只是影子，他现在是影子。"冯进马捏了捏何芜的手，止住她继续说下去。

"冯先生，您今后打算怎么办？"王河问。

"从此以后，我拿回我的影子，直到死亡来临。那黑暗，那由影子开启的黑暗，要求我在大地上走来走去，漂泊为生，乞讨为食。不要问我既然在黑暗里，还有什么必要四处行走，告诉你吧，这才是黑暗应当有的含义。"冯进马说了几句诗意的，也是含糊的话。

"好，我答应你的条件。现在，请把我的影子还给我，当我将死的那一刻，你再来自行取走他吧，自那以后，他将永远属于你——希望如你所愿。"冯进马又说。

"好。"灰衣人说着，先是郑重地向冯进马鞠了一躬，然后伸手从右边衣兜拿出那个黑色的小小的皮袋，他打开皮袋，从里面取出一团黑色的折叠得四四方方的物品，然后他蹲下来，在地板上把那物品一层一层打开，每打开一层，他的手指都在折叠的痕迹上抚过，将折痕抚平直至消失。

王河数得很清楚，灰衣人重复了九次那样的动作，才将四四方方的物品完全打开，放在地板上。那像是一张剪影，极其单薄，接近灰色。听灰衣人和冯进马的对话，他自然知道这是冯进马的影子，可还是将影子和冯进马做了对照。以王河自己现在出现在地板上的影子而言，冯进马的影子与其本人的身高比例偏低，也许是因为交易完成的时间不同所致，影子更宽很好理解，一定是交易至今，冯进马的体型变化造成的。

但那影子一看就知道是冯进马的，除了边缘大致吻合的轮廓，他们之间还有王河一眼就能看出的一致。这种一致很难形容，不完全是节奏、气息乃至气质方面的，却又都包括在内，"神似"一词也并不准确。如果不怕费解，王河想说，影子和冯进马有着相同的灵魂，退而求其次，也是比例或有差别的相同的灵魂。这让王河情不自禁地将目光移到自己的影子身上，居然有点为不久就要到来的分别神伤。

没有人留意王河的伤感，他们都看着冯进马那仿佛贴在地面，现在有些不知所措的影子。灰衣人对着影子挥挥手，说了句什么，影子这才畏葸地向着冯进马移去。冯进马是看不见，可他从众人的呼吸中，以他本能的直觉知道了正在发生什么，他松开握住何芫右手的左手，双手垂在身体两侧，他甚至还挺直了腰板。

影子的移动很慢，但越接近冯进马，他的移动越坚定。在靠近冯进马的同时，他就根据灯光，调整了自己的位置。当影子的双脚和冯进马的双脚贴合时，所有人都看到冯进马和影子同时一

　　　　　　　　　　　　　　　　灰衣简史

激灵，就像被通了电。然后，影子开始变化，他和冯进马就像两座终于挖通的池塘，交换着池塘里的水。

很快，影子的形状和冯进马现在的体型完全吻合，他的厚薄也和其他人的影子在屋内灯光下的厚薄一样。

"冯先生，好了。"灰衣人以称呼的变化，提醒冯进马。

"好。"冯进马等了等，仿佛还在感受着影子回归的喜悦，他伸出左手，"王河先生，你过来一下。"

王河迟疑着走过去，他看到冯进马两只眼眶下，都有一点墨镜没有遮挡住的血迹，心里很是难过，于是伸出右手，抓住冯进马的左手。但冯进马抽出左手，他右手伸过去，取出无名指上的一枚戒指，递给王河。

"几十年前，一个人把它给我，也许从她给我的那一刻起，就打开了后面的一切。今天终于派上用场，我再也不需要它，送给你吧，哪怕只是个纪念。"

王河接过来，那是一只银质老虎戒指，虎头硕圆，虎身狭长，老虎的尾巴则盘过来，一段高高翘起，尾巴末端尖细如针。现在，末端和虎尾都还有点血迹，王河明白它不久前做过什么了，一把将它攥在手心，紧紧捏着，任凭刺痛一点一点深入。

"好了，诸位，就此别过。"冯进马转身要走。

"冯先生，无论您去哪儿，我和何芫都会跟着，请您不要拒绝。"何芷声音不大，谁都听得出她的坚决。

王河不知道何芷、何芫与冯进马的关系，可他如同熟悉一切地觉得，她俩的提议和冯进马的接受都是理所当然。

但冯进马默了默，给出的回答还是不太一样，"何芫跟着我。何芷，辛苦你照管公司的一应事务。交易撤销，交易衍生的需要继续，对吗？"

"谢谢您，冯先生。"灰衣人应声，再次鞠躬致谢，"请等一等，最后有个问题。"

"请讲。"

"您现在其实不赞成交易，对吗？那您为什么要答应我的条件，而且，您也不阻止王河先生与我交易？"

"交易之前，我不知道会不会赞成。交易之后，赞不赞成已不重要。重要的是，承担交易的结果。你承担你那份，我承担我那份，王河先生——王河先生承担他那一份。"说这话时，冯进马微微抬起头，似乎在寻找什么，最后，他循着天花板上的灯而站定，尽管不是那么明显，他的影子也动了动，仿佛也望定了灯，或者灯的影子。

"我怕你们承担不了。"灰衣人说。

"那是我们自己的事。"说完，冯进马在何芷、何芫的搀扶下，从那道黑色如口的门走出去。

灰衣人向着冯进马离去的方向而立，沉默不语。良久，他才转过来，向着王河。王河意识到接下来将要发生什么，连忙将戒指戴在左手中指。

"王河先生，现在开始我们的交易。"

灰衣人的语气也许和之前一样，平静中带着冷漠，但王河总觉得其中有嘲讽，不过他并不在意。现在，王河的注意力在桌上的那个布袋子上。

"那就是那个袋子？彼得·史勒密尔的袋子？"

"是那个袋子，在那个故事里是彼得·史勒密尔的，在这个故事里是冯先生的。很快，它就会在您的故事里，成为您的。"灰衣人走过去，拿起袋子。

"里面真的可以源源不断地取出金币？"

"如果取出金币，岂不是太胶柱鼓瑟了？"灰衣人似乎笑了笑，随后，他左手持袋，右手探入其中。

等灰衣人的右手从袋中出来时，手里拿着那种刚从银行取出、用纸带捆好的一沓钱，放在桌子上。灰衣人留了点时间，让王河明白他在做什么，然后又从布袋里拿出一沓钱。就这样一沓一沓的钱拿出来，码放在桌子上，很快码成一大堆，大到远远超过袋子装得下的。在这样赤裸裸的视觉冲击还没有从王河眼前消失时，灰衣人张开布口袋，靠近桌子，左手拿着袋子，右手一扫，所有的钱又落了进去。

灰衣人拍了拍袋子，让王河明白里面什么都没有，把它放在桌子上。

"王河先生，您看，没有什么事情是您事先不知道的。"

"原来是这样。"王河喃喃道，一切都亲眼所见，但他仍旧难以置信。不，仍旧难以相信和他有关。

"好了。现在开始我们的交易吧。如果您认为有必要，指定一个账户，马上查询，您需要的钱将立即到账。"

"等一等。"王河忽然醒过来似的，语气坚决。

"怎么？"灰衣人并不吃惊。

"我有一个新的提议。"

"请讲。"

"咱们的交易不妨彻底。我可以答应你，我的影子从交易完成的那一刻起，完全属于你，始终属于你。"

"哦？您的条件是什么？"

"我的条件是，您以这个袋子和所有的一切，协助我成为最伟大的戏剧导演，以我的戏剧抵达人类的最高境地，甚至抵达你们的最高境地。"王河的语气不容拒绝。

灰衣人等了一会儿，似乎在等王河的语气在空气中变淡，这才接着说："王河先生，我喜欢您这个提议，但是必须申明，究竟能到哪里，是由您决定的。启动交易之前，我最后也有个问题问您，您知道您的条件意味着什么吗？交易完成后，您再也不可能见到您的影子，即使在您告别这个世界的时候。当然，像冯先生那样的修正机会，更是想都不要想。"

"我这样选，就是不想给自己留出可能，去设想那样的机会。"

灰衣人发出了一阵类似于笑的声音，过了好一会儿，才又问："那好。再多问一句，您依据冯先生的行为来调整自己的选择，实质上不就成了冯先生的影子吗？"

王河笑起来，长串的抑制不住地笑，将要失控的那一刻，他忽然收住，"那样不正好吗？没有影子的人成了别人的影子。"

"我喜欢您的幽默。"灰衣人说着，挺了挺本就挺拔的身躯，严肃以待，"王河先生，您是我理想的交易对象，如您所愿。"

说完，灰衣人上前两步，走到王河身边。他从衣兜里拿出一把有点斑驳，难以辨认其材质究竟是竹、是木，还是玉石的裁纸刀，蹲下来，刀锋贴着王河的脚割下去，再沿着这条线在地板上将王河影子的轮廓走了一遍，动作坚决而温柔，一道多余的划痕都没有。走完轮廓线之后，灰衣人收起刀子，蹲在影子的腰部，双手冲上，食指、中指、无名指和尾指探到影子的下面，再与拇指相扣，像是揭起一层薄膜，小心翼翼地把影子从地上拾起来。在影子脱离地面的一刹那，王河清楚看见从它的边缘开始，黑色的、如同光的波动向内聚拢，在影子的中心点汇合又迅速散开，回到生出的边缘，以确定它与其刚刚脱离的世界之边界。原本影子覆盖的那一部分地板，也在一晃之下，变得与别的部分完全一样，没有留下任何痕迹，仿佛从来如此。

现在，影子边缘清晰，没有一点毛糙，像一张薄薄的但是饱满、密实的画被灰衣人双手持着。但灰衣人并没有折叠九次，将人形的影子折成小小的四四方方的一块，他更没有从衣兜里掏出那个小小的皮袋，把影子放进去，系好皮袋的口子。都没有，灰衣人双手松开，他拾起来的影子就立住了。

灰衣人向后退三步，冲着影子鞠了一躬。影子坦然受之，然后转过来，冲王河鞠了一躬，再转过去，冲影子回了礼。施礼完毕，影子迈步向灰衣人走去，说"走"并不准确，但比之于"飘""移动"等词语，还是"走"更为贴切。就在撞上灰衣人的瞬间，影子忽然消失，不是被击碎、被吞并，而是融入了灰衣人的身体。

在影子融入灰衣人的那个瞬间，王河看到灰衣人的帽兜鼓胀，露出他常年被帽兜遮住的大半张脸，那是一张比普通人更线条分明的脸，和他的衣服和他平常能被人见到的部分面孔一样的灰色。那双眼睛也是灰色的，灰色里面是浩瀚的沙海一样的灰。帽兜的鼓胀只持续了那么一瞬间，就再度落下去。

等一切都平静时，灰衣人的衣服似乎比之前黑了一点，黑了一个影子那一点。

然后，灰衣人整理了一下衣衫，对王河鞠躬致意，他说："先生，为您效劳！"

幕

空间的开始，全是蓝色气球。

啪的一声，小小的爆裂。一个气球裂成碎片，空间有了空隙，空隙里有一只拍翅盘旋的棕朱雀。"喳""喳——啾"，两声啼叫，棕朱雀向另一个气球伸出尖喙。"啪"——"喳""喳——啾""喳"……"啪""啪""啪""啪"……声响交替。静下来时，所有气球被啄开，碎片上浮，敷衍成蓝天，下面是白色的、无边际的大地。

地上，站着灰衣人、本尊和独立的影子，他们的距离恰好，互有关联，互不打扰。

棕朱雀飞在三者之间，不知第多少遍，地上有了另一只飞行的鸟，漆黑、密实，与它同步。棕朱雀落下，地上的鸟停住，四脚相抵。它试探着，向地上的鸟影伸出喙去，对方也伸出喙，两相触碰，迅疾缩回。棕朱雀跳跃着，转起圈来，影子也跳跃也转圈。它停下，它也停下。棕朱雀恼怒起来，"喳""喳""喳""喳""喳——啾"，一阵急促的短音，再跟从一次婉转。收声后，它猛力地连续向鸟影啄去。啄过某个界限时，不是爆裂，是气球漏气的嘶嘶，眼见得鸟影也被放气一般，越来越小。

当鸟影从一个黑点向空无跃迁的那一下，原本站在原地，越见局促的棕朱雀随之倏然，没了影踪。

第五部　构造

1. 末尾

主仆二人上路三年，终于打探到灰衣人的确切消息。

一路行来，男人多数时候待在马车里，由着仆人驾车赶路，沿途问询，也由着仆人安排住宿与饮食，可他还是反复叮嘱，尽量挑阴沉的、太阳不会露面的时候出发，雨雪天气也没有问题。

"你知道我现在这样，让人看见总归不好，就算别人不把咱们当成怪物驱赶、围攻，哪怕看上一眼，受到惊吓，也是造了一份罪孽。"男人一边咳嗽一边说。

仆人自然点点头，听从主人的安排。如此一来，不少时日都得在马车或者客栈里歇着，毕竟世界不太平，不敢真正昼伏夜行。行程因此搞得零零碎碎，走的路程远比出门时想象的少不说，因为歇息的耽误，还让听到的有关灰衣人的零星消息变得无法证实——常常，他们从某人嘴里听到消息再出发时，几个时辰甚至几天已经过去，不要说灰衣人的影踪，就是消息的源头都无可稽查，无处探寻了。

唯一可以宽慰仆人的是，所有走过的地方，当地有名的大夫乃至巫师，对男人的病症表示不解之余，都会笃定地说，他在世的日子还很长。这不算特别好的消息，可已经是上路后能听到的最好的。

这一天，本来是理想的天气，无风无雨也无太阳，地上看不到影子，身上凉爽适宜，男人难得地从车里出来，坐在仆人旁边。主仆二人赶着马车，上了一条望不到尽头的平坦大道，看着道路两旁绵延不绝的灌木与成片的绿草，看着夹杂在绿草间大小有异、颜色不一的花朵，听着马蹄踏在地上、车轮碾过泥土这两样都很踏实的声音，禁不住想这样尽可能走得远一些，就算一直走下去也无妨。

过了正午，天象忽然变了。狂风从远处刮过来，从地上刮到天上，刮得天上的云从暗灰变成乌黑，闪电不时在云隙掠过，随后而来的雷声则排阵般碾过整片天空。男人刚来得及回到车厢坐下，豆大的雨点就洒了下来，打在车篷顶上啪啪作响，继而落在灌木、绿草上，迅速密实地连成一片。

开始，雨打在马身上，还能让马一激灵，精神一振，跑得更加欢实。仆人也随着马的奔跑，被雨水浇得兴奋地大喊大叫。不一会儿，雨水如注不绝，不光遮挡前方的视线，打在身上的力道之密之沉，也让一人一马受不了。但前不着村后不挨店，只好在迅速泥泞起来的路上跌跌撞撞，依着目力所见往前。

"喂——喂——"似乎有人的声音传来，仆人探出身子，也看不清究竟，只右前方不太远处仿佛有一片成排的房屋，他下了下狠心，抽了马两鞭子，加速赶过去。

是一片简易棚子，搭成了几个圆形，圆心和圆周各用并不算粗壮的木柱撑着，再横着用细木与各种树枝搭出半径，半径上是秋季就地割取的枯黄的草。草搭得很厚，仍旧避免不了雨水浸下来，在不同地方滴滴答答成点成线地落在地上。确实是一个男人在叫他们，那个男人此刻坐在一匹黑马背上，手里持着长长的鞭子，在他周围，十来个草棚下，挨挨挤挤着上百匹颜色不同但皮毛都如丝绸般闪亮的马。那些马甩着喷鼻，嘴里空嚼着，眼神里闪耀着止不住的好奇。

"喂——这么大的雨，干吗那么着急赶路？歇一歇。"男人跳下马背，接过仆人手里的缰绳，找了根柱子，把柱子下的马往旁边赶了赶，系上。

"我是赶马的，这些马——"他随便挥了挥手右手，意思是，反正你也看见了，"都长大了，要赶到东边去，交给将军，有了这批马，将军说不定就能彻底剿除那帮流寇。"

"我们正好往西边去。"仆人想了想，回身把主人从车厢里请出来，主仆二人在车厢旁边站着。

赶马人和男人行了见面礼，打量了男人两眼，眼中闪出马群那样的好奇，"这位先生的身体看起来不是很妙啊。"

"什么？"仆人有点惊讶，他没料到赶马人这么直接，他还有点害怕——要是对方说得没错，主人的身体状况显然恶化得严重，自己天天跟着，反而没有发现。

"没什么，"男人摆了摆手，"都是老毛病了，没什么大碍……"

话没说完，一阵剧烈的咳嗽袭来，男人咳弯了腰都没法止住，最后还是体内的气全部咳出，再也无力继续，才停下。停下的时候，听得见男人的喉咙咯咯作响，仿佛随时都可能气绝身亡。

赶马人和仆人看着男人的脸色从苍白慢慢恢复一些血色，听着空气缓缓注入他的胸腔，整个人从撕裂、破碎状态恢复一点人形。赶马人一脸同情，仆人则完全被吓傻。

"先生，先生，您怎么啦？早上出门时还没有这么严重。"仆人吓得快要哭出来。

"没什么，可能雨下得太大、太快，身体要适应一下空气的变化，一会儿就没事了。"男人抚着胸口，安慰道。

"先生，不要担忧，我给您介绍一位神人，他要是动了恻隐之心，能给您看看，开出几味药来，包管您好一大半，药到病除也说不定。"赶马人收起同情，郑重其事地说。

"不必了，我们一路上没少劳烦他人，奇人异士也见了几位，为了微末之躯，不断打扰他人，总是不应该。还是尽快把正事办了为要，这样我也就别无牵挂了。"男人说完，偏过头，望着草棚外连成线的雨水出神。

"不算打扰——"赶马人说，神色有些羞赧有些紧张，"我也说不好。我和那位神人没有任何关系，说是'介绍'，也不过是告诉二位，有关他的一些情况，至于能不能找到，找到之后他是否愿意为先生治病，这不是我能知道的，只能看二位的缘分，看先生的福分。"

这番话激起了仆人的兴趣，毋宁说，激起了他的希望，他出语哀切："先生，咱们就去看看吧。不强求，就照这位老哥说的，看看缘分。我相信您的福分，这么多年，您做了那么多，也应该有点福分，俗话说，好人有好报。"

男人回头看了仆人一眼，仆人马上停止唠叨。男人冲赶马人拱了拱手，"老兄，不知道您所言的神人，是什么来头，施行过什么奇迹？听老兄的言谈，像是走南闯北，见多识广，能让您这么折服，甚至畏惧，想必不是普通人。"

"说是神人，我也不知道究竟神奇在什么地方。我们几个赶马、放羊的，每年都有几个月，会聚在一片草原上，看守着自己的马和羊，在一起胡吹海聊。大概五年前，不知道从什么地方来了一个人，他在草原中间的一座矮山上住下来，也不和人说话，也不见他吃饭，整天都在矮山上那棵树下坐着，不像是在打磨什么，也不像是在修炼，就那么坐着，一言不发。"

"这不算什么啊——"仆人忍不住插嘴。

"是呀，我们也算是见过世面的，这样的人谁没见过几个呢。有见过吐火的，有见过吃铁的，还有见过能在大蛇肚子里睡三天三夜，能一口气把一座湖吸光的，所以，开始我们都没有拿他当回事，不过是各干各的，我们放自己的马和羊，他发他自己的呆，谁都不打扰谁。"

赶马人老实承认仆人说得对，这让主仆二人兴致陡然上升，他们知道这些铺垫之后才是赶马人真正想说的。

"我第一次感到那个人有些神奇的那天也是大雨，"赶马人伸手到棚子外面，让雨水冲刷了一会儿手掌，才收回来，"比现在还要大，我离棚子有点远，没办法，只好到矮山上去避避。等我走到那棵树下，看他仍旧坐那儿，身上一点湿气都没有。我开始以为是树的枝叶茂密，挡住了雨，可是雨水很快落到我身上。我

　　　　　　　　　　　　　　　　　灰 衣 简 史

这才留意查看，是他身上那件衣服的作用，树上也有雨水往下滴，可是隔着衣服半米左右，就像遇到了遮挡，不再往里进去，而是趁势落在地上，而且乖乖地向远离他的方向流去。

"我这才想起，从他来到那儿，始终都是那一身灰色的衣服，可那衣服居然始终如新，没有褶皱，没有破口，连灰尘都没沾染上。原来，衣服能把其他东西都挡在一定距离之外。想到这儿，要不是怕他发作，我真想捡起一块石头扔过去，看看是不是也能被衣服挡住，无法近身。当然，这是多此一举，挡得住雨、灰尘和阳光的衣服，怎么可能挡不住一块石头呢？也是因为这件衣服，我相信他的神奇。其他吐火什么的，都不过是幻术，只有把神奇的力量施加到外在物体上且数年如一日，才算真正的神奇。"赶马人住了嘴，喘了两口气，仿佛讲述是件重活。

男仆刚听了两句就着急起来，等赶马人停下，就要开口，但男人看他一眼，用眼神制止住他。

赶马人没有留意主仆二人的交流，自顾自说着："见识了他神奇的衣服后，我多了个心眼，想看看他还有什么别的本领。结果不管是我有意去树下，还是他极其偶然从树下出来，在草原上转上几圈，什么都没发现。一个月圆之夜，我终于忍不住，趁大家伙睡着，摸了过去，我远远地就趴在草丛里，以极慢的、像是微风吹过草尖的速度向他爬去。爬到近前，开始没有发现什么异常，静下心来细看，我才吓了一跳。你们猜怎么着？"

赶马人卖个关子，马上就接下去，"那个人居然有两个影子。"

这次仆人迅速看了一眼他的主人，果然，男人的脸色瞬间变得苍白，然后从白里透出一阵阵病态的红，要不是自己意识到拿手捂住嘴，估计又得一通猛咳。

"怎么会有两个影子？"仆人不顾主人示意，以盖过雨声的声音问道。

"确确实实是两个。"赶马人正等着有人问，一问之下，脸上的迷醉、得意与一点点惊惶，分明得很，"我也不相信，以为自己眼花，使劲闭了闭眼，安静地等了好一会儿，才又睁开。是两个没错，一个影子顺着月亮照过来的方向，跟在那个人身后，另一个则在他前面。这两个影子都有些奇怪，跟在身后的那个特别密，颜色偏灰，和他身上的衣服相仿，简直可以说是用做衣服的布料缝制的，在他前面的影子呢，姿势和动作都有点僵硬，和他的身形、动作并不能保持完全一致，尽管只是影子，却又给人坐着在和他聊天的感觉。我看了一会儿，实在摸不清什么状况，又怕他发现我，对我不利，就和去的时候一样，慢慢地溜走了。"

主仆二人听完，都久久没有作声，但他们脸上的激动却再也掩饰不住。

"老哥，你说的那个人，那个神奇的人，他在什么地方？"仆人替他的主人也替他自己问出来。

"顺着这条道往前，走上好一阵，就能看见一大片草原，不是一整片平原，有不少高低起伏的小山，你找到中间那座，山顶有棵大树，他肯定还在树下。"说到这里，赶马人的脸色和语气都有点歉然，"我只是觉得他的能耐和我们常见的那些神神仙仙不一样，如果他肯花心思，愿意帮忙，肯定能帮你迅速痊愈。可他究竟帮不帮忙，愿意帮到什么地步，我也没把握。"

"欸——欸——你们着什么急啊？等雨停了再走不迟。"赶马人看仆人扶着男人进了车厢，自己解开缰绳，坐上驾驶的位置，出言相劝，不过男人又一串强行抑制住的咳嗽让他住嘴，他摇了摇头，"祝你们好运！"

还没有走到那座小山，雨就停了。草原的那头还升起两道彩虹，交错着搭在那里，夕阳也返照回来，让主仆二人眼前刚刚被大雨清洗过的世界新鲜、饱满。

"先生，您再耐心等一会儿，太阳下山之后，咱们往上走。"马车赶到那座赶马人说的小山脚下后，仆人下了车，对车厢里的男人说。

"不等了，这儿没谁会看见我，趁天还亮着上山，也方便得多。"男人说着，抓住仆人的手，下了车。

上山的路比仆人预想的要好，不久前的大雨并没有把路冲坏，甚至没有冲得泥泞，他们脚下所踩的要么是久被人行走、铺垫出来的石子路，要么是有点滑却很是结实的黄土路。也有几段路只能从草丛里走过，仆人只需要扶住男人，不让他摔倒，同时两人都注意高抬脚，落脚也尽可能直接点，以免草上的雨水弄湿鞋子

灰衣简史

和裤子就行。不过这山远比他们想象的要复杂，比看起来高还好说，麻烦的是有几个起伏，需要先下到沟里再爬上坡。这并不难，却很耗费时间。当他们终于爬完沟坎，山顶在望，连那棵树都影影绰绰可见时，太阳早已落山，晚霞也已退去，只有一轮硕大圆满、辉光遍洒的月亮悬在幽蓝夜空。

男人望着那棵树的方向，重重喘息两口，忽然像是被重新注入力量，抬脚跑起来。仆人惊讶又紧张，急忙跟上，可总是落后那几步。

树也比想象中还要大，它像是折断后新生的，在两人多高的地方，从三人合围的主干上又长出来三个各有一抱粗的树身，各自向上长了五人多高，迅速把枝叶变小变密，向四周分散开去。因而树下遮蔽的面积足抵一座大房子。树叶绿得发黑，密得难以透过光亮，可因为月亮还在半空，月光是斜斜照来，暂时还没有在树下留下多少光线不到的地方。

他们要找的人就在树下，坐在那儿，没有采用任何男仆熟知或听人说起过的坐姿，就是那样坐着，仿佛赶路的人累了，随便找个地方坐下休息，随时都可能起身离开。他还是那一身灰色的衣服，从头到脚，把整个人包裹得很是严密，他的头也还是抬着，专注地盯着某个令他出神的地方，像在看月亮又像在聆听什么。

男人走过去，走到离灰衣人几个身位的地方，站住。他盯着灰衣人，同样专注而出神，似乎并不想打扰。他们说话之前，仆人看清楚了他们身后那棵大树是枫树，灰衣人屁股下面，坐着的是另一个树墩，仆人不清楚那是不是另一棵枫树遗留下来的。

"先生，您来了。"灰衣人忽然回过神来，看着男人说道，说完他站起来，往旁边让了让，"您请坐。"

男人没有谦让，他走过去——仆人发现他的步履越来越缓慢、沉重，每挪一步都要凝聚浑身的力气——坐在树墩上，坐下的瞬间，他的整个身体都垮塌了，仿佛以往捆缚维系他身体的那根草绳，随着坐下而松弛，而掉落。但垮塌的身体仍未能躲过咳嗽的袭击，他刚一坐下，胸腔内的报复机制就受命启动，并且拉来身体的各个部分做同盟，使得他的咳嗽无比惨烈又无比空洞。

"先生，您这样还赶过来，何苦？"灰衣人等男人咳至无力，不得不熄灭停止，问道。

"有个问题，想请教——您以前的那些交易者，在他们告别人世之际，在他们死之前，您会出现吗？"男人好不容易挤出一句话，不过说完，他又好了一点，勉强可以正正身形，声音也有了点实质。

"先生，我得说句实话，此前并不是我自己交易——不，也不是我和别人，反正就不是完全由我决定——那时候只需要得到影子就行，现在，我自己操作这件事，我想有些规则，尽量遵守。您说得没错，我是想过，从今往后，在你们死前，我会出现的，看看有没有什么异常的、有碍交易的情况发生。"

"您交易是为了什么？"男人这时候可以专注地注视着灰衣人了，谁都看得出来，这是他强提着的最后一口气。

"先生，尽管您是我自己操作后的第一个对象，我为什么交易还是没有义务告诉您，它完全不在咱们的交易内。"灰衣人的语气开始变得冷淡，拒绝意味明显。

"哦——"男子停了停，"那您能不能告诉我，您为什么会有两个影子？如果其中有什么疑难，说不定我可以参谋参谋。”

听了这话，灰衣人难得地垂下头，过了好一会儿，才又抬起，"是有两个影子，但没有一个是我的。不，准确说，只有一个影子，另一个是我自己。"

自从知道主人把影子卖给灰衣人，仅有那么几次见到灰衣人，仆人都没想起往灰衣人脚下看，他天然以为他必然有影子。现在仆人明白，他以前是不敢往那儿看，怕想起主人的伤心事，怕看见"两个影子"或者其他诡异的事；现在，仆人放胆往灰衣人脚下看过去——那儿果然空荡荡的，和他的主人相仿佛，但又有什么不一样。是了，主人的身边没有影子，但会给人空缺的感觉，就像是地面上被剜去了一层透明之物，而没有影子的灰衣人，身边无论是地面上还是空气里，都没有空缺的感觉，似乎他就应该如此。

但现在，灰衣人的脚下有东西正在生长，不，说生长并不准确，那像是有东西从他身上流淌下来，在地上漫开去。确实是漫开去，那一团黏稠之物从灰衣人的脚下出发，贴着他脚下所及的

灰衣简史

土地，不管地面是否平坦，也不在意那里是否有青草、树枝还是石子，一律覆盖过去，很快成了月光斜射过来，应该形成的影子的模样。"影子"的方位和月光照射过来的位置还有点出入，不过灰衣人或者"影子"对此是自知的，"影子"稍稍往旁边移了移，男仆就再也辨认不出他的位置有什么不对了。当然，要是细看，还是分明，"影子"是灰色的，深度并不够。

"您看，这是我自己的'影子'，是我身体里的一部分变化出来的。"灰衣人似乎苦笑了一下，他右手插入衣兜，从里面拿出一个黑色的小皮袋，左手从里面拿出一个东西，往地上一扔，那个比现在的男人要健壮得多，但有着某种神似的影子在那里了。他像是躺在地上，又像是站在他们面前，也可以说，是坐在他们旁边。

"这曾经是您的影子，现在是我的了。"灰衣人说。

"不，他还不是你的，只能说，他归你保管。保管并不意味着拥有，就算意味着拥有，也不是你那个层面上的'你的'。"男人又是一通咳嗽，给出了一番论证或者反驳。很难从他的声音里听出愧疚、难过，不过从他刻意避开影子的方向，可以知道，他的情绪并没有那么平静。

灰衣人沉吟了一会儿，似乎在斟酌词语，又似乎在酌定分寸，"先生，您赶过来不是只为和我说这番话吧？如果您是想看看他，您看到了。如果您还有别的想法，我提醒您，尊重咱们的约定。"

"你误会了。我来只是想知道，你会对影子做什么，是我把他交给你的，不管你做什么，我都无权干涉，但我还是想知道，无非求个心安。但现在我知道了——但我要告诉你，你的想法不可能——"

"为什么？"灰衣人的不解多过愤怒。

"很显然，只有你自己的影子，你身体的一部分成为你的影子，才真正是你的，才可能和真的影子一样。你想把别人的影子，我的也好，别人的也罢，驯养、驯服成你的，都是白费心力。"

灰衣人抬头看看月亮，看看脚下自己变出的"影子"，"影子"的动作慢了半拍，他看过去时才停止抬头看月亮的动作。灰衣人指了指慢半拍的"影子"，"我明白您的意思，我这个'影子'并不差，他只是需要更灵敏，颜色的变化更自如。可是，先生，您为什么要告诉我这个，要点化我？"

"不为什么，只是看到你需要，只是你需要的我明白……"话没说完，男人咳嗽起来，这一次并不猛烈，但咳嗽声就像泡沫一样，从他的胸腔不断涌起，不断涌到他嘴边，不等膨大就破碎。

"您知道吗？！我家主人赈灾完毕就催着我上路了，我们在路上走了三年，才找到您。我之前不知道他为什么要找您，现在我知道了，我觉得不值。"仆人急忙赶过去，扶住要从树墩上出溜下来的男人，他终于忍不住，对灰衣人吼起来。

"您真是太好了。先生，我几乎都要后悔当初和您做交易了，但是，想到我一独自操作就遇上您这样的好人、义人，我很为自己的判断骄傲，想到您教会我的东西，我又是多么庆幸自己耐心等待，促成了这次交易。"

灰衣人喃喃自语，男人的气息越来越微弱，但他的眼睛还是睁着，还在盯着灰衣人。

"您放心，我领您的情，但我不想欠您的情。我向您承诺——"

灰衣人说完，冲原本属于男人现在归他所有的那个影子挥了挥手，那影子一动不动却从身上剥离出来一个似有若无的轮廓。灰衣人指着那个轮廓，"我承诺，每个影子身上独属于人的这一部分，都可以在影子原来的主人去世的瞬间，回归本尊。除非，他的主人在我的询问中，将它再次交给我。现在，让他回到您的身上吧，您给了我很好的建议，这算是我的回报或者报酬。"

灰衣人说完，没有任何动作，那个轮廓就向树墩上仆人怀里的男人走去。

在轮廓纵身向男人扑去，融入他身体的瞬间，男人用尽最后一丝力气对灰衣人说了一句话，说完，他就溘然长逝。

"不要躲起来，要和把影子交给你的人一起，经历人世。"男人说。

2. 降序

十二岁的男孩爬上石榴树，双腿夹住最粗的那根树枝，左手抓住邻近树枝上的一根枝条，将它拽过来。枝条上挨他最近的，就是他在树下观望很多天的那个石榴，也是他这次爬上来的目标。那个石榴足足有他四个拳头那么大，半藏半露地挂在树叶间，让人心痒。他天天都仰起脖子，看它又红了多少，好不容易盼到它红透，迫不及待地爬上来。现在，他的右手也伸过去，要将它摘下。

且慢，他忽然发现那个石榴还有一侧，就是平常被树叶挡住那一侧并没有红透，还有一点发青。这并不会怎么影响口感，大不了红透的地方撕去皮，把那些玛瑙一样的石榴籽放进嘴里，吮干净它们的汁水与肉，等把它们都吃完，最后再吃果皮没有红透的这部分。那时，嘴巴和舌头早已在之前的吮吸中陶醉、发麻，脱去辨别那细微差别的敏感，就算能辨别出来，它们多半还会因为那一点点发涩，而觉得特别有滋味。这是他早就有的经验，不足为虑。

可男孩还是犹豫了。毕竟从今年挂果起，他一眼就看中这一个，每天都会来后院看上几遍，也等了这么多天。要是留下遗憾，绝不会仅仅停留在唇齿间，而会长久横在记忆里，让他一想起就难受。那就再等几天吧，反正它也就在树上等着。打定主意，男孩放过那个石榴。放过它，他的目光也就落在别的石榴上。在它旁边一根枝条上，挂着一个不到它三分之一大小的石榴，皮又薄又红。他小心翼翼地将手里的枝条送回原来的位置，去抓挂着小石榴的那根枝条，忽然咚的一声巨响，紧接着哐当两声，吓了他一跳。

从石榴树上望去，隐约见到院门被砸开，一个高大的男人迈步进来，他身后跟着两个更加高大的男人。三个人根本不搭理迎上前去的仆人，径直往里闯。想起父亲这次出海归来整日皱着眉头，以为他看不见时，总和母亲唉声叹气，男孩心里忽然一阵乱跳，急忙从树上下来，向前厅跑去。

离得还有一段距离，就听见一个人冷笑，他下意识地伏下身子，蹑手蹑脚地走到窗户边，侧耳细听。

"说好了今日还，太阳到了正中，连半块金币都没见着。莫非你是铁了心，想要赖账不成？"这声音倒不凶恶，只是很冷，听了两句就让男孩发颤。

"大公子说笑了，欠债还钱，天经地义。再说，当初贵号愿意借我，让我有翻身机会，我感激不尽，怎么会有赖账的想法？"
是父亲的声音，只不过早没了往日面对自己的威严，有的只是一
副讨饶的腔调。

男孩慢慢直起半个身子，从窗户的缝隙看进去，那个走在前
面的高大男人正坐在往常独属于父亲的那把椅子上，另外两个男
人则站在他身后，他们手里都拿着一把大锤。父亲站在男人的下
首，弯着腰，赔着笑，母亲则站在父亲身后，低着头。他正看着，
母亲忽然抬手，手里的绢帕拭了拭将要流出的眼泪。

"没有这个想法就好。"那个被父亲称为"大公子"的男人说，
可他的语气仍旧冷得让人畏惧，"不过呢，总归是要还上钱才行。"

"不是我不愿还钱，实在无力偿还。这次风波险恶，前面的
四次我们都躲过了，第五次再也没法躲开。船翻货倾不说，还死
了三个伙计，到现在，我也只能出一点安葬费，连抚恤遗属，照
顾老人小孩的钱都没筹着。"父亲一直弯着腰，赔着笑，说到这里，
转身对母亲喝道，"别在这里哭。去给大公子和这两位弄些喝的
过来！"

母亲应声转身走了出来，男孩急忙转过一个墙角，绕到另一扇窗户下。这边只能看到大公子的背影，不过声音更为清楚。

"不瞒大公子说，侥幸逃得一条命回来，我就找人估价了这个宅院和我所有的买卖，加起来也不到四百个金币，偿还三百金币的本金倒还可以，两百金币的利却无论如何也还不上。"父亲说。

大公子腾地站起来，"哟——你什么意思？你是说我们利太高？别忘了，一年前是你找上来，要死要活地非要借三百个金币，说是加上自己的七百个，足够买下整整一大船货，运到东方去，再回来，一年时间就能赚上一千。当时我们还劝你发财要一步步来，太贪容易出事，你不听。现在跟我说这些？"

"不是，不是，大公子，我绝对没那意思。我只是陈述一下实情，恳请宽限些时日，哪怕先让我把本金还上，利金暂且记下，这样我也有个缓冲，才有机会还得上。"

"这样吧，我也不跟你啰唆。按照约定来，今晚结束前，你把五百金币还上也就算了，还不上，就等着生不如死吧。你刚刚不是说，宅院和买卖加起来也不到四百吗？我出个主意，你把老婆、孩子、仆人还有你自己，都卖出去，终身为奴——这样就差不多了。"

大公子起身离开，走两步，又停住，"为了让你长个记性，我这趟不能白来。你俩，看什么不顺眼，砸个十件八件的，让我听个响儿。"

乒乒乓乓、稀里哗啦的声响中，男孩离开前厅，往后院走去。终身为奴是什么概念，他还不是特别清楚，但肯定就和他家里的仆人一样，不是什么事都能依着自己了。想摘哪个石榴，什么时候摘，都得听别人的。想到这，他决定，不管了，至少要先把那个石榴摘下来，吃了它。说不定，到晚上，这座院子，这棵石榴树，都不属于他了。连他，都多半不再属于自己。

跑到后院，那个石榴已经摘了下来，就摆在石榴树旁边的石凳上。石榴树下，还有个人在忙活着。

"你是谁？你在干吗？"男孩壮了壮胆，大声问道。

那个人停下来，直起腰，转过身。是个一身灰色衣服的人，个子和刚才那个"大公子"差不多，但瘦了不少。也不知道是怕晒还是怕丑，反正衣服从上到下将他遮了个严严实实，连脸都被帽兜遮住了，能看见的也就是影影绰绰的下巴和脖子，可它们也是灰色的。可能他的肤色就是这样，也可能下巴和脖子另有穿戴。

"我找到一个宝贝，你来看。"灰衣人说。

男孩好奇心起，走过去。灰衣人刚刚挪开的一块石头下面，拂去一层浮土，露出一块石板。掀开石板，露出一个圆形的小口。在灰衣人指挥下，男孩小心翼翼地拿开周边的石块，扒拉开堆积的土壤，将那个圆口下面的物件搬了出来。那是一个灰色的细口坛子，坛子身上用线条刻着几条鱼。

"坛子里有五百个金币。"灰衣人说。

男孩无法相信，因为坛子很轻，他抱在手里也没有响动，但他还是抱着坛子的腰身，倾斜再倒立，一个金币都没有。

"你骗人，里面什么都没有。"男孩说。说完，他有点难过，刚才他真的希望里面能有五百个金币。

"不要着急。"灰衣人说着，从衣兜里拿出一个布口袋，他伸手从口袋里拿出一枚光芒灿亮的金币，扔进坛子里。"现在，里面是不是有了金币？"

"那也只有一个。"

灰衣人又拿出一个放进去，"现在呢？"

说完，他接连拿出五枚金币放进去，这下每个金币落底，都能听见或大或小的叮当声，"现在呢？"

"现在是七个。"男孩紧紧地盯着灰衣人手里的口袋，他再次相信，坛子里会有五百个金币的，只要灰衣人像这样往里再放上一会儿。

放到两百个的时候，灰衣人不顾男孩祈求的眼神，停了下来，他问："你想不想要这个坛子？"

男孩急忙点点头。

"那你想不想要这个袋子？"

男孩想了想，摇摇头，"我妈告诉我，不能随便要别人的东西，尤其不能不清不楚地要别人的东西。坛子里有多少个金币，我清楚，这样我知道将来该还你多少。袋子里会有多少，我不知道。"

"我不白给你。你给我一样东西就行，袋子和坛子都给你。

你要是不放心，我还可以先把坛子装满五百个金币。"

男孩又想了想，咬咬嘴唇说："你要什么？"

"我要你的影子。"灰衣人指了指石榴树旁边，男孩那稚气的影子，"你看，你自己根本用不上影子，把它给我，袋子和坛子都归你。"

男孩再次摇摇头，"不行，我不能给你我的影子。谁说我用不上？每天晚上睡觉前，我都会和我的影子说话，它可以变成天鹅、牛、老虎、螃蟹，还可以变成一棵树，我需要它是什么它就是什么，和我说话，看着我睡着。"

说话的时候，男孩身体扭来扭去，尤其是两只手和十根手指不停地变化、组合，地上的影子也相应变成他口中说的样子。

"我妈还告诉我，一样东西，我自己没法给它定价，却始终离不开时，它就是我的无价之宝，任何情况下都不能卖掉。影子就是我的无价之宝，哪怕将来——哪怕将来我终身为奴——影子在，我也还能和他说话。所以，我不能给你我的影子，换坛子不行，换袋子不行，换坛子加袋子，也不行。"

听完男孩的话，灰衣人不再说什么，他继续从袋子里掏出金币，在叮叮当当的声响里，放进坛子。当第五百枚金币放进去后，他停下来，把袋子放进衣兜，拿起那个石榴交给男孩。

"这个坛子送给你。记住，我还会再来找你。"

六年后，小男孩长成了青年，他是在把神医送到家，往回走时碰见灰衣人的。说碰见并不准确，灰衣人显然是特意等他。

是在酒馆的前面，青年快到时，已经有三三两两的客人从里面出来，他们的步履都有几分踉跄，说话也比平时高声了些——这不足为奇，从家里到学徒的师傅家，必须经过这家酒馆，这样跌跌撞撞、喧哗不已的人，他每天都会见着几拨，有时候碰见熟人在其中，他还会上前搀扶一下，有时候也会等等让他们先走，或者低下头，急匆匆走过去——因此，看见一个人摇摇晃晃往这边来，他也没什么奇怪的，只想着赶紧回家，别让妈妈担心。

就在他低着头从那个摇晃的人身边经过时，那个人却抓住他的左肩。

"先生，您没事吧？需要我把您送回家吗？如果没事，请您松手，我着急赶回去。"青年礼貌地抓住那个人靠近手腕的衣袖，以便迅速判断是拉开他的手，还是抓住它。那衣服的质地很奇怪，极其细密，却又微微发凉，抓在手里很舒服。

"我没事，让我跟您回家，帮您解决眼前的烦恼。"那个人说着，松开青年的左肩。

青年没有从那个人身上察觉丝毫的酒意，便也松开对方的衣袖，不过对方的话却显得并不是那么清醒，于是他抬头看过去，想确定是不是认识的什么人在和自己玩笑。就是那个灰衣人，还和以前一样，从头到脚都用灰色的衣服罩住，即使离得这么近，他可见的下巴和脖颈，究竟是肤色还是某种掩盖性的物质，依旧分辨不清。

"是你？！你在这里干吗？我不需要你，我也没什么烦恼。"青年说完，急忙往前赶去。

灰衣人跟了上来，"我说过还会来找你。但你没发现，我其实是来帮你的吗？神医开的方子、药引，我都知道了，没有我的帮助，你能解决吗？把将军最喜爱的那匹乌青马买下来，还是为了杀死它，取它心脏上最末的那一点肉，烧成灰和水给你母亲服下，难度这么大的事，没有我，你真的能办到吗？"

"你怎么知道的？"青年站住，回过头，他的双眼都快贴着灰衣人了，可也还只是贴着灰色的衣衫，灰衣人的鼻子快要挨着他的额头，尽管感觉不到呼吸，"是神医告诉你的吗？"

"你别管谁告诉我的——"灰衣人往旁边让了让，继续往前走，"你就告诉我，你想不想治好你母亲吧？"

"当然想。"这次是他跟上灰衣人。

"那就行。谁都知道将军对乌青马的喜爱，对自己儿女也就那样了，可是谁也都知道，西边的敌人已经连续破了五座城池，很快就要攻过来。这时候，是一匹马重要，还是足够他解决粮草、武器、人员问题的金币重要？就算他想留着马，消息走漏，他的部下也不会同意。"

"你到底是谁？怎么什么都知道？"

灰衣人似乎笑出了声，"我只不过想和你做个交易而已。你放心，将军那儿我去说，马我也给你带回来，不耽误你母亲治病。"

母亲在餐桌旁等他，男仆站在一旁伺候，他们看见灰衣人并不惊讶，毕竟青年这么大了，交朋结友很正常，哪怕结交的人有一两个看起来有点异常。他们只是为房间的局促而有些不安，因为灰衣人要么只能在餐桌旁陪坐，要么就只能去青年放了张单人床的卧室待着。灰衣人还好，他落落大方地在餐桌旁坐下，婉谢了青年和他的母亲的礼让，看着他们用毕简单至极的晚餐。

"先生，让您见笑了。"母亲向灰衣人表示歉意，她一只手撑着腹部，那儿的疼痛没有一刻消停，"自打他父亲去世，我们就搬来这儿。小是小了些，住着踏实。"

青年明白母亲的意思。父亲用那一坛子金币还了债后，迅速病倒并很快去世。虽然父亲没有说，但青年知道，他始终对随他出海遇难的几个伙计心怀愧疚，于是小小年纪就做了主，将家里的院子和买卖全部出售，得来的钱除了买下这小小的屋子，全都给了那些伙计的家庭。那以后他就开始了学徒生涯。母亲当然心疼他，可是对他的所作所为却无比支持，很是自豪。也因此，母亲对来到这个局促家庭的客人会有些歉然，却从不感到羞愧。

灰衣人点了点头，对母亲的话表示赞同，"您客气。您的身体怎么样？可真得尽快好起来才是。"

"到这个年纪，好不好的不重要了……重要的是……能和孩子在一起多生活几天。"一句话分作三次说出，母亲忍受着多么剧烈的疼痛，可想而知。

"没错。您先坐一会儿，我去办点事。"灰衣人说着，站了起来，他指了指青年，"我们有个约定，我先去把我那部分办好。"

青年哑然着站起来，让仆人代他送灰衣人出去。

"你坐下，我有话要和你说。"灰衣人刚走出去，母亲忽然变得异常严肃，青年急忙依言坐下。

"刚才这位先生，你们认识多久了？"

"很多年……六年了。"

"我问你，当年那一坛子金币是从什么地方来的？"母亲忽然把话题扯开。

青年诧异地看着母亲，"就是……就是从后院里挖出来的，从石榴树下挖出来的，我听见虫叫，想看看是什么虫，搬开石头看见石板，掀起石板就看见坛子。"

"你知道吗？那个院子是我刚嫁给你父亲时，他买下来的。后院是我动手整理的，每一寸地皮我都很熟悉，那棵石榴树更是我和你父亲共同栽下，那院子里和石榴树下会有什么，能有什么，我们一清二楚。石头是我们堆在那儿的，石板根本不可能有。"

"可明明——"

"是。明明有了那些石板，有了那个坑，坑里挖出来的坛子，这些我和你父亲都去后院亲眼看过，一点儿没错。因为亲眼所见，我就把刚才这些话都压在心里，没和你提起。我也想着，不管什么人借给咱们的，不管人家出于什么目的，咱们都得念着这个恩情。"

母亲的话没错，可是在眼下情境说，青年总觉得哪里不对。他知道，母亲不会答应更不会鼓励他将要做的事。

"可是，有时候借的钱，不管多难，都只能以钱还，不能用钱之外的东西，尤其是那些让我们之所以是人的东西。"说到正题，母亲的气息丝毫没有减弱，她只是停了停又继续，"我看刚才那位先生，很可能是当年借你钱的人。而且，他这次来不是催你还钱，是还要给你更多钱，对吗？"

青年深感震惊，却无法否认，于是沉默地望着母亲。

"我是怕，他以给我治病的名义，让你欠下用钱再也无法还清的债。别的咱们还不怕，就怕让你做一些不是人该做的事。"母亲说到这里，也望着青年，目光里满是疼爱，"你答应我，绝不要因为我的病做什么不得已的事。不确定是否该做之前，一定告诉我，和我商量，好吗？"

青年眼中含泪，点头答应下来。这时，他听见一串格外清脆响亮的马蹄声，从远处疾踏而来，一声声像是敲打在他的心脏正中。

青年暂别母亲，走出餐厅，离开房子，来到外面。大街上，灰衣人正骑着一匹英姿飒爽的乌青马赶来，马昂着脖子，鬃毛在风中向后飘拂。灰衣人的衣服也被风吹拂着，衣袂飘荡，像是骑在一匹马背上的另一匹马。

仆人急匆匆走到客厅时，听到一阵笨重的、带动整个身体的咳嗽声，他停下脚步，犹豫着是不是该进去。

"怎么啦？"卧室里的咳嗽强行止住，但问话声还带着咳嗽刚刚停止的沙哑。

仆人只好进去。男人早已起床，此刻正坐在床沿，靠着被子。他和往常一样，干净利落，不过身上残余着方才被咳嗽折磨的疲惫。看见仆人，男人正了正身板，驱赶走那一点疲惫，紧紧盯着他。

"城外的粥棚打起来了，赈灾官让我请您过去。"仆人鞠了一躬说。

"哦——那赶紧走。"男人起身，拿了件外衣，边披边往外走，"因为什么？"

"还不是因为有人嫌粥太稀。"仆人紧跟着男人，说到这里，犹豫了一下，还是补充道，"不过，这也怪不了他们。如果只是避灾保命，汤汤水水能活下去就行，谁都感念。现在要求他们去筑堤，从早忙到晚，不吃饱根本不行。"

听完仆人这话，男人踏着踏板上马车之前，停顿了好一会儿。

城里仍旧满目狼藉，持续四十三天的大雨四天前已经停止，但留下的痕迹比比皆是：无法排干的积水、被风雨撕开浇烂的屋顶和窗户、几家倒塌的房屋……男人无一看着不心痛。甚至连被冲垮的那段城墙，都没来及修茸完好，掉落的墙砖露出了里面由石头、黄泥、沙子混合而成的墙坯。

城外更是无法入目。放眼过去，不要说庄稼被成片成片浇倒后又被洪水浸泡洗掠，只剩下不到五分之一的断茬或光秆，就是大大小小的树木，也断枝的断枝，落叶的落叶，还有些被连根拔起，也就那么静静地卧在黄乎乎的汤水中，泛着土闷的黄光。城里都还没收拾干净，城外更得再等些时日。

男人撩开马车帘子，从城里看到城外，心如刀绞。不过，眼下还顾不了这么多，看着那些逃难而来的人挨挨挤挤地在城外搭的棚子，看着目光呆滞坐在棚子门口的女人和老人，再看着尽管有气无力，却仍旧在泥泞与水中嬉闹的孩子，他深恨自己无能无力，不能庇护、帮助他们。

再往前走没多远，就听见粥棚那边的吵吵嚷嚷声，其中夹杂着"我们不服"的抗议。

到了施舍区域，男人拍拍马车，示意仆人停下，下了车跟跄着往前走去。前面这些粥棚还好，尽管沉默着，尽管显得虚弱，领粥的人还是排着顺序清楚的队列，到了大锅面前，也就是默默地伸出碗、盘、瓢，甚至还有盆，不管给多给少，都端着去旁边坐下来吃，或者赶到家人身边，分给他们。看见男人，他们没有说话，但目光里都带着敬意，还有一些上了年纪的人举手到额头或者干脆鞠个躬，表示谢意——这更让男人无地自容。

是13号粥棚那儿在闹事。粥锅已经被踢翻，地上还有些血迹，赈灾官的左眉角也被打裂了一道口子。粥锅旁边的柱子上，穿成串地绑着五个男人，都是衣衫褴褛、光着一双泡得浮肿的大脚，绑在末尾的小伙子身上还粘着不少饭粒，他正低头用绑住的双手拾着，一粒一粒艰难地往嘴里送。

"我们不服！"看见他，绑在最前面的那个男人又喊了一声，但声音低了不少。

赈灾官有些不好意思地走过来，和男人见面、施礼，"先生，

　　　　　　　　　　　　　　　灰衣简史

抱歉，害您跑这一趟。"

"让周围的人先去其他粥棚领粥吧。"男人说着，又是一通咳嗽，多亏安置好马车的仆人赶来，找了条板凳，扶着他坐下。等赈灾官告诉一直在旁边围观的人尽快去别的粥棚，他们也都陆续散去后，他又对赈灾官说："把他们都松了，总绑着不是个事。"

赈灾官面有难色，但还是亲自过去给松了绑，除了带头的男人抗拒了几下才让松绑外，其余四个人都很顺从。

"先生，我们不服。"松了绑，带头的男人抢上几步，走过来，向男人抱拳施礼。

"因为什么？"

"我们这样辛苦，只能吃这么稀的粥，这个家伙——"他一指赈灾官，"他家里人还吃着大白米干饭呢。"

赈灾官一听这话，吓得直摆手，"先生，这是有人在造谣。形势这么严峻，我就算没良心，也没这个胆啊。我家上有老人，下有幼儿，真要做这样的事，老人何以下咽，幼儿又以什么为榜样？"

"你听谁说的？"男人问带头的男人。

带头的男人指了指在身上捡拾饭粒的小伙子，"他说的。"

小伙子意识到众人的目光都落在自己身上，脸腾地一下涨得通红，"我……我……我也是听别人说的，但不记得听谁说的了。而且，而且，只是听说，有人拿着赈灾的粮食，管家里人吃饱。"

"所以你就以为是赈灾官家里人了？"

"我……我……"小伙子说了两个"我"，再也说不下去。

"先生，各位兄弟，"赈灾官向众人作了一圈揖，"不瞒大家说，我家里确实断粮了，但我怎么敢贪公为私，把赈灾的粮食搬回家里。这几天，老父老母带着幼儿，都是跟着难民，在粥棚排队领粥，为了不让他们得到额外的照顾，我一直没说。我方才看到他们就在 10 号粥棚，现在还没有排到，情势如此，如果大家不信，不妨跟我去辨认一番，总有人认得他们，我不至于冒认。"

说到这里，赈灾官实在难以为继，背过身去抹了抹眼睛。

"我认得赈灾官的父母和儿子，刚才过来时看见了，我还奇怪他们怎么在这里。"仆人挺身作证，"不光赈灾官，你们知道吗？

先生在家里只是食用和粥棚一样稠度的稀粥，你们看看先生现在的身体，还有什么……"

男人伸手止住了仆人，"不用说了。我知道，他们几个不是对赈灾官不满，也不是真的有什么不服。说到底，只是饿了而已，修堤坝的消耗那么大，光是这点稀粥怎么顶得住。"

男人说完，沉默了好一会儿，站了起来，"各位兄弟，这样吧，从今天晚饭开始，所有修堤坝或者干其他重活的人都供应大白米饭。从明天起，你们一天三顿都能吃上干饭，我争取还让你们吃上肉。其他粥棚嘛——早晚改成插筷子不倒的粥，中午也都管干饭，你们要使力，还面临危险，想必大家不会对这点差别有意见。这样行不行？"

"这样太好了，感谢先生！"带头的男人一使眼色，其他四个闹事的男人也都上前一步，五个人齐齐鞠了一躬。

"谈不上谢，不过是各尽全力，渡过眼前的难关。现在，就委屈各位，先去其他粥棚暂时喝两碗中午的稀粥。"男人说完，挥了挥手。

五个男人转身迈步离去，不一会儿，各个粥棚相继传来欢呼声，想必所有人都听到了改粥为饭的消息。

　　"你怎么啦？吓傻了？"男人向旁边呆立许久的赈灾官玩笑道。

　　"先生，要不是与您相交多年，看着您小心经营，收复老宅、扩大生意的同时不遗余力地救济地方，我真的要以为您还藏着金山银海了。"赈灾官回过神来，感叹一句，"其实他们哪儿是找我闹事啊，指向的还不是您！这下好了，大家更以为您到目前只是九牛拔了一毛呢。"

　　"什么九牛一毛？就算有九头牛，现在也不剩下一根牛尾巴了。"仆人忍不住插嘴。

　　"这我知道。可是我不把先生请来，也平息不了这番骚动。先生，"赈灾官赔着小心，"这骚动是平息了。可是按照将军临走时的交代，咱们以之前的稀粥，才熬得过他三十天后押解军粮回来。改粥为饭，现有的粮食也就够撑十天的，还不能算上邻近地区正在赶来的灾民。"

　　"我知道。"男人沉吟良久，痛下决心，"之前让你去问的邻国那批粮食、蔬菜、肉食，想必还在吧？"

"肯定还在，他们把价抬得那么高，不就是趁火打劫嘛，别人不管需不需要，也拿不出那么多金币啊。"

"那好。你一会儿就派人，快马向他们行文书购买，我再多付一成，要求务必在十天内赶到，验货付款。"

"好。"赈灾官急忙答应，答应完才反应过来，脸上的疑惑更重，"先生，您从哪儿筹集那么大一笔钱？"

"这个你别管，我来想法。"

男人说完，站起身，但他摇摇晃晃地跌倒在仆人的怀里。

仆人背着男人，在众人惊讶的目光里，在一些人以手掩口的动作中，回到马车旁，让男人在车上坐好，赶着马车回去。

到了先前那座宅子前，男人情况好转了些，自己强撑着下了马车，他对要把马车从侧门赶进院子的男仆说，"先不要卸下马车。去城里到处转转，看到——看到那年那个一身灰色衣服，就是我妈去世前那段时间，有一天随我回家的那个人，看到他叫他跟你一起回来，告诉他，他的交易我答应了。"

"先生，夫人生前——"仆人犹豫着要不要说下去。

"我知道，形势逼人，不得不这样。你去转转吧，不用特意找他，他会来找你。"

男人说完，站在门口，望着男仆驾车离去，他也不知道怎么就如此肯定灰衣人会很快出现。一闪念，他醒悟过来，不顾身体虚弱，迈着发软的步子向后院跑去。

如他所想，在那很多年前属于他，中间一度卖给别人，后来被他又买了回来的院子里，在那棵冠盖繁茂的石榴树下，正站着那个一身灰色衣服的人，他高大、挺拔，尽管看不到他的眼睛，却能感觉到他目光中透出来的冷。

看见男人进了院子，发现了自己，灰衣人微微鞠了一躬。

3. 中段

玻璃的宫殿。纯净。透明。没有沾染一粒尘埃，没有留下一点污渍。不是人工拂拭、擦洗而成，是天然的，生就如此。生就以来，还没有人与事与物，在此经过，在此留驻。风没有吹过，雨没有湿过，阳光没有照晒过，甚至空气都没有侵扰过。就像是仅仅存在于意念中，那样独立，那样纯粹，不衔接时间与空间。

在此之前，这玻璃的宫殿确实如此。现在，随着一轮圆月升上高天，随着月光洒下，宫殿的轮廓全然展露，虽然月光完整地、无损耗地穿过它，不在地上投下分毫的阴影，不借助阴影提供存在的佐证，但它确实显明了。现在，有人登场，步入这玻璃的宫殿，一个高大、挺拔，全身被灰色衣服包裹的人。这个人一旦步入，这宫殿就有了具体的时间、空间，随着他的步子，他的手势，他的目光，所到之处、所及之地，玻璃宫殿渐次打开，内部的结构逐层完备，得到丰赡的实体，被赋以一座建筑的血肉。

灰衣人没有在宫殿的一层二层停留，他毫不停歇地沿着内部的阶梯，拾级而上。在他身后、脚下，拖着一个长长的影子。灰衣人上楼、转弯，月光照着他灰色身形的不同侧面，但影子并不受此影响而变化，它始终是那样长长的、有几处被弯折的模样，它也仿佛被贴在灰衣人双脚所接触的那一层，而不借助玻璃宫殿透明的性质，向下层层降落至实在的地面。灰衣人对影子的表现毫不在意，他径直来到三楼，来到这个敞开的、直接面对月亮的露台。不过，灰衣人迈步上到露台之后，影子并没跟上，它脱离了灰衣人的双脚，仍旧弯折着躺在台阶上。

灰衣人等了一会儿，仍旧不见影子，只好回身蹲下，将影子从台阶上捡起来，拿到平台上，放在自己的脚下。

"这就没有力气了吗？还是不情愿上来？"灰衣人斥问。

影子平静地躺在露台上，弯折的痕迹慢慢变淡、消失，它并没回答灰衣人的话。灰衣人也没再说什么，而是笔直地站在那里，一言不发，不知道是不被搭理而沉默愤怒，还是心中有事，陷入完全的沉思。月亮、宫殿也随灰衣人的沉默而沉寂，听不到任何声响，连最微弱的风也不刮过。

忽然，灰衣人动了起来，他伸手从右边衣兜取出一个黑色的小小的皮袋，再从皮袋里取出几个小小的团成一团或者胡乱折叠的东西。灰衣人一个一个打开这些东西，在空中一抖，待它们变得平顺，将它们铺在地上。那是些影子，有宽有窄，有高有矮，甚至黑色的浓度也有差异。

新放下的影子有八个，加上之前那个，一共九个影子铺在灰衣人脚边。九个影子占据不同的方向，尽可能不相互重叠、覆盖，因此它们在灰衣人的脚下围成一圈，像是一朵黑色的、花瓣参差的莲花，只衬托灰衣人的身形，不负责指示月光从什么方向照来。

等影子全部就位，不再移动，灰衣人抬起右手，食指指着月亮。月亮被灰衣人指着，似乎往后退了一退，光华暗淡了一点。然后灰衣人右手曲臂回缩，再向前一伸，中指、拇指冲着月亮发出一记清脆的响指。月亮如火星被吹去覆盖的灰，猛地一下，亮了不少，但也只是亮了一下，就又恢复先前的模样。但这一下就够了，那增加的亮度和热度变成火苗，在灰衣人右手的中指、拇指间燃起，以不及眨眼的速度，迅速燃向他全身，然后腾地一下，升起一股无烟的火焰。火光散去，原来的灰衣人变成了九个。九个完全一样的灰衣人，高大、挺拔，用灰色的衣服遮住全身，用灰色的帽兜罩住大半张脸。

九个灰衣人散开，绕着原来灰衣人站立的地方，围成一个大圈。九个影子默定一会儿，也散开去，分头寻找独属于自己的依附对象。尽管九个灰衣人看不出任何区别，但还是有两个影子共同锁定一个灰衣人，而导致另一个灰衣人空着无影，不过两个影子很快就自行调整好。

为了区分，也许可以称他们为一号至九号灰衣人，尽管在灰色衣服的作用下，他们这么多年来被融合成一个，已经无法与园子里那先后出现的九个影子相对应，尽管猝然间，已经无法将每一个灰衣人与其他八个区分，厘清。

"终于挣脱这一身灰色衣服的限制。"三号灰衣人掸掸衣角，有点淡淡的喜悦。

"你是糊涂了吗？你、我，我们九个，谁挣脱了这身衣服？谁敢挣脱它？不过是从一件变成九件，不过是把我们从一个，变成九个。"四号灰衣人直接和三号开杠。

"他当然没糊涂，我们不是变成九个，而是回到本来的样子。再次回到九个，他也只是高兴。"七号灰衣人说。

"警告你们，谁都不要想脱下这件衣服，不然他会瞬间消失在风中，不留下任何痕迹。那时候，任凭是谁，都无法再找回他，复原他。"二号灰衣人说。

"这个不消说，谁都知道。"三号灰衣人为自己辩解，"我说挣脱，只是说我们不用再被强行罩在一件衣服里。"

"在一件衣服里不好吗？"五号灰衣人说，"如果我们聚合成一个，都不能解决问题，像现在这样，分散开来，就能成功吗？"

"你想解决什么问题？又怎么才算成功？"还是四号灰衣人。

"这还用问？当然是回到园子。我们只有回去，夺回园子，把他赶走，让他像我们这样，在园子外面流浪——我们流浪多少年，他就得流浪多少年。只有到那时，我们才算成功。"五号灰衣人说。

五号灰衣人的话在其他灰衣人那儿获得了共鸣，大家心意相通，没有再说什么。不过五号灰衣人描述的结果，尤其是想象着老人孱弱地在园子外面奔走、呼号，让他们都感到满足。

"怎么回去？咱们斗得过他吗？有必要提醒大家，不要因为时间过去太久，就忘记实情。我们不是为和他抗争而团结、凝聚成一个，我们只是被他随随便便出了一招，就困在一起。这么多年过去，我们也才勉强迈出第一步，挣脱他的捆绑，不用被困在一起，可是我们还受着他的束缚，离不开他给的这件衣服。"四号灰衣人也因为五号灰衣人的描述而满足，可是这满足稍纵即逝，他知道这是虚妄的，忍不住出言提醒。

"依你说应该怎么办？"八号灰衣人问。

"他说得对。我们现在连最初的模样都没有恢复，还受着这件衣服的束缚，就算回到园子，也不过是被他再随随便便用上一招就解决掉，除了让他开心一下，什么都做不成，更别说夺回园子。"六号替四号回答八号，他的描述大家都能想到，他提到的那个"他"可能再使出的一招，也让大家恐惧。

"所以，我们要考虑的是，接下来做什么。当下就回去赶走他，我们做不到，但不管怎么说，我们现在是九个，九个同时想办法，同时在这个世界行动起来，能量、功效总大过一个，这样持续下去，总有一天能够实现我们的目的。"一号灰衣人一直没有说话，现在他试图用眼前面对的问题，来消除大家的恐惧，至少也是缓解。

"可那确实是我们每一个的目标吗？"九号灰衣人一直在听，

忽然冷冷地说了一句。

"你什么意思？"二号灰衣人怒不可遏。

"我的意思是——"九号灰衣人卖关子般地停顿了一会儿，"我的意思是，至少大家应该把自己的影子收起来，然后再讨论这些问题。"

地上的九个影子原本专注地听着灰衣人们的讨论，一动不动。现在听了九号灰衣人的话，他们仍旧一动不动，可是他们的沮丧还是清晰可见。

"不是怕你们听见，是这些事和你们无关，你们也帮不上忙，只让你们白白烦恼。"七号灰衣人贴心地解释了一句。

没有谁再说什么，九个灰衣人都各自收拾好跟在自己脚下的影子，将他们放回各自的皮袋，放进各自的衣兜。

"我的意思是，确实没必要让这些影子听见我们的话，毫无必要。"九号灰衣人说。

"影子，影子，谁不是影子？"二号灰衣人问。

"不争论这个。"一号灰衣人制止他，他指了指九号灰衣人，"你继续说。"

"都是影子，可是影子也有不同，也有高下，也有愿不愿意做什么，能不能做什么的区别。"九号灰衣人还是冷冷的腔调，"这没什么好争论的。我的意思是，认为所有人都想回去，夺回园子，赶走他，是不是太理所当然？从情绪上来说，很好理解，毕竟被赶出来、被困了这么多年，大家都很愤怒。可从实际上来说呢？特别是想到，要实现这一想法的可能性不说完全没有，也是接近于零，是不是还要、还应该把精力放在这上面？别忘了，园子是他的，园子里的规则也是他的。"

九号灰衣人最后这句话是对大家的沉重一击，九个灰衣人都沉默下来，还有人看了看月亮，似乎想从那里得到启示或者力量。

"依你说应该怎么办？"八号灰衣人问。

"我们要不要放弃园子，占有园子外面的这个世界？"三号灰衣人说。

"占有不了。你没听他说吗？这个世界只是园子里有名字事物的投影。无法由此推断这个世界也是他创造的，可是我感觉，他比我们更能决定这里的一切。"一号灰衣人说。

"至少也可以试一试，至少也比夺回园子更可能成功。"五号灰衣人说，"我只是初步判断，并不代表同意这么做。如果不能夺回园子，我们的所作所为还有什么意义？为什么我们要退而求其次？"

"你究竟是什么意思？"八号灰衣人再次问九号。

"我想问问，如果不考虑最终回到园子，你们每一个，在园子外面、在这里，最想做什么？"九号灰衣人略显夸张地伸手指了指每一个灰衣人，"也可以换一个问法，在回到园子之前，你们每一个打算做些什么？不管所做的和回到园子有没有关系，只要是你们最想做的，你们觉得最应该做的，就行。"

这个问题让所有灰衣人都沉默下来，在此之前，他们的所思所想，一切的意欲都以回到园子为目的。与此相比，其他的一切都是过程，都不重要，忽然被指名要求每一个回答，而且只考虑园子外面，只涉及"最想"，这首先太过出乎意料，让他们茫然，其次还让每一个都感到，这个问题触碰了某种禁忌，让他们不安。

"这些年，我们只做了一件事。说'我们'也许并不妥当，因为只有一个，强行被他捏合成的一个，那一个是每一个，又谁都不是。但既然每一个都在，说'我们'也没什么不可以。"九号灰衣人明白大家为什么会沉默，先说了一番缠绕的话，"这么多年，我们都在园子外面活动，想尽办法诱使那些寻找的人，得到他们的影子，让他们判定自己已经没有资格继续寻找。是，结果还不错，除了那一对母女，没有人在和我们交换之后，在失去影子之后，还要继续寻找，还有勇气、有信心继续寻找。但我要说，在那对母女之后，我们再继续下去已经没有意义，只是惯性，出于惶恐的惯性。只要有一个例外，就证明了我们的失败，不是吗？想一想，那对母女已经进了园子，和他在一起，享受园子里的一切，也永久改变了园子。这还不是我们的失败？迟早，所有愿意寻找的人，都会领悟那个小女孩说的话。他们就会认定，只要去找就一定能够找到，只要他们找到，他就会敞开大门，将他们迎进去，款待他们。"

九号灰衣人停顿了一会儿，似乎特意要让其他的灰衣人都想象出他说的场景，理解这幅场景的意味。

"有此结果，我们还在园子外面拦阻，不是徒劳吗？"九号灰衣人给出了最重的一击。

这一击让所有的灰衣人都蒙了，稍一回想，他们就发现，自己不是不明白九号灰衣人所说的，只是那太过残酷，再加上此前大家都被困在一件衣服里，那残酷似乎并不直接针对具体的哪一个，因而也就放过了。现在，九号灰衣人直接揭去一切遮掩，告诉他们，以前那样不行了。可究竟该怎么样，才行呢？

"你说得对。"一号灰衣人说，"你觉得应该怎么做？"

"我不知道。如果我知道，直接告诉大家，我们去做不就行了？"九号灰衣人也沮丧起来，可他只是沮丧了一下，马上强行振作，"但你们刚才说到的一个话题，我认为是方向，也是唯一的方向。那就是，我们必须从园子外面，从我们所在的这个世界着手。从园子本身来想怎么回到园子，从回到园子来想怎么赶走他，这无法做到，因为这仍旧是他的逻辑。我们必须找到我们的逻辑，一旦这个逻辑覆盖他的逻辑，事情才有可能做到。"

"我们的逻辑必须在园子外面，在这个世界找到——"五号灰衣人首先明白过来。

"对。其实不是这个世界，是这个世界的人，我们必须在他们身上找到我们的逻辑，借助他们，我们才有可能。"四号灰衣人也明白过来了。

"所以我们要做的事，不是从他们那里拿走影子，让他们觉得自己失去了做客的资格，是让他们明白，他们不是要找到园子，乞求他让他们进去做客，而是应该理所当然地走进园子，占有它，按照自己的意思改变它，变成他们喜欢的样子，变成这个世界的样子。到那时候，我们才真正实现了目的，可以肆无忌惮地嘲笑他。"一号灰衣人描绘了另一番景象，所有灰衣人听了都很欣喜的景象。

"我们要对这些人，做什么？"八号灰衣人不舍追问。

"没有现成的方法，但现在这不再是困难，而是好的开始。"这一次九号灰衣人直接回答，"如果有现成的方法，我可以肯定，仍旧是来自于他的方法，因而仍旧在他的逻辑里面转圈，最终得不到我们想要的结果。现在，这些方法必须从我们自身出来，从我们每一个身上出来，由我们每一个去实行，去验证，去修改，时间到了的那一刻，我们再汇聚到一起，再把我们注入到这些人心里的逻辑汇聚到一起，事情就成了。"

九号灰衣人留出一点时间，让所有灰衣人都对这番话稍有体会，才接着往下说："我们的逻辑是什么？我不知道。但我记得一句话，他赶走我们时说：'依据投影，也能真正认识园子'。这个世界是园子的投影，我们这些年来的经历、见识也证明这一点。这个世界上的一切，我们都能回忆起在园子里它本原的模样。除了一样，那就是人。人对这个世界的主宰肯定是他主宰园子的投影，但人是谁的投影？是他的吗？如果是，那就意味着他有名字，而且是被说出的，可他的名字是什么？谁又能给他命名？这些我都没有答案，但我们肯定是无法给他命名的。所以，人看起来简单，似乎是他的投影，又似乎和我们最亲近，但这些都无法确定。确定的是，人和他的不确定是我们通往园子的入口。在这个意义上，人是我们天然的盟友。"

九号灰衣人又等了等，等到所有灰衣人都明白他已说出最事关重大的一番话，"接下来应该怎么做？我也不知道。那我们是不是困在这里，想明白、讨论明白，才离开，才去做？不是，我们不应该抱着目的来找方法。别忘了，我们和他的区别就是，他并不主动也不需要去做什么，而我们必须去做。好了，先不要为此担忧，不妨换一个角度，不考虑回到园子的事，不去想一定要做成什么，只说说，一会儿离开这里，彼此分散后，咱们每一个最想在这个世界，在天然为我们预备做盟友的人身上，做些什么，才高兴、满足。"

　　"我先说吧。"一号灰衣人为大家确定了顺序，"在空白的蓝图上，人究竟能描绘怎样的图景？我对这个非常感兴趣。我要找到一些人，尽我所能，为他们提供一片领地、一个领域，看看他们如何规划、设计其中的生活，看看他们理想的秩序能达到什么程度，看看他们得到、设计、实施过程中，能够舍弃什么，能够对同类严厉到什么程度。"

　　"这些人配得上成为咱们的盟友吗？这些年我们见过了多少

人，拦阻下来多少人？这些人还是都听说了园子的存在，都还起心寻找，却那么轻易地就被咱们诱惑，乖乖交出影子，他们究竟是人里面最可靠的那些，还是最脆弱的那些？"二号灰衣人开始很激愤，随着话越说越尖刻，语气却越来越冷静，"我要对人进行拣选，我要不断地寻找，找到那些强悍的同样有志于拣选的人，帮助他们以杀戮、以清洗，把那些孱弱的、意识不纯的，通通埋到灰烬里，到最后只留下一些人的种子，培植繁衍出我们需要的盟友。"

"园子对人究竟意味着什么？这一点我始终没有弄明白。我想找到一个人，这个人对他和他的园子——"说出"他的园子"时，三号灰衣人颤抖了一下，分不清楚是出于愤怒还是痛苦，或者仅仅是无奈，"坚信不疑。无论如何，他都想要找到，想要进去。我会不断给他制造难题，扰乱他，试探他，看看他能坚持到什么时候，以此得到我的答案。那对母女的确跳出了我们设下的谜局，可她们面临的考验太简单，抉择太容易，我要在我找到的人身上，用尽一切方法。"

"人究竟是什么？答案决定了他们会不会成为我们的盟友，什么意义上的盟友。可是不能把人单独拎出来，抽象地谈论，求得答案。人怎么看待他们身处的世界，决定他们是什么。我想先往回退，去看看到目前为止，人所留下对于这个世界的观察、思考的记录，他们在这个世界上活动的痕迹，那些书、艺术品、文物、建筑、音乐，等等，我要去它们里面寻找。"四号灰衣人说。

　　五号灰衣人忍不住拍了拍四号灰衣人，"我和你相近，但我更感兴趣的是，单独的个人，他对这个世界好奇到什么程度。如果我以他需要的任何方式、手段支持下去，他探索到什么地步，才会满足地对我说'可以了'？"

　　六号灰衣人迟疑着没有说话，直到所有灰衣人都看向他，才有点怯怯地说："你们不要笑我，我不想和人来往，甚至，我也不想你们打扰我。我就想找到一个地方，属于我的地方，去建一座我自己的园子。他园子里有的我都有，他没有的我也有。"

　　"我不会打扰你。"七号灰衣人率先告诉六号灰衣人，"你用不着羞怯，你的想法也许是我们所有人里面最能威胁到他的，因为你想要把他做的事重做一遍。至于我，我只想和人打交道。你们不好奇吗？他是独一无二的，我们也是彼此相近的，可是这里的这些人，他们居然有男有女，男女的身体居然差异如此之大，这意味着什么？我们见识过他们从这种差异的互相弥补中获得的快乐，可是这种快乐究竟是什么，咱们都没体会到。哪怕是借助人的身体，我也要去体会，去积累——这是我现在最想做的。"

"对人的好奇，你们落下了最重要的一点——人都是会死的。这是我们观察到的，可是我们无法体会。"八号灰衣人摆了摆手，止住其他灰衣人说出口，"放心，我不是要去寻求人的死亡。我要做的，是找到一个人，让他不死，让他从我找到他的那一刻起，就不再有死亡。然后我会一直跟随他，看看他究竟会做些什么，会怎么面对别人都死，唯独自己长存。"

"我还是对影子感兴趣。"九号灰衣人一开口，其他灰衣人都静下来，"刚才让大家收起影子时，我听到一句话——'影子，影子，谁不是影子？'这让我很高兴，我们还没有忘记自己的来历。没错，我们是影子。我们想回到园子，想赶走他，但我们是影子。我不想一直做影子，你们也不想吧？我们就是为此才做这一切。刚才说，人是我们天然的盟友，其实不准确。人也有可能是他天然的盟友，但人的影子一定是我们天然的盟友，至少在类比的意义上是这样。所以，我也会和人打交道，但我会关注他们的影子。如果可能，我还要得到他们的影子。拿这些影子做什么？我还不知道。也许，得到足够的影子时，我们会变得和他一样？如果这也有标志，那肯定会是，什么时候，从我的身体也长出一个影子。也许到那一天，我们就能像依据这个投影的世界认识园子，依据我们的影子、我们也有了影子这件事，认识他——那个我们的原初，将我们带进园子又赶走的，老人。"

九号灰衣人说完，大家又都沉默下来，不过沉默中的兴奋也显而易见。

"好了。我们就此散去，按照各自想的去做吧。"一号灰衣人没有让沉默与兴奋持续。

"我们做的事彼此冲突怎么办？"六号灰衣人问。

"那时候大家再回到这里，看看各自的进展，协商如何解决。

咱们不会互相敌对的。"九号灰衣人说。

随着九号灰衣人的话音落地，一阵细微的但是清晰的声音响起，并且以越来越快的速度汇合，进而越来越强烈，有了动摇天地的声势。是玻璃折断、破碎的声音——整座宫殿开始坍塌，不分上下，没有左右，雪崩一般垮塌。

当细碎的玻璃如同骤雨落在沙漠上，垮塌殆尽，消失得没有影踪时，冷冷的月光下，找不到丝毫灰衣人来过的迹象。

4. 升序

第一个人是个中年男人，他上到山腰的时候，已经疲态尽显。男人伸手擦擦额头上的汗，将它们甩在地上，然后向山上望了望，估摸究竟还有多久才能翻过这座山。但他的感觉与判断显然不乐观，因此站在那儿有点沮丧。

灰衣人站在灌木丛后面，看着中年男人，看着他沮丧地再望望山顶，又回头向山脚下望望，目光转向身旁那块平坦、光滑的大石头。"去吧，坐下来休息一会儿，不养足精神，怎么能有力气下山呢。"灰衣人念叨着，做好出场的准备。

中年男人当然不会想着下山，但他显然也觉得有必要休息，恢复力气和信心。于是，他转身走到那块大石头面前，打量两眼，就踩着旁边的两块石头，走了上去。他又在上面转了一小圈，找相对下风的位置，正对着灌木丛这边，坐下。中年男人取下身上的背包，从里面拿出一块防潮布，在面前铺下，然后从包里取出一大块切成片的面包、一把干的无花果、整整一大块牛肉，在布上摆开。他先从牛肉上撕下一小块，想要放进嘴里，又放下来，从包里摸出一个扁长水壶，拧开壶盖，再把壶举到嘴边，小心翼翼地倾斜。水壶都快竖起来，才有一股小小的水流倒进嘴里。

中年男人吞咽两口，连忙放下壶。他心有不甘地晃了晃，将它举到面前，眯着一只眼，往里瞅瞅，然后去拿壶盖。拧到一半时，男人突然停下来，整个人一动不动保持着侧耳倾听的模样。灰衣人以为中年男人发现了自己，正要走出去，却看见对方猛地拧开壶盖，举起水壶，剩下的水一口气全倒进嘴里——比起他刚刚喝下去的，并没有多多少。

　　　　　　　　　　　　　　　　　　　　　　　灰衣简史

"不就一点水嘛，渴就喝个痛快，不要想那么多。"灰衣人说着走出灌木丛，他不管中年男人满脸的惊讶和羞愧，也不顾对方目光里的排斥，径直走上那块大石头，在上风的位置也坐下来。

"渴坏了吧？我这儿有水，尽管喝。"灰衣人说完，伸手从上衣兜里拿出一个大皮囊，递给中年男人。

中年男人对灰衣人的衣兜能装下这么大的皮囊很惊讶，可他的目光还是迅速落在皮囊上，他仿佛已经听到里面的水声，感到水的沁凉，因此不由自主地有了微小的吞咽动作。但中年男人并没有伸手接皮囊，他满腹疑虑地看着灰衣人。

"谢谢你的好意，但我没有什么可以回报，不敢领受。"中年男人往旁边看看，可目光马上又落回皮囊上，他只好强迫自己低下头。

"一点水而已，说回报就太见外了。"灰衣人留意着中年男人的情绪变化，待他再抬起头，准备接过皮囊，又添一句，"如果过意不去，请我尝一尝你的面包、无花果或者牛肉，也行。"

中年男人又低下头，"实在对不住，这些东西都是备着路上用的，本来就很有限。不是不愿和你分享，是怕万一不够，到不了我要去的地方。毕竟我不知道还有多远，还要走多久。"

"没事，没事，跟你开个玩笑。"灰衣人说完，把皮囊扔到中年男人身边，又从衣兜里拿出一瓶葡萄酒，拔去木塞，先咕咚来了一口，再递给男人。

"喝两口，解解乏。"灰衣人说。

这下中年男人更加局促，目光在皮囊和酒瓶之间打了个来回，伸出手来却两样都没碰，而是捡起那块牛肉，放进嘴里。不知道是肉质过干，还是皮囊和酒的刺激，反正他咽下牛肉很是勉强，差点噎着。

"哈哈——"灰衣人笑起来，笑得男人愈见恼怒都无法停下，"你真是太谨慎了。也对，万一你喝了我的水和酒之后，我再要你偿还，麻烦就大了。这样吧——"

灰衣人再喝一口酒，"换个方式。我随便指定一样东西，你来猜，猜对就可以喝一口酒或者水，猜错就算了。这样你能解渴，我也有点乐趣，咱俩谁都没有负担。怎么样？"

　　　　　　　　　　　　　　　　　灰衣简史

中年男人还是迟疑了一下，想必是再三估量这里面有没有什么圈套，然后才点点头。

"放心，我们就近取材，只诉诸偶然。在你背后，有一株荆棘，你猜一下，它是单枝还是双枝？"

听完题目，中年男人彻底放下心，不是对这道题有信心，是这种方式、选取的东西，简便而没有含糊的空间，便于判断输赢，也绝藏不下什么陷阱。他竭力回忆上山沿路所见的荆棘，踏上这块大石头时两眼余光见到的荆棘，他甚至还瞟了瞟灰衣人的背后，想看看是否也有同样的荆棘，这些也都只是提供似乎可以依靠的判断依据。

"单枝。"最后还是只能祈求运气，说完之后，中年男人就转身数起来，运气也确实在他那边。中年男人有些谨慎的兴奋，在灰衣人的目光下，拿起地上的皮囊，拔下塞子，仰脖子灌了一大口水进去。那口水进到嘴里，吞咽下去时，灰衣人能看到中年男人脸上肌肉扯动，等到中年男人放下皮囊时，他能感到对方缓慢地松弛下来，兴奋也在迅速扩散。

灰衣人接着出题:"咱们头上有没有云?"

这没什么可想的,可中年男人还是迟疑了一下,眼中透出想赢的热切,热切中带着必赢的狂热。

"没有。"中年男人说,他又赢了。这一次他选择酒,同样喝了一大口,疲态开始散去,脸上有了神采。

"咱们坐的石头上有没有蚂蚁?"灰衣人问。

"有。"中年男人毫不避讳地目光下垂,看到一只瘦瘦黑黑的蚂蚁,它正忙碌地奔向面包的位置。

"蚂蚁是双数还是单数?"灰衣人伸手,大拇指捻住那只蚂蚁,将它捏死。死去的蚂蚁粘在拇指上,他抬起手,右手中指在食指上一弹,蚂蚁轻飘飘地飞到了石头外面。

"算上这一只。"灰衣人说。

"嗯——单数。"中年男人说完,就拉着灰衣人一同站起来,在石头上数起蚂蚁,一共十二只。

"你不可能一直赢。"灰衣人再度笑起来。

"等等,等等。"中年男人止住灰衣人的笑,右手伸到灰衣人左衣兜口，将站在那儿发愣的一只蚂蚁接到手上。到了新的地方，蚂蚁奔忙起来，它沿着中年男人的手掌外侧，爬过他的尾指、无名指、中指，站在他的食指上，四处张望。中年男人的拇指赶过去，捏死它，再一甩手，蚂蚁摔到石头外面的草丛里。

"谁说我不能一直赢？你总不能说，蚂蚁是你自己养的吧？"中年男人大笑起来，对着灰衣人的一脸颓丧，拿起酒瓶连干两大口。

运气果然一直都在中年男人这边，不管灰衣人选择什么样的题目、取什么样的材，他都完全猜对，每次他也都选择喝酒，并且越喝越急，越喝越大口，没用多久就喝完一瓶。

"啊——对不住啦！喝光你的酒，"中年男人晃晃酒瓶，将它倒着立在石头上，一滴剩余都没有，"我也该走啦。谢谢你。下次有机会咱们接着玩。"

他伸手抓起装水的皮囊，要递过来，又停住。

"再玩一次好不好？这次我不喝水，我要把我的水壶灌满。"说完，他吃吃笑起来。

"没问题。"灰衣人也笑起来,"这一次我们再简单一点。你把这个酒瓶子扔出去,要是碎了就算你赢。"

中年男人放下皮囊,看看酒瓶子,又看看灰衣人,索性操起酒瓶,敲敲、弹弹,确定它是玻璃的无疑,"就这么简单?"

"对。就这么简单。"

灰衣人刚说完,中年男人就出手了,瓶子向着不远处一块石头飞去,可惜力气不够,中途跌在前面的草丛里。中年男人这才看回自己的手,不相信已经扔了出去,不相信居然没有碰着石头,没有听到瓶子碎的声音。

"你输了。"灰衣人说。

"我……我……我输了——"中年男人看着灰衣人,"怎么办?"

"很简单。你的面包、无花果或者牛肉,有一样归我,究竟哪一样,你来定好不好?"灰衣人说。

中年男人面色灰白,懊恼又痛悔,目光有点发直地看着防潮布上的三样东西。

"不对啊,不是我输了就算了吗?"

灰衣简史

"那是之前，是我邀请你来玩，这次是你邀请我再玩一次，总不能让我空赢吧？不过，咱们可以再玩一次。"灰衣人说着，站起来走下大石头，去草丛里捡回酒瓶，递给中年男人，"这一次要是碎了，不但刚才我赢的退给你，你还可以把水壶灌满。"

"真的吗？"中年男人也站起来，拿着瓶子冲那块石头瞄了好几次，"你说话算话。我要是赢了，就不再玩，同意吗？"

"当然。"

中年男人不再说什么，他放下瓶子，活动几下手腕、手臂，确定浑身的力气都在身上，再拿起瓶子瞄了瞄，才扔过去。但是瓶子刚一出手，他就痛苦地闭上眼睛——也许是过于紧张，瓶子半脱手了，再次落在刚才的草丛里，离石头还更远。

就这样，中年男人和灰衣人一次一次地往下赌，每一次灰衣人都以之前所赢得的再加一壶水为赌注，可每一次瓶子都要么落在石头前面的草丛里，要么落在石头后面的草丛里。总算有一次力气合适，瓶底落在石头上，却只是打个滚就翻在草上，毫发无损。中年男人不但输光面包、无花果、牛肉、防潮布，连身上穿着的衣服、裤子、鞋袜都通通输了，它们堆在灰衣人右手边，像是从来都和赤身裸体的中年男人没有一点关系。

"好了，就这样吧。你已经没什么可输的了。"灰衣人最后一次捡回酒瓶，不再递给中年男人，准备塞回衣兜。

"不行。还要再赌一次，最后一次。"中年男人嘶喊着，"你让我这样，怎么去那个园子，怎么去做客？"

"你这样还要去吗？"灰衣人不可思议地看着中年男人。

"当然要去，我听说那个园子里没有忧愁，不需要为任何事操心，想在里面待多久就待多久。我一直都在找它，总算听人说，翻过这座山，再往前走就能到，虽然不知道要走多久，方向总没错。你说，我怎么可能放弃？"

"可你拿什么和我赌呢？"

"赌我的命吧，输了你拿走，赢了把我的东西还给我，我也不要你的水。我要带着自己的东西，原原本本去园子里。"

灰衣人抑制不住地笑起来，真正笑了起来，"你喝光我的酒，说不要我的水，就和我没关系了吗？好，我和你赌。不过，你的命对我没什么价值。你要是输了，就把你的影子给我。你要是赢了，自然带走你所有的东西。"

"影子？！你要我的影子做什么？我听说，老人要求所有去做客的人都得带着影子。我没了它，还去做什么客？"

"我听说的也是这样。但世界上哪儿有这么好的事，你要打赌还要自己定规则和赌资？况且，你没了衣服、食物，就算有影子，也挨不到找到园子的那一天。这样吧，为表示对你的同情和照顾，无论输赢，我都把这些东西退给你。赢了，你毫无损失，输了，你没有影子，至少可以体面地回去。"

最后这句话对中年男人来说，是致命的诱惑，他踌躇了好一会儿，终于站起来。

"好。我跟你赌。不过这一次，你来扔瓶子！"

第二个人是个老头。老头的步子有些飘忽，仿佛随时都可能摔倒，他的身体已经支撑不了持续地行走，因此每走一会儿，都要停下来，借助拐杖的力量，在原地摇摇晃晃站一站，才能继续往前。就是这样，老头也出现在了路的那头，并且飘忽着，走一走、歇一歇地越来越近，最终来到十字路口，再度扶着拐杖立住。

灰衣人迎上去，远远就闻到老头身上发霉一样的味道，然后是那张老树皮一般沟壑纵横、全无血色的脸，还有一双浑浊的眼睛，眼神完全失去弹性，可在茫然中又有一星无法熄灭的执拗、狂热的火光。

"老人家，您去哪儿？"灰衣人明知故问。

"我去那个园子，他们说的那个园子。"老头一张嘴，喷出腐烂的气息，但声音饱满、声线稳定，"他们说，只要到门口，就肯定能进去。进去了，就可以在园子里随意走动，园子里的东西也可随意取用。没有任何限制，也没有任何条件。只要能找到，只要能走到，就能进去。"

"那您想要园子里的什么？想去什么地方逛逛？"

"我什么都不想要，也什么地方都不想看。你说我这么大年纪，随时都可能死掉，还有什么可要、可看的？"老头一阵咳喘，戳破他声音营造的假象，拐杖晃了好几次，才勉强稳定下来，"我就是想看看，有没有这样的地方，还是只说得好听，纯粹骗人。我可没少上过当，没少受过骗。"

"都这么说，那就应该有吧。您走了很久，找了很久吗？"

"不，我也就是觉得自己快死了，才想来看看。要不然，谁有心思找这么个园子？我跟你说，别听那些人瞎扯，什么要从生下来就开始找，要一门心思地找，没这些事儿。我前年才出门，一路上也很顺利，渴了饿了，就问路过的人家要一点，困了就随便找个地方睡觉，要是搞不清楚路啊，像现在这样，我也问，每次都能问对，越走也就离那个园子越近。"

说完一长串话，老头停下来，猛喘了好几口，才调匀气息，"你告诉我，这个路口，我该往哪边走？"

灰衣人抬起手，指着老头身后，"老人家，我觉得您呀，哪边都不应该走。您应该现在就转身，回去，回去继续过您以前的生活。"

"我也想过以前的生活，那时候多逍遥、自在啊，喝不完的美酒，看不够的姑娘，到处都是人，到处都是欢笑声。可现在不行，我快死了，你看我这身体，想折腾也折腾不了啦。我还是给自己了个愿，临死之前去看看那个园子吧，看看是不是有这么个园子，有他们说的那么好。"

"我可以告诉您，有这么个园子，也有他们说的那么好。可是这和您有什么关系呢？园子再好，也是别人的，待得再舒服，您也只是个客人。您如果要死，干吗死在别人的园子里。再说，您离死还早着呢！"灰衣人说完，伸手从衣兜里掏出一面镜子，持着它在胸襟上擦了擦，递给老头，"老人家，您看看自己，是这个样子吗？"

老头颤颤巍巍地接过镜子，他的右手伸得远远的，仿佛镜子随时都会爆炸。他对着脸，一点一点地平移着镜子，双眼瞥过去。忽然，镜子和手都定住，他眼里的火光找到了新的着火点，落在镜面上。随后，老头左手扔掉拐杖，跟上去，和右手一起捧着镜子，将它挪到正面。

老头盯着面前的镜子，长时间一言不发，但他剧烈起伏的胸口显示了内心的波澜。接着，他猛然收手，镜子缩到面前。老头

　　　　　　　　　　　　　　灰衣简史

以镜子为固定的点或轴心，转动脖子，挪动目光，将自己上上下下、左左右右看了个够。

"这是我——"过了许久，老头长吁一口气，百般滋味地承认。"这是几十年前的我，年轻时候的我，你这是什么镜子？能不能送给我？"

老头的双手把着镜子，扣在胸前。

"镜子不算什么，当然可以给您。不过，您搞错了，这不是几十年前的您，这就是您现在的模样。只要您愿意，就是。"灰衣人说着，弯下腰，左手从地上捡起那根拐杖，右手捏着仗头，转着拐杖。

老人不敢相信地瞪着灰衣人，他左手护住镜子，腾出右手，摸向自己的脸颊，但一触碰就缩了回去——皮肤和皮肤上皱纹的触感告诉他，并没有神奇的事发生。或者说，神奇的事还没有发生。老头的目光冷了一些，开始射出另一种光，狡黠的光。

"你说只要我愿意？当然愿意。你要什么？"

灰衣人笑起来，他喜欢老头的通透、直接，"我要您的影子。"

"影子？"老头指指地上紧贴着双脚的影子，"你要它做什么？噢，不管你要拿它做什么。只要你能拿走，它就是你的了。"

灰衣人吃了一惊，没想到对方答应得这么爽快，"您说真的吗？没影子，您可就去不了那个园子了，去了您也进不去。"

"我要是回到年轻的时候，还去那个破园子干吗？！有的是东西让我忙，有的是地方让我看。"老头觉得灰衣人简直不可理喻，"你没有骗我吧？只要拿走我的影子，就能让我回到几十年前，重新年轻起来？"

"当然。"灰衣人还想说点什么，却张口无言。

"那就快动手吧。"

灰衣人不再说什么，他从左衣兜里掏出一盒火柴，看看又放回去，又掏出一把葡萄干，再次放回去，接着，他还掏出一捆绳子、一把铜号，又都塞了回去。随着东西的掏出和放回，灰衣人有点狼狈，直到掏出一把剥蚀的刃口难辨的玉刀，他才像找到合适工具那样，整个身体松弛下来，恢复到平常不动声色的模样。

灰衣人蹲下去，从老头的左脚开始，沿着影子走一圈，回到

老头的右脚。然后他放回玉刀，双手揭起影子。灰衣人怜惜地、

不舍地，从上到下细看一遍手里持着的影子，然后将它卷成一团，

塞进右边的衣兜里。

　　当灰衣人站起来的时候，站在他面前的已经不再是那个老头，

而是不久前出现在镜子里的，那个年轻人。

　　第三个人是个女人，无法准确判断年龄的女人。从她清澈的、

有点害羞的眼神来看，像是二十出头，从她麻利的、柔和中带着

力量的动作来看，得有三十来岁，要是单单只看她粗糙的、明显

经历过风霜的皮肤，也可以认定，她已经四十有余。要是跟在她

身旁，跑前跑后、一刻不停的小女孩是她女儿的话，那就更难说

清楚她究竟多大。

　　不过灰衣人也并不想弄清楚她的年龄，他只是在她俩走近井

台时，抬头一瞥间注意到女人身上奇异的混合感。那时候，灰衣

人还在回想自己劝说前面两个人离开的成功，想象着老人知道自

己把他的客人都劝诱走后的恼怒，心里翻涌着报复的得意，还夹

杂着一点对那个老头那么迅速就放弃的愤恨，他还没有想到，走到身边的女人会是自己的第三个目标。

女人让小女孩在旁边站着，迈步走到井台边，伸脖子向井里望望，确定有水，然后再四处张望，没有看到井辘轳、提桶或者任何能够打水的东西，但她并没有表现出失望，而是径直朝着坐在井台另一侧的灰衣人走了两步。

"先生，有可以打水的东西吗？"女人问。

灰衣人看看女人那从地上折到井台上的影子，再看看小女孩身边那跟随着她，已经不安分地动起来的影子，忽然有些嫉妒，便冷冷地掉过头，没有搭理女人。

"先生，那你带着水吗？"女人继续问。奇怪的是，她的声音里并没有求人的急迫，更没有求人时不自觉的讨好，她就像是在和一个老朋友、老熟人说一句无比寻常的话。

"你们要去哪儿？"灰衣人不好再不回应，随口问道。

一只白蝴蝶忽上忽下地飞着，飘飘悠悠到了小女孩身边，忽然落在小女孩头上，又忽然飞到她影子里，落在影子头上。小女孩弯下腰，小心翼翼地去捉蝴蝶，快要碰到时，却因为身体降低，影子缩短，先前影子头部的地方让给了阳光。蝴蝶不知道是感到了小女孩的动作，还是受到忽然临到的阳光的惊扰，向前飞了两步，躲过小女孩的捕捉。小女孩彻底忘掉女人的吩咐，跟着蝴蝶跑跳起来。

女人也随着灰衣人的目光，追着小女孩看了一会儿，这才有点不好意思地回过头来。

"我们去那个园子，找那位老人。听说找到的都可以在他那里做客，听说他那个园子比世界上所有的园子都漂亮，听说在那里，再没有什么烦恼。我们不是想去吃白食，如果老人家需要，我们可以帮他在园子里干干活，如果不需要，我们也可以陪他说说话。"

灰衣人这才认真打量起女人来，这才发现，她的眼神、动作和外表不是简单地混合在一起，而是有着一种非比寻常的经历造就的协调感。

"为什么你们要去那么一座园子呢？究竟有什么好的？"灰衣

人说完才察觉自己失言了，他也为自己话里掩藏不住的怨恨而惊讶。

果然，女人也察觉灰衣人话里的异样，她诧异地盯着他，要不是有衣服的遮挡，灰衣人真担心她会把自己看个透，"先生，你这么说像是去过那里，见过那位老人似的。要不是都知道，没有人会去了还想离开，要不是听说，还没有一个人进去过，我真的都要相信你的话了。"

"我……我哪里有福气去过。只是对有人并没有见过，就这么向往一座园子，无法理解。"

"这有什么无法理解的？你别看世上这些人，辛苦、操劳，流血、流汗，为了一些短暂的、迟早会消失的东西，忙得忘乎所以，可是每个人在休息的时候，就歇那么一小会儿的时候，又都会想，把自己搞成这个样子是为了什么，有没有什么地方可以让人到了那里就想清楚这些事情，或者干脆不再想这些事情。听到有一个地方正是这样，而且这个地方的主人并不拒绝任何人进入，谁去都可以待在那里，自然会很激动，有一些特别相信的人、特别需要的人，也自然会放下手里的一切，马上走出家门，去寻找这个地方，只要找到，他的人生、世界、生活，就完全变一番模样，成为一个全新的自己。"女人说得投入，似乎忘了口渴。

"这么说，你也是一听说有这样一座园子，就放下手里的一切出门了？"

"是的。"女人回答得直接、肯定，可也没有丝毫的骄傲、自矜，"我十一岁就出门了。你相信吗？十一岁。那时候我家里很穷，平常都是喝粥，吃野菜，十天半个月才能吃上一回饼。那一次我两个哥哥没有吃饱，就抢走我的饼，他们两个在地上打成一团，饼上滚满了泥，一条野狗不知道从哪里钻出来，叼着饼就跑。我跟着狗追了两里地，追到它窝里，看到它把饼给了自己的孩子，当时我就哭了。我不想过这种连滚满了泥的饼都还要跟狗争抢的日子，我一边哭一边往家里走，遇到一个放牛的老奶奶，她知道我为什么哭之后，就告诉我有一座园子，里面什么吃的都有，也永远吃不完。说完她还感叹，要不是自己老了，肯定到不了，早就出门去找那个园子了。我一想，我还小啊，有的是时间，于是就出门了。"

"你找那个园子，就是为了吃饱？"

"最开始是这样的，"女人害羞地低下头，"那时候能吃饱就够了。可是后来在路上见到很多人，有吃的人烦恼，没有吃的人也烦恼，各种各样的人都有自己的烦恼，我才知道，原来并不是吃饱，穿暖，就能过得开心。我还见过一个人，有很多钱，有很大权力，可他爸爸身体不好，他一点儿办法都没有，整天愁眉苦脸。然后我又听到更多的人说起这个园子，说我见过的这些痛苦、烦恼，里面完全没有，我就想，一定要找到这个园子，待在里面。虽然我走了这么远的路，见过这么多的人，已经完全想象不出，没了这些痛苦、烦恼，不用操心吃穿住行，不用担心和别的人打交道，那样的日子究竟是什么样，但这不正是我找到这座园子的动力和目的吗？"

"你相信那座园子有他们说的那么好吗？"面对着女人害羞的神情，灰衣人自己都觉得这个问题不怀好意。

"相信。你说，要是没有那样的园子，我们现在怎么会过成这样？要是没有那样的园子，我们现在过成这样是为什么？"

女人的回答让灰衣人呆住了，但他绝不能接受，自己的离开和寻求回去都是那座园子的应有之义。好在小女孩又追着蝴蝶从远处跑近了，让他可以说点别的。

"这是你女儿吗？"她问。

"是的，她六岁了。"女人看着小女孩，脸上仿佛没有一点儿阴影，"我在路上生的她。她爸爸也和我一样，很早就出门，去找那个园子。我俩有一次躲雨，在一座庙里遇见，说起话来越说越开心，就结伴一起走。后来，我们发现再也不想分开，再后来，我们就有了女儿。那时候，我俩都说，一定要在活着的时候找到那座园子，让女儿住在里面，让她可以过上和我们完全不一样的生活，让她可以想一些我们现在完全想不到的事。要是她在那里不用想任何事情，心里不慌，每一天都踏踏实实，就更好了。"

"那她爸爸呢？"灰衣人发现女人无意间主导着他们之间的谈话，可又忍不住往下问。

"前两年过一条河的时候，上游突然涨水，把他冲走了。找到时，他已经死了。"女人仍旧很平静，像在说别人很久以前的事。

"那你想要他活过来吗？"灰衣人随口问道，问完之后，他紧张起来，他怕女人回答"想要"——她一定会说"想要"的——他还没有试过自己能不能做到这个程度，就算能，必然也会大费周章，就这样用在这个女人的丈夫身上，是不是太轻易？尽管他预感到，在他要诱使其放弃寻找园子这个想法的人里，女人可能是最难放弃的。

"你能让他活过来吗？"女人的语气完全没有试探、祈求的意思，仅仅是顺嘴的不经意，说完她就自己回答了，"不，你不能。只有那个园子里的老人才能，但是等我们进到园子里，见到老人，让他活过来已不重要，老人肯定有比让他只是活过来更好的方式。"

说完，女人点点头，笃信自己的话，"现在我最该做的，就是达成我们的心愿，找到那个园子，和女儿一起进去。"

女人的话让灰衣人松了一口气，他不用去想怎么让她丈夫活过来了，可是被这么轻忽地拒绝也让他气恼。更让他气恼的是，女人显得比他还了解老人。他对老人了解多少呢？似乎也并不比这个女人多，甚至从某方来说，还不如她，因为他没有女人对老人的那种无来由的信心。不管怎么说，女人的话让灰衣人明白，她很适合去园子里做客，而且要不了多久就会找到园子的入口。一想到有人在园子陪着老人，还是这样的一个女人，还有那样一个活泼的小女孩，灰衣人就无比气愤，要不是有灰色衣服罩着，简直要气炸了。难道就没有什么东西能让她交出自己的影子吗？灰衣人没有接女人的话茬，他沉默着，看向还在追赶蝴蝶的小女孩。

那只蝴蝶忽远忽近，忽上忽下，忽左忽右，逗引小女孩似的，一会儿离她几步开外，一会儿又在她伸手就能抓着的地方。因此，小女孩乐此不疲地，跳着、尖叫着，跟着蝴蝶已经跑到不远处的一棵苹果树下。原本蝴蝶落在小女孩头上的一个青苹果上，扇动着白色的翅膀，似乎在休息，也似乎在宣告游戏到此结束。现在，顺着灰衣人的目光，蝴蝶又拍拍翅膀，从苹果上下来，径直向小女孩飞去，快要落到她鼻子上时，才向上拉起，躲过小女孩的手指。

小女孩再度尖叫一声，追着蝴蝶向灰衣人和她妈妈这边跑来。

"妈妈，妈妈，帮我抓住它。"小女孩喊着，往前扑了一下，没有扑着。

"小心点。"女人说，看着蝴蝶向自己飞过来，象征性地挥手挡了一下。

　　蝴蝶让过女人的手，向灰衣人这边飞了几下，又一折身落在井栏上。小女孩看见蝴蝶停住，右手食指在嘴前做个噤声的动作，蹑手蹑脚地向蝴蝶走去，走到一步之遥，蝴蝶仍旧歇在原地，扑扇着翅膀。小女孩再次做了噤声的动作，脸上绽出笑容，双手夸张地张开。

　　"小心点！"女人低声喊着，向小女孩走去。

　　来不及了。小女孩双手合围向蝴蝶扑去，蝴蝶受惊般向上跃起，却没有躲过，被逮个正着。小女孩整个上半身的力量都靠向井栏，她只高兴地叫了一声，就由于井栏的断裂，跌向井里。她惊恐的声音随着井壁回音升上来，然后是扑通落进水里的声音。这时候，那只白色蝴蝶飘飘悠悠地从井里飞出来，再扇动几下翅膀，消失不见。

　　女人根本顾不上蝴蝶，她把住一截完好的井栏，看向井里，惊恐地喊着："女儿，女儿，你没事吧？"

喊了两声，她转过来看着灰衣人，脸上已经布满泪水，眼中尽是哀求。

"先生，先生，快救救她，救救我女儿！"

"救她可以，你得给我一样东西。"灰衣人原地坐着，一动不动。

"给给给，您要什么我都给您，快救救她！"

"我要她的影子。"

女人猛然一惊，目光中的哀求更甚，"先生——"

"如果她死了，就算找到那个园子，还有什么意义呢？"灰衣人站起来，走到井台上，隔着井栏往里望望，"你只能选一样。你得快点。再晚，你答应我也做不到。"

"行，行行，行行行行行……"女人一迭声地哀号。

灰衣人伸手从左边衣兜里拿出一根绳子，持着一头，往井里一甩，另一头马上裹住了小女孩。他双手捯了几次，小女孩就被拽了上来，她的衣服和头发都湿透了，不过人还清醒。小女孩看见女人，居然笑了一下。

"妈妈，蝴蝶还是跑了！"

女人猛地扑上来，解开小女孩身上的绳子，把她抱下井台，松开她，全身看了一遍，摸了一遍，确定没有受伤，这才又紧紧地抱着她，痛哭起来。

　　"妈妈，你怎么啦？我没事。"小女孩由着女人抱住自己，低声安慰。

　　"你身上湿透了，换一身干净的。"

　　灰衣人从衣兜里拿出一条白色的缀着蝴蝶翅膀的裙子，递了过去。小女孩看见蝴蝶翅膀，眼睛一亮，伸手要接，女人一把抢过去，使出最大的力气，扔向远处。

　　灰衣人看着裙子翻滚着落在地上，那对朝上的翅膀在风中微微颤动，他不再说什么，只是示意女人往小女孩旁边站站。女人捂住脸，往旁边走了两步，可她又忍不住张开双手，从手指缝隙看向小女孩，看向她小小的密实的影子。小女孩茫然地站在原地，看看女人，又看看灰衣人，井水还在顺着头发滴到她身上。

　　灰衣人蹲下来，他取影子的动作格外轻柔，仿佛怕伤着小女孩，卷起影子将它塞进衣兜时，他还背了背身，不想让她看见似的。

可灰衣人没有一个动作逃脱小女孩的目光，她看着灰衣人卷走影子后完全一样的地面，看着影子原来所在的地方，好像那里有个漏洞。

"妈妈，怎么啦？"小女孩不解地问。

"妈妈对不起你，把你的影子给了别人。"女人再次哭起来，"我们再也没法去找那座园子了，就算找到，也没有资格进去。"

"为什么？"

"因为园子的主人，那个老人说了，要去做客的人，都得带着自己的影子。现在你没有影子，咱们就不能成为他的客人。"也许说出实情纾解了女人的痛苦，也许意识到现在不是哭的时候，女人走过去，脱下自己的外衣，披在小女孩身上，同时撩起衣角，给她擦着水。

"你放心，妈妈会一直陪着你，不找那座园子，没有那座园子，咱们每一天也能高高兴兴的。"

"可是妈妈，我们为什么不去找那座园子？"小女孩继续问。

灰衣人整理了一下衣服，正要离开，听见小女孩的话又站住。

"那个园子是老爷爷的，他想请什么人进去就请什么人，他可以要求带着影子的人才能进去，就可以让没有影子的人进去，这些不是只有他才能决定吗？那我们为什么要先就决定不去找？我们应该找到他，问问我们能不能进去。"

小女孩说着说着，女人先停下手里的动作，接着猛地加快，然后她又停下来，一把抱起小女孩，看都不看灰衣人一眼，就跑开了。不过小女孩最后那句话还是传了过来，被灰衣人听见。

"老爷爷一定会让我们进去，不管我们有没有影子。"

5.起初

老人并不轻易说出园子里事物的名字。起初，老人到来时，园子就在，园子里的一切也已在此，但仍必须说，园子是老人创造的。园子里的所有，山川、河流、平地、丘陵，都是按照老人的想法，由他一手所造；山岭的高寒、荒漠的不毛、沼泽的连绵、原野的葱茏，也都依随老人的意兴，出自他的手。就连高悬的日，圆缺的月，风霜雨雪，星移斗转，也无一不是经由老人，才如此。

所有之中，老人最满意、最喜爱的还是园子里的植物，它们或葱郁，或孤寒，或生发，或收敛，或在地上蔓延，在枝头攀援，哪一种都有着勃勃的生机，完美的形态，是其自身的理想，是在园子里的唯一。不管什么时日，不管站在哪里，一眼望去，都有或绿或红或蓝或紫，或者其他的颜色，交织、入目。其中也少不了奔跑的兽，飞行的鸟，跳跃的虫，潜泳的鱼。这些活物，以它们的身影和响动，与植物相过从，以它们的气息和动作，与植物相往来。这一静一动的替换、交缠，更让老人愉悦，让他知道自己的到来与创造都是不会变易的，也无需变易。

即使非常愉悦，老人还是始终谨慎，不轻易说出园子里事物的名字。目光所及，运思所抵，或者经过某处，被某物触动，老人仍旧思量再三，确定说出的后果，打量再三，明白说出无损于面对的，知道是时候了，他这才开口，发出音来，定下字来。

通常，老人都只在园子里走动，从东方走到西方，从水边走到旱地，他用脚步丈量整个园子，踏入每一寸地方，他也用双眼完整地捕捉园子里一草一木、一水一石的变化。有时候，老人也会停下，等着一团云从远处飘来，再飘到他身后。或者，他干脆蹲下，注视一株植物上的种子怎么由初显至饱满、成熟，纷纷掉且落。等它们全部落在地上，落入泥土之中，再经过漫长的蕴积，生出根来，然后沿着原来那一株占据的空间形态，将枯萎与低垂轮回为旺盛的生长，又一次向自己的生长。再在风的吹动下、雨的浇灌下，长高、长大，等待时机，以显露新的种子。这时，老人会站起来，满意地拍拍身上的泥土，往下一个地方走去。

老人走着、坐着、看着、听着、闻着、感知着，园子里进行的，没有一丝一毫不被他留意，但他任随它们发生，听凭它们变化，并不干涉。有时候，老人也干一点活，把压着一蓬草的石头挪开一点，让草能够得到更多的阳光或者雨水，将枯枝从一棵树的枝头折下，顺手放在一只蚂蚁回巢的路上。做这些事的时候，老人也并不进行规划，他只是感到某处少了一点什么，或者多了一点什么，或者有什么东西在其所在的地方让他别扭，就动一动手。至于如何调整，调整到什么程度、位置，完全依据他当时的感受。就算将来某一天会发现调整得不到位，再调整一下就是了。事实

灰衣简史

上，究竟做过什么，老人常常随手做完就忘。

除非给园子里的事物命名，老人并不说话，也没有必要说话，因为园子里的一切都让他满意。极少数情况下，当一棵被风摇动的树、一只忘我鸣唱的鸟、一滴滑过叶尖的露珠、一头发力狂奔的走兽，或任何事物对他的触动多了一点，让他感到有必要对那触动进行些微校正时，老人就会在名字之外，再多说那么一两个字，最多一两句话，作为对这棵树、这只鸟、这滴露珠、这只兽的进一步安置。老人知道，他说出的每一个名字，做出的每一次安置，都会让这座园子更明晰一点，而这明晰也会进一步填充园子投射的那个世界的空间，让它变得满了一点点。也许等到那个世界的空间完全被填满，它将反过来影响园子。虽然那时园子和它投射的世界仍在老人的控制中，但老人并不想无端地做这种测试，耗费一番精力。

因此，老人并不着急说出名字。既然有的是时间，那就在时间中把一切设想到最佳再予以谨慎的调适。既然有的是时间，那就没必要让设想与调适耗费他所有的精力。因此，尽管老人从未感到过疲倦，可他也会时不时就地躺下，合上眼睛，美美实实地睡上一觉，一直睡到忘掉园子和他自己，一直睡到园子和他自己都超然于时间之外。

但是这一天，老人醒来之后感觉有点异样。太阳虽然已经西垂，但毕竟还在，阳光落在身上还挺暖和。缓缓的风也还在吹着，吹得草木高高低低，也吹来远远近近的兽嘶鸟鸣。老人站起来，看看四周，没有发现有什么不一样。难道没睡好？老人自问，努力回想也没有想起刚才有做过梦，有过不适。

带着点疑虑，老人转身准备上山去看看。这时，他明白异样之所在了——在他身后，拖着一条长长的影子，黑黑的、实实的，哪怕地上有一块凸出的石头，影子也毫不迟疑地躺在上面。老人怀疑自己看错了，他揉揉眼睛，影子还在。老人怀疑自己想错了，他夸张地抬起腿，准备往右迈出一大步，影子也抬起右腿来，那腿比老人的长多了。

这完全出乎老人的料想。略一沉吟，他明白了事情的原委，再加思忖，他也清楚了事情的去向。一定要如此吗？老人稍有犹豫。与其说犹豫，毋宁说不忍。因此，老人再度躺下，他希望，当他醒来后，一切回到起初。甚至，他可以将现在的情形认定为幻象。其实老人明白，当他怀有这样的念头，已经证明一切。一切也已无法更改。

第二天上午醒来，老人发现，影子还在身后，而且一副能量满满的样子，等着他，看着他。老人看一会儿影子，又看一会儿太阳。影子的样貌和昨天下午有所不同，但一眼就看得出来，还是那个影子。老人有一点生气，气影子的不懂事，但他更多的是无奈——事已至此，他总不能再次躺下，继续装作仍有可能回到最初。不过终究有一份同情，无法径直采取那写就的行动。老人坐下来，在记忆里搜索自己几番来去间，是否有过类似的情况，然后，他又盯着影子仔细琢磨，想看看是否能找到别的办法。

日头再次偏西，老人拿定主意，他先站起来，一动不动，然后趁着影子也一动不动的工夫，迅速弯下腰沿着自己的双脚，在地上画一条细线。接着，老人以矫健的身手，向后跃起，他仿佛听到嘶的一声轻响，影子被他挣脱开来，留在原地。

影子显然没有料到会有这样的变故，他茫然失措地呆立原地，等了一会儿，发现老人不是开玩笑，更没有与他复合的意思，影子试探着向老人靠近，但是他的脚刚刚迈过地上的细线，就猛然收了回去，迈过部分的颜色也明显比其他地方浅了一些。

"去吧，不要跟着我。既然到了这里，也不需要跟着我。你以为我会像那个世界的一棵树、一根草、一头猪、一只喜鹊吗？需要一个影子！"老人呵斥道，但是一说完他又有点不忍，就又降低音量，"走吧！走吧！我不需要你。自己好好在园子里待着，想清楚为什么会来到这里。想不清楚也无所谓，别让我再看到你就是。"

影子意味不明地看着老人，看了一会儿，确定没有任何商量的余地，他下定决心，微微向老人一鞠躬，转身跑起来。影子在石头上、草地上跑过，在树林间、花丛中跑过，跑上山，跑到山的后面，跑得再也不见影踪。

老人望着影子消失的方向，叹口气，转身向山下走去，几十里外的一座湖里，那条老青鱼这会儿快要浮出水面，老人想和它打个招呼。再几十里外的一条河里，一只蝌蚪快要长出两条后腿，老人早就想定，那一刻会去陪着它。

"不要轻举妄动。"走着走着，老人忽然出了声，然后他自己都愣住了。又转头向山上望去，只有一点点余晖落在山顶。山的那边，影子想必早已经跑到阳光照不到的地方。

变化一旦出现，就开始其自身的运行轨道，在充分完成之前，没有办法能够喊停。即使是老人也不行，即使是在老人创造并完全支配的园子里，仍然不行。

那次影子出现后，老人有很长一段时间都不再躺下，哪怕是在太阳西沉，月亮和星辰完全被乌云遮住，地上没有火光，也没有萤火虫飞舞——这样天地漆黑浑茫的时候，他也坚持往前走。最多，也就是在原地站一会儿，等待周遭出现明显的变化，再继续走下去。

这一天，老人来到一棵枣树下。看着枝头沉甸甸的枣，看着每一颗深红色的枣都接过阳光，再钝钝地反射那么一点点出来，老人心里升起久违的欢乐。他摘下一颗，放进嘴里，枣肉在咀嚼下发出湿润的响声。老人脸上绽出笑容，他伸手接住嘴里吮得干净的枣核，弯腰把它轻轻放在地上，然后站起来，又摘下一把至少红了大半的枣，并同时扔了两颗到嘴里。

枣仍旧和刚才那颗一样润甜，老人嚼着它们，还不时让两颗枣在嘴里转动，带给他小小的游戏的乐趣。等到这两颗也快吮得只剩枣核时，老人低头想看看把它们放在哪里，却惊慌得差点摔倒。

在地上，他的脚边，赫然躺着一个黑黑实实的家伙。那家伙刚刚也一阵慌乱，差点摔倒。明知道那只是自己的影子，影子的一切行为都是对自己的模仿，老人还是因那模仿兼具含糊与惟妙惟肖而生了一点恼怒。进而，他疑心影子是在嘲笑他，嘲笑他对影子什么时候回来的，什么时候又跟他纠缠在一起毫无察觉。不过定一定神，恼怒消散，老人再细看一眼，就发现那根本不是之前的影子去而复还，而是全新的影子。

老人怔了怔，重新探看一番，原来因为他之前的不忍，事情的去向发生了些微的变化。老人叹了口气，他不想纠缠在变化的乱麻中，更不想将事情带到更加复杂的境地。于是这一次，老人

　　　　　　　　　　　　　　　　　灰衣简史

再没有游移与不忍，他就势将两枚枣核吐在影子的双脚处。然后一鼓作气，不断吃枣吐枣核，吃枣吐枣核，等到枣核像狂乱的钉子钉住影子时，老人拍拍手，双脚同时起跳，向后跃起。他没有留意是否有嘶的一声，更没有再和影子说什么，而仅仅摆摆手，就转身离去。

"那就按照变化后来吧。"老人转身时对自己说，"但愿不要进行得太糟。"

不管是否听到老人的话，也不管就算听到，是否能够明白，反正影子并没有就此打住，反而出现得更勤，更不分时间、场合。一开始，影子还趁老人不注意时出现，到后来，完全不择时机、地点，简直明目张胆。

有一天老人过河，去看河那边一个去年刚搭好的葡萄架子情况如何，结果还没走到桥中间，就猛然发现，一个新的影子从自己身上铺到水面。老人向前，影子也向前，老人退后，影子也退后。不过老人退回河这边，双脚落在岸上时，影子却消失了。可是老人再度走到桥上，影子又不期而至。老人站在桥上，发现影子遮住的水面比其他地方幽深很多，都快成绿色了。老人不假思索，一个猛子扎进水底，憋着一口气游到对岸。影子没有跟他上岸，不知道是沉入了水底还是被冲走了。又有一天，老人经过一个火势渐弱的山火堆，看见一整棵青杠树都烧成了通红的炭，他对炭上若有若无跳动的火焰深感兴趣，便折一根炭条拿在手里细看，没有想到却先看到脚下的影子。大概是注意力原本都在炭火上，老人也被毫无征兆出现的影子吓了一跳，一下子没拿住，炭条掉在地上，落在影子的左膝盖处。更没想到的是，影子似乎也很畏惧炭条的炽热，居然猛地向旁边一跳，离开了老人。

再有一天，影子的来去之快忽，堪称神奇。当时已深夜，圆月大得让人瞠目，亮得让人神迷，老人经过一片林中空地，没走到一半忽然有预感，便站住。果然，他刚刚站住，就看到一个影子从自己的脚下铺开去。只是一眨眼工夫，这却是老人第一次看到影子的生成。但他来不及有任何感想，森林里的兽和鸟都仿佛同时受到特定的惊吓，声嘶力竭地吼起来、叫起来，简直要把整座森林掀翻。接着，影子就捂住耳朵，自行跑开。

如果说前两次影子的出现还可以当成事情的先机，其中尚且隐含着可以跟随老人的决定而更改的变化，那么后面三次影子的出现则表明事情已得到充足的发展，老人无法再强行干涉其中的任何一个环节。这并不意味着老人是被动的，这种区分在园子里与在老人身上本来就不存在，只是从比喻的意义上来说，原来老人尚有置身事外的可能，现在这可能被消除了。老人的行为就是事情的推进，尽管每一次他都暗自念叨，希望影子"想清楚为什么会来到这里"，尽管他仍旧无法决定，影子会在什么情境下再次出现。

　　但老人进入他这一次"来到/创造"园子的角色，他决定在这件事情上承担起责任来。

　　没有等多久。一个暴雨天，老人实在厌倦了雨水浇在身上的感觉，走进一个也就能容身的岩洞。雨水像夜幕浓密地倾倒而下，吞没大部分光线，岩洞里面更是如同黑夜。不过没多久，一道闪电劈下来，一瞬间劈亮岩洞，也让老人看到和他一起挤在洞里的影子。"你不知道自己是从哪里来，该到哪里去吗？""这么没完没了干吗？抓不住重点吗？""来到这里，看到这里的样子，不觉得自己不配留下来吗？""你知不知道我早就厌恶你们那模糊的面目？""你以为进入园子，就能留下来吗？"……紧接着的五道闪电劈下来时，老人还能看见影子，影子毫无还嘴之力或者根本就没有还嘴的打算，只是越来越羞愧地往角落里缩。到第七道闪电，影子没了踪影。

说退影子是题中之义。接下来两次影子的出现却非比寻常，因为它们需要老人的主动，是真正的对角色的承担。第一次，老人不吃不喝，断绝一切饮食。本来，吃喝对老人来说只是纯粹消遣性的行为，不构成任何问题。但这一次，老人不但不吃不喝，还把这件事情放在心上，整日去观察、引导它在身上造成的变化。结果，没过多久，老人就感觉到饿与渴的折磨，力气与能量也像水分一样，越来越快地从身上流失，身体也随着时间的推进而开始失去原本的颜色，变得蜡黄，进而开始消瘦。老人不记得这样自我折磨了多少天，他只记得到后来，他是拖着整个身子，在大地上迟缓地挪动，最终挪到一棵巨大的苹果树下，晕了过去。等他醒来，影子已经爬到苹果树上，对着枝上的果实发呆，无论怎么召唤，都不理他。

第二次，老人带着影子来到千里冰封的原野，他让自己去想象、感受寒冷，把冷这个字眼从心里抽出来，一圈一圈往外荡漾，结果真的很快就浑身哆嗦起来。随着寒战愈演越烈，老人根本无法控制自己的身体，他眼看着就像用筛子在身上过了一遍，体内暗淡的带着毛边的杂质被筛出，在冰面上澄清一般显影，剪出他薄薄的身形。那影子也被置身的极寒搞蒙了，他呆呆地站立，望着老人，不知道下一步该如何行进。趁此机会，老人高举双手，脸朝下直直地趴在冰面上，把影子压进冰里，直感到自己快到冻死，老人才重新站起来，挥手和他如蜕皮一般留下来的影子道别。

这两次主动的行为在老人身上留下深重的印迹：他产生了真实的已不受控制的感觉，能感受饥饿与饱食，能区分寒冷与温暖。现在，老人需要时不时地吃些东西，也总是穿着衣服。这些都不算什么，老人知道，事情了结的那一天，这些感觉会离他而去，他会复原如初，至少是几乎如初。真正让老人烦恼的是，先前生成的那些影子开始影响园子。尽管他们遵照他的吩咐，每一个出现后都不再让他看见，可他们活动的迹象越来越明显。对园子来说还好，可对园子投射的那个世界呢？

"是该结束的时候了。"老人自语道。复杂的情绪涌上心头，但他也只是让它们涌上来、退下去，这情绪的来去同样是角色的规定，他应该的承担。

于是老人来到园子的中央，站定。他双手举过头顶，转上一圈，把园子看了一遍，也仿佛将园子完全把在了手里。随后，老人拍了拍高举的双手，太阳熄灭了。又拍了拍，月亮熄灭了。再拍了拍，星光也熄灭了。在一切熄灭的瞬间，老人感到有什么从自己身上走了出去，那像是另一个人，又像是什么无声无形、无质无量的东西。那走去的什么并没有远离，而是站在不远处看着他。老人迅速地拍了三次掌，说："亮！"——月光遮住了星光，日光遮住了月光，最终能看到的，当然是烈日当头。

阳光下，老人看见离他不远的地方，站着一个薄薄的，但是漆黑严实的影子。影子身旁，还站着另外八个影子，正是那八个

　　　　　　　　　　　　　　　　　　　　灰衣简史

之前出现又被他挣脱的影子，他们按照出现的先后，从左至右站成一排。

看到他们都出现，老人松了口气，看来他们也想做个了结。再发现他们共有九个时，老人心里一动，这一动也让他确信，不会再有新的影子出现。结束得正是时候。可老人并不着急，他要等一等。九个影子同时出现，自然有其打算。

站成一排的影子沉默了一会儿。看不见他们的面孔和表情，无法判断他们是在思考还是在犹豫，只从他们的动作方式与幅度，能看出影子相互之间有交流。不一会儿，最初出现的那个影子开口了。

"我们比你更适合这个园子。你应该离开，把园子留给我们来打理。"他说。

"你们依据什么这么判断？"即便早就知道后续，但亲耳听到，老人仍旧很惊讶。原来他们并不清楚事情的原委与去向，这让他心生怜悯，但怜悯一闪而过。

"在我们之前，这个园子一点儿条理都没有，根本看不到有人关心它，在意它。"第一个影子说。

"没有人给它安排秩序，让所有的事物在应该在的位置上。"第二个影子说。

"没有人给飞鸟、走兽、鱼虾、昆虫安排出没的时辰，经过的路径。"第三个影子说。

"没有人给花草树木安排荣枯的分寸。"第四个影子说。

"没有人给雨雾雷电风霜雪安排时令。"第五个影子说。

"没有人呵护新生的生命，没有人怜惜衰老的躯体，没有人埋葬死去的遗骸。"第六个影子说。

"没有人播种，没有人收获，没有人渔猎，没有人储存。"第七个影子说。

"没有人珍惜现有的一切。"第八个影子说。

"没有人懂得光的重要。"第九个影子说。

九个影子，一个一句，不多不少，说完又都陷入沉默，仿佛他们已经说完所有要对老人说的话，也不管相互间的内容是否有重合，也不管是否说尽他们的意思。

"没有你们说的这些,这个园子就不存在了吗?"老人等了等,确定他们都说完,才接一句。

　　"你们搞反了。在你们说的那些事之前,在你们认为有人应该操心那些事之前,这个园子就有了,这个园子里的一切都有了。如果你们说的那些重要,园子又一直没有,园子早就消失了。不过,你们提出这样的要求也不奇怪。"老人叹了口气,"因为你们没法真正懂得这座园子。"

　　"正因为不懂得这座园子,你们四散开去,仿照着我,给迎面而来的每一样事物都取一个名字。你们根本不考虑,赋予一样事物以名字意味着什么,更不考虑在这座园子里取名的真正后果,你们只想着,由你们命名的事物会归属于你们,你们只想着,这座园子里你们命名的事物越多,你们占的比重就越大,就越有可能从我这里把园子夺走。浑然不管,有些事物永远都不应该赋予名字。

　　"你们犯了大错。"老人一锤定音,"难道你们没有发现,这座园子里没有一样事物有影子吗? 每一样东西都是它的自身也是它的普遍，是它的抽象也是它的具象。因此，它们才同时在生长、在寂灭，在形成、在固定，在分蘖、在并枝。你们以为，赋予它名字就能将其占据，错了，给它们命名，并不是为了将名字固着其上，进而将其占据。名字对它来说，如同影子，并非真正需要，而仅仅出于便利。这也许是身为影子的你们理解不了的，那我换个说法，它们就算有影子，也不在它们之外，也不在地上显形，它们是自身又是自身的影子。"

老人的话无疑是重击，影子们呆立原地。过了许久，第九个影子才动了动，准备反驳。老人没有给他机会。

"你们不管不顾地命名影响不了园子，并不意味着你们没有犯错，因为无知的莽撞是最大的错误。你们不知道，命名不是作用于园子，而是作用于园子投射的那个世界，园子里的事物得到命名，就会投影于那个世界，在那个世界衍生。因为你们的不管不顾，那么多不应该获得名字，也就不会投射进那个世界的事物，现在都到了那个世界，开始起作用。如果放任不管，那个世界迟早会被你们的行为毁坏。为防止这一点，也为惩戒你们的行为，我要将你们赶出园子。你们——"

说到这里，老人语气严厉起来，"你们就去那个投影的世界吧，看看你们都做了什么。如果你们足够幸运，能够明白过来，下一次就不会再犯同样的错误。"

或许是"赶出园子"的明白无误，这一次九个影子没有发呆，他们相互间密切而明显地交流起来。他们似乎对老人如此快速的决定准备不足，但他们必须迅速回应。在这样的时刻，第九个影子决绝的动作无疑主导了其他影子。于是，九个影子步调缓慢，但绝不退让地逼了上来。

"你们不只无知，简直愚钝得可笑。"老人呵斥道。

也许是老人过于迟缓，也许是影子过于迅捷，围上去的九个影子一出手，就擒住了老人。他们分别捉住老人的一部分，有的抓手，有的拽脚，有的箍住腰，有的掐住肩膀，还有的捏住老人的耳朵、鼻子，撕扯他的头发。就在他们各就各位，约定发力时，老人身上的灰色衣服如水漫延、如火蒸腾，猛然生长，遮没他全身，覆盖了所有被影子捉住的地方。

然后老人出现在三米开外，看着他脱身之处。

留在原地的灰色衣服，停止生长，被风吹拂般微微摆动起来。那摆动轻柔却不可抗拒，随着摆动，像是倒拨时钟，让吹出的泡泡回到吹管一样，只见那些影子，依照捉住老人的不同部位，由下及上，一个一个都被吸附进灰色衣服，没有一点儿挣扎空间，也没有丝毫反抗余地，更不留下任何残余。

等九个影子都被吸进去之后，老人拍了拍手。

灰色外衣鼓胀起来，罩出一个高大的人形，有了人的空间，那灰色的衣服遮住那人的整个身体，他的大半张脸也被帽兜遮住。他被衣服遮住的地方，是灰色的。他露在衣服外面的地方，也变成灰色。他成了一个灰衣人。

起初，灰衣人还在挣扎。或者说，那件灰色衣服内如同装了九只兔子，左奔右突，在不同方向上起伏出一截。但随着衣服的收紧，随着时间的推移，灰色衣服终于以人的形态，安稳地站在那儿，带着显见的恭顺。恭顺间，仍有隐隐的愤懑与不服。

"去吧。"老人说，"不要错过机会，把精力白白浪费在愤怒上。

虽说那是个投影的世界，但依据投影，也能真正认识园子，进而弄明白你的错误。找点事干吧，对你没有坏处。但记住，不要脱下你的衣服，更不要试图获得名字。"

灰衣人整理了一下衣服，对着老人深深鞠了一躬。

"我会回来的。"灰衣人说。

"但愿如此。因为你，我有了新的想法，我要向那个世界敞开园子，所有的人，只要他们知道，只要他们能走来，能找到，都可以带着他们自己的影子到园子里来。在这里，他们将见识到本原而非投影，他们将知道事物原初之美，他们将有可能让影子回到他们身上，从而和园子里其他事物一样，是其抽象也是其具体。他们甚至有可能，在我再次来到与创造这个园子时，就在这里。"

"我不是为了和你置气。我只是承担我的角色，履行我的职责。现在，该你承担和履行了，去那个被你的命名改变了的世界。"

老人说完，冲灰衣人挥了挥手。

.